suhrkamp taschenbuch 4182

Leonard Engel steht an einem bedeutsamen Punkt seines Lebens: Die geliebte Kindheit in Mainfranken ist vorbei. Die erste Liebe ist einer großen Leere gewichen. Er geht nach Wien, studiert, gerät an den ebenso unnahbaren wie zwielichtigen Tiago. Dann begegnet er Boris. Besessen von dem Wunsch, mit diesem Menschen sein Leben zurückzuerobern, beginnt Leonard, seine Geschichte aufzuschreiben. Sie handelt von Menschen, Tieren und Engeln – und davon, wieso es ohne Literatur kein Leben gibt.

Gunther Geltinger wurde 1974 in Erlenbach am Main geboren und studierte in Wien Drehbuch und Dramaturgie sowie an der Kunsthochschule für Medien in Köln. Er nahm an der Autorenwerkstatt Prosa des Literarischen Colloquiums Berlin teil und wurde mit dem Rolf-Dieter-Brinkmann-Stipendium der Stadt Köln ausgezeichnet. *Mensch Engel* ist seine erste Buchveröffentlichung.

Gunther Geltinger
Mensch Engel
Roman

Suhrkamp

Umschlagfoto:
»New York 1985«. © Marcia Lippmann

suhrkamp taschenbuch 4182
Erste Auflage dieser Ausgabe 2010

Lizenzausgabe mit freundlicher Genehmigung
Suhrkamp Taschenbuch Verlag

Druck: Druckhaus Nomos, Sinzheim
Printed in Germany
Umschlag: Göllner, Michels, Zegarzewski
ISBN 978-3-518-46182-2

1 2 3 4 5 6 – 15 14 13 12 11 10

Mensch Engel

1. Marius

Engel schreibt: Als er wegging über den Fluss, war er gerade neunzehn geworden und hatte Abitur gemacht. Er war in der Welt, genauer gesagt in Europa, schon ein wenig herumgekommen und hatte sich erst kürzlich, das zu nennen scheint Engel an dieser Stelle am wichtigsten, in Marius verliebt, den braun gelockten Jungen mit dem trotzigen und wie mit einem braunroten Federstrich konturierten Lippenschwung, der zu Beginn des Abiturjahres in seine Stufe gekommen war. Gegen seine Vergangenheit hatte Engel noch keine Einwände, in der Gegenwart ein berauschendes Gefühl von Unendlichkeit und für die Zukunft so eine Idee mit Film, Regie führen oder Drehbuch schreiben oder womöglich beides. Er stand am Ende einer Kindheit, am Anfang eines Lebens und, so erinnert er sich jetzt, am Ufer des Flusses Main, der am Fuße fränkischer Weinberge in einer weit geschwungenen Schleife sein Heimatdorf Storchenau umfließt, in dem Engel nie einen Storch, geschweige denn eine von Storchen besiedelte Au entdeckt hatte.

Allein die trägen, schwarzen, stinkenden Wasser des Mainflusses hatten jahrein, jahraus die endlosen Nachmittage seiner Kindheit auf den zirpenden, von Pferdebremsen durchsirrten Schwemmwiesen, die durchqualmten, durchzechten und durchquatschten Nächte seiner Rebellenjahre auf den moderigen Sandbänken und die einsamen Spaziergänge über die in brusthohem Gras verborgenen Ufertrampelpfade umspült, auf denen Engel, in düstere Gedanken und zornige Selbstgespräche versunken, die üblichen Kämpfe gegen verständnislose Eltern, ungerechte Lehrer, hinterhältige Klassenkameraden und eine erwachende, sich zum anderen Ufer, wie man landläufig sagt, hinüberneigende Sexualität ausgefochten hatte, und er muss grinsen angesichts der Doppelbödigkeit seines Ausdrucks, fürchtet aber dann, dass dieser gar nicht so doppelbödig, ja womöglich sogar ziemlich platt sei, will daraufhin die ganze Passage wieder streichen, lässt sie dann doch, eher aus einem Gefühl von Gleichgültigkeit als in Ermangelung einer Alternative, stehen und fährt fort:

Es war an einem Abend Ende Mai, der grüne Monat war, wie fast jedes Jahr, kühl und verregnet gewesen, seit einigen Tagen aber kam der Sommer endlich in Schwung und machte mit Kurzehosenwetter, langen, blauen Abendstunden und opalisierenden Sonnenuntergängen, deren Licht von den zerflockenden Kondensstreifen der Flugzeuge in alle Himmelsrichtungen gestreut wurde, wieder wett, was er in den trüben und lichtarmen Wochen zuvor den Ruhelosen und Heißblütigen, die einem Sommer voller Pläne und Träume entgegendrängten, vorenthalten hatte, schreibt Engel und meint damit die frisch verliebten, hormontrunkenen Paare, für die die Binsen der Schwemmwiesen noch nicht hoch genug und die Sandbänke noch zu feucht und die Abende noch zu kalt und die Zeiten für die Verwirklichung ihrer sommerlichen Pläne und Träume also noch nicht gekommen waren.

An jenem Maiabend waren Engel und Marius, wie so oft in den langweiligen und leeren Wochen nach den Abiturprüfungen, ein wenig mit dem Auto herumgefahren, hatten hier ein Eis gegessen, dort eine Cola getrunken und zwischen

Eis und Cola viel Unausgesprochenes gedacht und Ausgesprochenes nicht so gemeint, wie sie es gesagt hatten. Nur ihre sich gegenseitig abtastenden Blicke sprachen eine eindeutige Sprache auf diesen stundenlangen und ziellosen Autofahrten, für die sich Engel das Cabrio seiner Mutter auslieh.

Im Cabrio der Mutter hatte er Marius zum ersten Mal zum Kino abgeholt, im Cabrio der Mutter hatte Marius nach einer Party, auf der er sich hemmungslos betrunken hatte, ins Seitenfach gekotzt, weil er, als Engel mit einer Vollbremsung am Straßenrand angehalten hatte, statt am Türöffner am Verstellknopf für den Außenspiegel herumgefingert hatte, und im Cabrio der Mutter hatten sie auf einer jener schweigsamen und bedeutungsschweren Spazierfahrten durch ein sommerlich explodierendes Frankenland endlich das erste Mal miteinander geschlafen.

Engel hatte kurz vor dem Ortsschild des Dorfes, wo Marius wohnte, den Blinker gesetzt und den Wagen auf einen Feldweg gelenkt. Beide hatten sie eine Weile über das hellgrüne Meer des unreifen Getreides geblickt, und Engel hatte das Blut in seinem Kopf dröhnen gehört und rotfleckige Wangen bekommen. Dann hatten sie, wie auf Kommando, die Gesichter zueinandergedreht, die Hände nacheinander ausgestreckt, die verschwitzten Oberkörper aneinandergepresst und die Lippen aufeinandergelegt. Das Verdeck des Cabrios hatte wegen der Hitze offen gestanden, und während sie sich gegenseitig die Kleider vom Leib zerrten, tauchten die Pferdebremsen schwarmweise in ihr siedendes Blut. Marius' braune Locken waren weich wie ein Kaschmirschal und rochen nach Kokosshampoo, ein noch weicherer, noch duftigerer Haarflaum bedeckte seine Brust, und sein Schwanz, erinnert sich Engel und kann es kaum glauben, dass ihn diese

Erinnerung nach zehn Jahren noch immer erregt, stand genauso trotzig hervor wie seine Lippen und hatte sogar die gleiche braunrote Kontur, und weiter unten duftete Marius irgendwie nach Sommer, und weil Engel hineinstürzen wollte in diesen Geruch nach aufplatzenden Ähren, lichtdurchfluteten Schwemmwiesen und langen, blauen Nächten auf moderigen Sandbänken, zog er Marius rittlings zu sich auf den Fahrersitz und versuchte ungeschickt und mit viel zu wenig Spucke in dieses Sommerparadies hineinzustoßen, bis Marius laut aufschrie vor Schreck oder Lust oder beidem.

Da hatte die Frau, die plötzlich am Wegesrand aufgetaucht war und ihren Hund am Sackgassenschild seinen Haufen hatte machen lassen, das karmesinrote Cabrio im Meer der grellgrün wogenden Gräser wohl verdächtig gefunden und dem Hund mehr Leine gegeben und sich neugierig herangepirscht und sich mit geweiteten Augen auf der Hacke umgedreht und das Tier am Sackgassenschild ohne Wendemöglichkeit vorbei durch seinen eigenen Scheißhaufen gezerrt, wobei sich der Hund an einer Stelle, wo gar kein Haufen war, mit den Vorderpfoten in den Schotter gestemmt und mit den Hinterbeinen so lange den Kies aufgescharrt hatte, bis ihm vom Zug der Leine die Augen aus den Höhlen und die Zunge aus dem Maul gequollen waren.

All das konnte Engel im Auto natürlich nicht sehen, weil er statt der wogenden Felder den eckig auf und ab wippenden Rücken von Marius vor Augen hatte, doch stellt sich Engel noch heute so oder ähnlich den Grund vor, warum Marius schnell von ihm herunterrutschte und die Hose hochzog und Scheiße sagte und im selben Atemzug hinzufügte, dass die Frau mit dem Hund eine Freundin seiner Mutter sei. Der braunrote Federstrich um den Mund wirkte jetzt verwischt, seine Lippen hingen schlaff und feige nach unten, und sein Blick, den Engel wie ein Messer in sich hineinfahren spürte, war beschämt und irgendwie vorwurfsvoll.

Engel fühlte sich auf einmal schrecklich entblößt und verletzt und verlassen, und eigentlich, so glaubt er heute zu wissen, war es diese seltsame Kälte gegenüber Marius, die nun in seiner Brust schmerzte, und nicht die Peinlichkeit des Ertapptwordenseins, warum er Marius schweigend nach Hause fuhr und drei Tage lang nicht ans Telefon ging und den gerade erst beginnenden Sommer auf endlosen Spaziergängen über die Uferpfade so lange zergrübelte, bis dieser Sommer nicht mehr lichtdurchflutet über den Schwemmwiesen und blau durchnachtet über den Sandbänken lag, sondern kalt und grau und in bleischwere Wolken gehüllt im schwarzen Wasser eines Flusses versank, an dessen schlammigen Ufern er am Abend jenes Tages im Mai zum ersten Mal das Gefühl gehabt hatte, dass mit ihm etwas Grundsätzliches nicht stimmt.

Engel hebt den Kopf und schaut über die Felder vor seinem Fenster. Er stellt fest, dass es schon wieder Mai draußen ist, immer dann Mai draußen ist, wenn es besonders schlimm wird mit diesem Problem. Er wendet den Blick von den schon wieder grellgrün wogenden Maifeldern ab und hin zum weiß gleißenden Monitor seines Computers, auf dem er bereits einige Seiten geschrieben hat, ohne sich auch nur im Geringsten diesem Problem genähert zu haben, einem elementaren, lebensgrundlegenden und gleichzeitig Lebensgrund raubenden Problem, das nicht etwa, wie man jetzt vermuten könnte, darin bestand, dass er offensichtlich nun doch schwul war, nein, das ein viel tiefer greifendes ist, eines, das sein ganzes Leben erfüllt und gleichzeitig alles Lebendige darin vergiftet und vernichtet, indem es alles Empfinden, alle Wahrnehmung, alles als echt und wahrhaftig Erkannte in dem Moment, da er, Engel, es empfindet und wahrnimmt und als echt und wahrhaftig erkennt, ins Absurde und Groteske verzerrt, ins Perverse, Obszöne und Fratzenhafte, ins Paradoxe und Sinnlose, ja, ins eigentlich Unlebbare und sogar Undenkbare und deshalb auch nicht an dieser Stelle Beschreibbare, ins Gegenteil, nein, in die Tilgung, auch falsch, in ein fühlloses, lebloses, weltloses Vakuum, in dem alles gerade noch Empfundene, Wahrgenommene und als echt und wahrhaftig Erkannte spurlos verschwindet.

Engel setzt ab, liest sich das gerade Geschriebene noch einmal durch und hat zusätzlich zu seinem Lebensproblem jetzt auch noch ein Verständnisproblem, und er will das Problem, das erste, noch einmal anschaulicher beschreiben, das, setzt er neu an, also darin besteht, dass alles Leben, das sich ihm wie die schweren, reifen Früchte eines sommerlichen Baumes voll und prall und lockend entgegenstreckt, in dem Moment, da er es gierig und freudig und dankbar pflückt, in seinen Händen verfault und kalt und nichtig darin liegt, als sei es nie zuvor volles, pralles, verlockendes Leben, als sei es schon immer vergiftet, schon immer tot, schon immer ein *Nichts* gewesen.

Es ist, muss er zugeben, also vollkommen sinnlos, dass er hier in endlosen, mäandrierenden Sätzen und mit über die Ufer tretenden Sommermetaphern versucht, sich dieser Sache zu stellen. Vollkommen sinnlos und töricht, hier eine wahre Geschichte aus seinem Leben erzählen zu wollen, die nicht nur auf dem Papier, sondern auch *tatsächlich,* also im wahren Leben, um den eigentlichen Kern des Problems herumeiert, weil der Kern dieses Problems ja des Problems ureigene Kernlosigkeit ist.

Kernlosigkeit, was für ein Schwachsinn, denkt Engel und

schreibt den Schwachsinn auf und setzt neu an und schreibt, dass er also das Problem, das an sich ja kernlose, dennoch bei den Hörnern zu packen versuche, indem er hier die pfadfinderschweißige Pubertätsgeschichte einer Sommerverliebtheit mit ersten Geh- bzw. Stehversuchen in Mutters Cabrio erzählt, eine Geschichte, die an sich kitschig und peinlich ist und eher für einen schwulen Lore-Roman oder besser noch für eine jener einhändig zu lesenden Textgattungen taugt, markierte sie nicht gleichzeitig, zumindest in seiner Erinnerung, den Anfang oder das erste Auftreten dieses allumfassenden Lebensproblems und wäre deshalb vielleicht nicht gerade der Grund, wohl aber der in seiner Biographie deutlich hervorstechende und auf den Tag genau datierbare Auslöser dafür, warum er damals, an jenem Abend im Mai, weggegangen ist über den Fluss – was er, so fügt er noch hinzu, im Folgenden nun beschreiben wolle.

Engel macht einen Punkt und liest noch einmal zurück: *Erinnerung-Anfang-Problem-Biographie-Auslöser-weggegangen-über-den-Fluss* liest er und hebt den Blick und sieht vor seinem Fenster die Maiwiesen giftgrün und saftend vor Leben dem Sommer entgegengrellen und senkt den Blick und sieht den Bildschirm kaltweiß und gleichgültig sein inneres Dunkel erhellen, und Engel schreibt:

An besagtem Maiabend, der selbst dann noch leuchtend über den Schwemmwiesen lag, als die Kondensstreifen das Licht der untergehenden Sonne schon längst über alle Horizonte zerstreut hatten, stand er mit Marius am Ufer des Flusses. Wenige Stunden zuvor hatte er ihn unangekündigt abgeholt; er hatte dieses schmerzhafte Leeregefühl, das seit ihrem mehr oder weniger missglückten ersten Mal in seiner Brust rumorte, einfach nicht mehr ausgehalten und sich in das Cabrio der Mutter gesetzt. Marius hatte mit frisch gewaschenem Haar und einer über die Schulter geworfenen Jeansjacke in der Tür gestanden, als hätte er drei Tage lang nichts anderes getan, als darauf zu warten, dass Engel mit quietschenden Reifen vorfuhr und ihn endlich abholte.

Sie waren dann wie üblich von Eis zu Cola und von Cola zum Fluss gefahren, hatten noch mehr Unausgesprochenes als sonst gedacht und noch weniger Ausgesprochenes so gemeint, wie sie es gesagt hatten. Die Luft wurde immer lauer und der Abend immer blauer, die Schwemmwiesen zirpten wie noch nie, und das Gras am Ufertrampelpfad hatte die maximale Höhe erreicht und kitzelte sie stellenweise in der Nase. Schweigend und mit gesenkten Köpfen bahnten sie sich ihren Weg durch die Wiese und nahmen ihre Hände nur aus den Hosentaschen, um die Pferdebremsen zu verscheuchen, die über ihrem nach Worten und Taten drängenden Blut kämpferische Kreise zogen.

Engel ging voraus, Marius trottete hinterher, der Abstand zwischen ihnen wurde immer größer, und Engel starrte angestrengt auf den fetten Klee, den er beim jeweils nächsten Schritt unter seinen Sohlen zermalmen sollte, und wusste nicht mehr, was eigentlich der Grund war für ihre Sprachlosigkeit und Betretenheit, die ihm mit einem Mal kindisch und hochmütig vorkam. Mehrfach schon hatte er seinen Schritt verlangsamt und angesetzt, etwas zu sagen, ganz egal, was, hatte er dabei gedacht und nur das Schweigen brechen und die Panzerglaswand einreißen wollen, die sich zwischen ihn und Marius schob und dicker wurde mit jedem Schritt, mit dem er sich von ihm entfernte. Doch als hätten ihn die knisternden Grashalme, die seinen Körper streichelten, in eiserne Ketten gelegt, wurde sein Impuls, sich umzudrehen, jedes Mal im Ansatz von einer Art Betäubung oder Lähmung erstickt, und der Schmerz in seiner Brust schwoll an und ließ seinen Atem flach und seine Kehle eng und seine Zunge schwer werden und ihn immer starrer und leerer auf den Klee schauen, der unter seinen Sohlen klebrigen Saft verspritzte, und als er sich dann endlich doch noch nach Marius umwandte, wobei ihm zumute war, als drehte er die ganze Erdkugel mit bloßer Muskelkraft einmal um ihre Achse, so massiv und widerständig erschien ihm jetzt sein Körper, empfand er den schönen jungen Mann, der mit gesenktem Kopf hinter ihm durchs Gras stapfte, als Unbekannten, als Fremden, sogar als Feind, dem es zu misstrauen, ja, den es fortan zu bekämpfen galt.

Da schreckte Engel zurück und ging weiter geradeaus, und die schier übermenschliche Anstrengung, mit der er sich noch eben nach Marius umgedreht hatte, blieb nur eine flüchtige Geste der Kontrolle, ein kurzes, aus den Augenwinkeln erfolgtes Zurückschauen, ob Marius noch immer hinter ihm ging. Doch gleichzeitig war für ihn dieses Sichumblicken, das Marius wahrscheinlich nicht einmal bemerkt hatte, ein letztes verzweifeltes Greifen nach einem seit Kindertagen vertrauten Bild, das sich nun in Luft aufzulösen begann, ein letztes Flehen seines Körpers nach einer haltenden Hand vor dem Sinken in einen Abgrund, von dem er, Leonard Engel, heute neunundzwanzig Jahre alt und Kellner in einer Kölner Kneipe, bis zu jenem Abend im Mai niemals geglaubt hätte, dass er sich in einem menschlichen Dasein auftun könne.

Als Engel aus dem Ufergras auf eine von Modder umgluckste Sandbank trat, durchbrach der Schmerz in der Brust das Brustbein. Du bist komisch, sagte Marius und trat neben ihn. *Du* bist komisch, sagte Engel und schaute über den Fluss zur anderen Seite, auf der die gleichen Schwemmwiesen, die gleichen Sandbänke, die gleichen Maifelder und mainfränkischen Dörfer lagen wie diesseits des Flusses. Ich hab's meinen Eltern gesagt. Marius sah ihn mit einem solch dramatischen Gesichtsausdruck an, als hätte er gerade vor dem Weltgericht gestanden, dass er in Wirklichkeit nicht Marius Raab aus Kleinwelderstadt, sondern Judas aus Palästina sei und Jesus geküsst habe, aber nicht, weil er ihn habe verraten wollen, sondern weil er einfach scharf auf ihn gewesen sei, und dann habe die Katastrophe eben ihren Lauf genommen.

Engel zögert und berührt schon die Löschtaste und lässt den Judas-Vergleich dann doch stehen, obwohl dieser so oder ähnlich in anderen Zusammenhängen schon oft bemüht worden ist und daher auf wackligen, nein, eher auf Klumpfüßen steht, denn im Grunde ist es ihm, Engel, doch völlig egal, ob die Füße wacklig oder klumpig sind oder ob da überhaupt Füße sind, was gehen ihn denn die Füße seiner Sprachbilder an, denkt er, ihn gehen ja nicht einmal seine eigenen Füße etwas an, deren Nägel er, hat er heute Morgen beim Duschen festgestellt, bestimmt schon seit zwei Monaten nicht mehr geschnitten hat, aber nicht, weil er ein Schmutzfink oder sogar ein Penner ist, nein, er duscht jeden Tag, manchmal sogar zweimal, und ist aufs Peinlichste darauf bedacht, zumindest nach außen hin, gepflegt und zivilisiert auszusehen, und seine Fußnägel wachsen und wuchern aus dem einfachen Grund vor sich hin, weil seine Füße zu weit weg sind vom ihm. Fingernägel schafft er noch. Fußnägel nicht. Doch er schweift ab.

Und, wie war's? fragte Engel Marius und spürte unter seinen Füßen schon den Fluss gurgeln, der ihn weder lockte noch betörte noch zu sich befahl, der einfach träge, schwarz und stinkend abfloss in die hereinbrechende Nacht und das Leuchten des Himmels schluckte. Die Kondensstreifen waren zerflockt. Schwer brach die blaue Stunde durchs Ufergehölz. In den Schwemmwiesen hob das Gezirpe zum ersten Sommernachtskonzert des Jahres an. Marius trat noch einen Schritt heran. Ein Duft nach Sommernacht und Sommersex brach über Engel zusammen. Es erregte ihn.

War 'ne Katastrophe, sagte Marius. Engel hörte seine Stimme so weit hinter sich, dass er sich am liebsten zur Sandbank umgedreht hätte, auf der er Marius zurückgelassen zu haben glaubte. Die hab ich noch vor mir, sagte er, lächelte Marius an und brauchte sich gar nicht um dieses kleine Lächeln zu bemühen, brauchte es gar nicht zu mimen, denn es war tatsächlich da, trotz des Flusses, der nun schon fast zur Hälfte überwunden war und sich mit seinen öligen Wassern zwischen ihn und Marius drängte, trotz der Fremdheit und Kälte und Gleichgültigkeit, die er, draußen auf dem Fluss, gegenüber Marius empfand, trotz dieses Schmerzes, der sein Blut aus dem Brustloch heraus in das Wasser pumpte.

Über allem und in allem war eine melancholische, fast schon ironische Heiterkeit und Distanziertheit, mit der Engel nun vom Fluss aus sich selbst beobachtete, wie er drüben auf der Sandbank Marius' Duft einatmete und sich dabei vorstellte, ihn in den Modder zu werfen und bis in die Morgenstunden zu vögeln, während er aber gleichzeitig schon fast das andere, nein, das gegenüberliegende Ufer erreicht hatte, das unwegsame, feindliche und allein von ihm zu bewohnende. Es war eine betäubende, fast schwindelerregende Leichtigkeit, die selbst das Leeregefühl in seiner Brust und die dort hineinströmende Kälte durchzog. Sie machte alles unwirklich, traumartig, dramatisch inszeniert, fast opernhaft, den schwarzen Fluss, die blaue Nacht, den sich an ihn herandrängenden Schatten von Marius, selbst seine eigene Erregung empfand er nur, *als ob* er erregt wäre, und noch heute ist es, schreibt Engel atemlos, diese schwerelose und unerbittliche Distanz, die er an jenem Abend, als er wegging über den Fluss, gegenüber allem und jedem und vor allem zu sich selbst eingenommen hat, die die ganze Sache erträglich und ein Leben damit erst möglich und gleichzeitig alles zur Katastrophe macht.

Eine Pferdebremse umkreiste seinen Kopf, landete in seinem Nacken, hob gleich wieder ab und ließ sich schließlich auf seinem Unterarm nieder. Er beobachtete, wie sich das Insekt die weichste Hautstelle an seinem Arm aussuchte. Sekunden vergingen. Dann stach es zu. Dicht neben sich spürte er Marius, der ihn, wohl wegen des Lächelns, das noch immer auf seinen Lippen lag, erleichtert, ja sogar dankbar von der Seite anblickte, und unter sich wusste er das lautlose Wasser des Flusses, der nicht näher gekommen, der nur schwärzer geworden, der noch immer der Fluss seiner Heimat war, wie er ihn kannte: zu Tode gestaut, stinkend und tief.

Die Bremse hob ab und flog davon. Das Jucken, das augenblicklich einsetzte, empfand Engel wie an einer Verlängerung seines Körpers, an einem fast schon von ihm abgekoppelten Glied, das, wie zum Beweis seiner körperlichen Existenz, noch bei Marius auf der Sandbank geblieben war. Ich glaube, ich bin verliebt in dich, sagte Marius und streckte seine Hand aus, um Engel zu berühren, ließ sie aber, weil der nicht reagierte, wieder fallen. Das Jucken steigerte sich zum Pochen und Klopfen, stimmte mit ein in den Puls, mit dem sein Blut aus dem Brustloch hinausströmte in den Fluss und die Kälte des Flusses hinein.

Hier draußen auf dem Wasser, wenige Meter von der anderen Seite entfernt, war es ein qualvoller Todeskampf, den er nur verlieren konnte, dort, auf der Sandbank, dicht neben Marius und gehüllt in den Duft seines Körpers, war es nur ein kleiner und vertrauter Sommerschmerz, der ihn nun an alle Sommer seines bisherigen Lebens erinnerte: an das leidvolle Ausharren in irgendeinem verdorrten Busch beim Ballwegschießen-Spiel zum Beispiel, in dessen Dornengestrüpp er die Bremsenattacken tapfer erduldet hatte, um nicht derjenige sein zu müssen, der als Erster vom Ballhüter entdeckt wurde und den Ball wegschießen musste; oder an die klebrigkalte Fenistilsalbe, die die Mutter ihm auf die taubeneiergroßen, rot glühenden Bremsenbuckel geschmiert hatte und die man, wenn sie getrocknet war, abziehen konnte wie Tesafilm und zusammenrollen zu künstlichen Popeln, mit denen sich die kreischende kleine Schwester so schön durchs Haus hatte jagen lassen; oder – diese Erinnerung war ihm noch am lebendigsten – an die Sommernächte, in denen er, nachdem die Stiche schon längst wieder abgeschwollen waren, von erneuten Juckattacken aus wirren Träumen gerissen wurde und die zwickenden Hautstellen so lange mit Spucke einrieb, bis sie tatsächlich wieder taubeneiergroß waren und noch mehr juckten als zuvor und er schließlich zum Schlafzimmer der Mutter schlich, hinter dessen Tür die rettende Salbe verborgen lag, in der Kommode mit der Hausapotheke, aus der er Jahre später, als Erwachsener, schreibt Engel, die Schlaftabletten stehlen sollte, die die Mutter in den Nächten nahm, in denen ihre Kopfschmerzen, unter denen sie seit Engels Geburt fast täglich litt, so unerträglich wurden, dass sie sich in ihr nachtkühles, abgedunkeltes Zimmer zurückzog, während im Haus nur noch geflüstert wurde und der Vater die strenge, stets Kopfnüsse verteilende Großmutter aus der nahe gelegenen Stadt holte, damit sie das Mittagessen bereitete, das Haus in Ordnung brachte und die Kinder beaufsichtigte, die sich von der Mutter fernhalten mussten, nicht im Haus spielen durften und auf dem Weg in ihre Betten an der Schlafzimmertür vorüberschlichen, hinter der die Mutter in ihren Kissen lag, nicht ansprechbar, bleiern schlafend, hermetisch abgeschirmt von ihren Kopfschmerzen, die sich Engel, seit die Mutter einmal zu ihm gesagt hatte, sie seien wie ein Raubtier im Kopf, immer als bissige Bluthunde hinter der Tür vorgestellt hatte, wenn er als kleiner Junge in jenen Sommernächten, an die er sich nun, hier draußen auf dem Fluss, weit weg von Marius, so gut erinnerte, als sei es gestern gewesen, vor dem Schlafzimmer der Mutter ausgeharrt hatte, frierend, mit der Hand auf der Klinke und in der Angst, ihre Qualen durch seine Störung noch zu verschlimmern, so dass er schließlich wieder ins Bett zurückgekrochen war und die Zähne in die Beulen geschlagen und seine Arme blutig gebissen hatte und über dem Brennen der Wunden endlich eingeschlafen war.

Engel blickt von seinen Aufzeichnungen hoch. War es wirklich der Bremsenstich, fragt er sich, der ihm damals, an besagtem Maiabend am Ufer des Flusses, das Gefühl gab, seine Kindheit, ja, sein ganzes Leben zöge noch einmal, wie es vom Sterben heißt, vor seinem inneren Auge vorüber? War es tatsächlich dieses harmlose Jucken, das er wie die letzte Verbindung zu seinem bisherigen Leben empfand? Gibt er der Bremse an dieser Stelle nicht zu viel Bedeutung? Macht er Bremse und Stich nicht zu einer unterm Gewicht ihrer Bedeutung zusammenbrechenden Metapher, die noch viel mehr als ein Bremsenbuckel juckt und zwackt und mit großem Gebrumm über seine Unfähigkeit hinwegtäuschen soll, in konkreten und klaren Worten zu beschreiben, was mit ihm damals, beim Überschreiten des Flusses, *wirklich* passiert ist? Aber ist denn damals überhaupt etwas *passiert*? Etwas, das über das verklemmte Liebesgebaren zweier mit ihrer erwachenden Homosexualität kämpfenden Teenager hinausgeht? Etwas wirklich Einschneidendes und daher an dieser Stelle Erwähnens- und Erzählenswertes?

Ich glaube, ich bin auch verliebt in dich, sagte Engel und streckte Marius die Hand hin, und Marius nahm sie glücklich an und zog sie an sich heran und zog mit der Hand Engels ganzen Körper in seine Arme. Doch da war es schon zu spät. Da war er schon drüben, war schon jenseits des Flusses, war schon angekommen am anderen Ufer, das nicht das Ufer war, an dem der Sommer ihn mit offenen Armen erwartete, und Engel spürt die Leere in seiner Brust sich weiten und den Schmerz darin wüten, und er schaltet den Computer aus und springt auf und rennt hinaus in die Maiwiesen und greift in die Ähren und will ihnen das Leben entreißen und es in sich hineinfressen und rupft ganze Büschel in seine Hand, und die Ähren platzen und saften in seine Hand ihren ekligen, klebrigen Schleim, und er rennt zurück und wirft den Computer an und reißt die Worte heraus aus dem weiß gleißenden Licht, reißt aus dem Brustloch sein Leben, und Engel schreibt:

Der Schlaf verließ ihn in einer Nacht ohne Dunkelheit. Gleichwohl war es finster wie jede Nacht, und wie eh und je leuchteten die Gestirne des Himmels und die Lichter der Erde: Schwach schimmernd zogen großer Wagen und kleiner Bär über das Firmament, am Horizont funkelten gelb die

Dörfer und Städte, mit roten und weißen Lichterketten durchkreuzten die Autobahnen das Land, und an allem Geglitzer und Geblink hielt sich fahl und knöchern der Mond und bewahrte das Licht davor, hinabzugleiten ins schwarze, bodenlose All.

Doch Engel fiel. Mit zuckenden Augenlidern, zusammengebissenen Zähnen und der Hand auf dem erschrockenen Geschlecht stürzte er in den Spalt, der sich aufgetan hatte zwischen der Nacht und der Dunkelheit. Dort war Helle, aber kein Licht. Sie kam von den Abermillionen Gedanken, die sich in seinem Kopf entzündet hatten und deren Feuer nun an den Nervenbahnen seines Körpers entlangzüngelte und -zischelte wie an winzigen Lunten. Bald war der Spalt, durch den normalerweise der Schlaf sich zwängt und die Heerscharen der Träume hinter sich herzieht, in das Flackern seiner brennenden Gedanken getaucht, die seine Nerven abfackelten wie ein Meer aus Wunderkerzen, eine von der anderen entfacht. Manch ein vorwitziger Traum floh mit Funken stiebendem Schritt ins Finstere zurück, und der Spalt verwandelte sich in eine Feuer speiende Bresche.

In Engels Ohren toste das Blut, und sein Kopf war erfüllt vom Geknister und Geprassel des Nervenfeuers. Er drehte sich im Bett von links nach rechts und von rechts nach links, vom Bauch auf den Rücken und vom Rücken auf die Seite, er zog die Beine an die Brust und streckte sie wieder aus, er schob die Hände unters Gesäß und vom Gesäß über die Beine auf den Bauch und vom Bauch über die Brust an den Wangen vorbei unters Kopfkissen, wo er sie zur Faust ballte und die Fingernägel so lange in die Innenflächen trieb, bis seine Hände sich verkrampften und er sie wieder lockerte und ausstreckte und zärtlich ineinander verschränkte, was ihm das Gefühl einer geradezu gottgesandten Erlösung gab, die den Furor in seinem Kopf vorübergehend linderte.

So lag er verkrümmt, mit angewinkeltem Bein und den Händen gefaltet wie zum Gebet viertel und halbe Stunden lang reglos im Gipsbett der harten, faltigen Laken, die ihm ihre Kanten tief in die Haut trieben. Hinter den geschlossenen Lidern sah er die Feuerräder seiner Nerven sprühen, sah grotesk geformte Gedankenfratzen verglühen, Bruchstücke von Träumen in der Hitze zerstieben, Erinnerungen als Aschefetzen verkokeln und hinter allem das Wogen und Wabern einer schwarzen, schlundartigen Masse.

Plötzlich tauchte Marius' Gesicht darin auf. Es schwebte heran wie eine Feder über dem Flammenmeer, lächelte und schürzte den Mund. Die Lippen blähten sich, sprengten den braunroten Federstrich und begannen Blasen zu werfen, und eine der Blasen drängte nach vorne und war dunkelrot und hatte eine eichelförmige Kontur, sie durchstieß das Schwarz, walzte die Traumfetzen nieder, zuckte, pumpte, nässte und platzte schließlich in Engels Gesicht. Ein Schwall kühler Nacht flutete in seinen Kopf, er schreckte hoch und sah den Lichtkegel des unterm Fenster vorbeifahrenden Autos gerade noch über die hintere Wand seines Zimmers huschen, aus dem irgendwann gegen halb vier Uhr morgens eine Folterkammer geworden war.

Er stand auf und trat ans Fenster. Draußen ging der Mond unter, nahm das Licht der Sterne mit und ließ über den Dörfern und Städten den Horizont aufscheinen. Nur die Autobahnen führten noch mit ihrem Geflimmer und Gedröhn mitten durch seinen Kopf. Er zählte die vorbeirasenden Wagen, zählte eins, zwei, eins, zwei, links, rechts, rechts, links, hin und her und her und hin. Schließlich legte er, wie um zu bremsen, die Hand zwischen die Beine, in der Hoffnung, noch einmal Marius' Gesicht aus der schwindenden Nacht zurückholen zu können. Doch Marius blieb verschwunden und sein Schwanz zu verschreckt, um hervorzukriechen aus seiner heißen, schwitzigen Höhle, in die er sich zurückgezogen hatte und wo er klein und weich und schrumplig vergessen machte, dass es je einen Marius gegeben hatte, je einen Mai, je einen beginnenden Sommer, je ein Begehren.

Da ging Engel weg von den Autobahnen und zurück ins Bett zu den Weiden mit den Schafen, die er auszuzählen und zum Abschuss freizugeben hatte. Er zählte zuerst aus den Fünfziger-Herden jedes einzelne ab, und jedem gab er aus eigener Hand den Bolzenschuss. Er atmete dabei gleichmäßig ein und aus – einatmen – zweiundvierzig – ausatmen – peng – einatmen – einundvierzig – ausatmen – peng. Das Einatmen brannte im Brustloch und das Ausatmen schürte im Kopf die Glut, draußen vorm Fenster wurde die Nacht heller und drinnen im Spalt das Inferno noch gewaltiger, und seine gefalteten Hände beteten vor jedem Schuss ein Absolve me und panschten dabei im Schäfchenblut.

Nachdem die Herde mit den fünfzig ausgerottet war, ging er über zu der mit den hundert, und nach den hundert – einatmen – vierundachtzig – ausatmen – peng – einatmen – dreiundachtzig – kam die mit den hundertfünfzig und dann die Dreihunderter dran. Das Schäfchenblut warf unterm Absolve me mannshohe Wellen und verwandelte den Flammenregen im Kopf zum Bombenhagel, während die Bolzenschüsse in militärischem Takt hinausdonnerten in die Nacht. Bald war auch von der Fünfhunderterherde das letzte Schäfchen geschlachtet. Als die Sonne aufging, lag der Schlaf in Schutt und Asche. Mit gefalteten Händen, zur Brust gezogenen Knien und vom Kopfkissen zerfurchtem Gesicht kauerte Engel noch eine Weile über dem Schlachtfeld und schaute zurück auf die Trümmer. Dann stieg er aus dem Bett.

Es war Wochenende. Im Haus war es noch dunkel und still. Der Vater, wusste Engel, würde in anderthalb Stunden aufstehen, weitere anderthalb Stunden später seine gähnende, im Brotfach nach frischen Brötchen kramende Schwester Juli, dann, mit verkatertem Kopf und gefährlich schlechter Laune, sein großer Bruder Robert, und am Ende des Vormittags, wenn der Vater schon längst über seinen Krankenakten in der Arztpraxis säße und die Schwester in die Badewanne oder vor den Fernseher und der große Bruder wieder zurück ins Bett gefallen wären, käme die Mutter aus ihrem abgedunkelten Schlafzimmer. Ihre umschatteten, unergründlichen Augen würden lichtscheu blinzeln, und ihr schöner Mund, der ihr Gesicht, wenn er sich zum Lachen öffnete, um Jahre verjüngte, würde sich vom Kopfweh verkrampfen. Engel würde sie vorsichtig fragen, wie es ihr heute gehe, und sie würde antworten: Schlecht, und er würde leise sagen: Mir auch, und die Mutter wegschauen und schweigen. Er ging in die Küche und kochte Kaffee. Bis der Vater aufwachte, war der schon wieder kalt. Du bist aber früh dran, sagte der Vater, und dann: Sei leise, Mutter hatte in der Nacht starke Schmerzen. Der Tag war trotz strahlenden Sonnenscheins irgendwie ohne Licht.

So zumindest hat Engel den Tag nach dem Schlafmassaker heute noch in Erinnerung: schräg, schaurig, mit aufdringlichen Farben wie ein Werbeplakat, das ihn dazu verführen sollte, teilzuhaben an der schillernden Fülle des Frühlings, an seiner ganzen fließenden, triefenden, Blüten, Früchte und Samen treibenden Pracht. Engel hält inne. Er findet, er hat auf den vorigen Seiten nun schon genug Ähren und Blüten und Samen und anderes Fortpflanzungsmaterial platzen lassen. Fieberhaft sucht er nach einem Bild, das die Überfärbung, die an jenem Tag von den Dingen ausging, treffender beschreibt. Doch seine Gedanken sind träge und leer, in seine Augen, spürt er, schleicht sich diese Starre ein, die ihn oft stundenlang auf einen Fleck glotzen lässt, und in seiner Brust erwacht der Schmerz. Er hat das Gefühl einer bevorstehenden Katastrophe, die sich irgendwo in seinem Hinterkopf zusammenbraut, von der seine Sinne aber nur eine schwelende Reglosigkeit wahrnehmen können, wie die tückische Ruhe vor dem Sturm.

Die Welt nach der Nacht ohne Dunkelheit, in der Engel der Schlaf verließ, hämmert er in die Tasten und spürt im gleichen Moment einen Damm in seinem Hinterkopf brechen, war ohne Licht wie die Welt unter einer vom Mond verfinsterten Sonne, in der, gerade weil das Licht nur noch indirekt auf die Erdoberfläche fällt, die Farben in ungewohnter Intensität hervortreten. Die Nacht hatte sich unvermerkt in den Tag geschoben, und der Tag war in der Nacht stecken geblieben und tränkte selbst noch unter einer hochsommerlich brennenden Mittagssonne die Oberflächen der Dinge mit dem schwarzen Fluidum der Finsternis.

Engel schaut aus dem Fenster und reibt sich die Augen, um die Starre zu vertreiben. Nieselregen fällt auf die Felder. Das junge Laub des Baumes vor seinem Fenster klebt schwer an den nassen Zweigen, eine Amsel sitzt aufgeplustert im Schutz einer Astgabel, und die Pfützen auf der Straße, in denen sich der farblose Himmel spiegelt, glänzen wie Eis. Heute ist, genau wie damals an dem Tag nach dem Schlafmassaker, an dem im Schulgarten des Gymnasiums die Abiturfeier stattfand, um die es hier eigentlich gehen soll, der erste Juni, also der Beginn der Sommermonate. Doch bevor Engel sich am Morgen an den Schreibtisch gesetzt hat, hat er die Heizung wieder angeworfen, und was er seitdem vom nahenden Sommer und seinen Farben aufs Papier gebracht hat, findet er furchtbar gestelzt.

Wegen einer einzigen schlaflosen Nacht verhängt er eine Sonnenfinsternis über sein Leben wie Gott bei der Kreuzigung seines Sohnes über die Erde! Zum weltbewegenden Geschehen auf dem Henkershügel Golgatha mag das dramaturgisch ja durchaus passen. Zum Auftakt der Beschreibung des *Schulgartens seines Gymnasiums* aber eine *Sonnenfinsternis* ins Feld zu führen und vom *Fluidum der Finsternis* zu sprechen ist hochstaplerisch, verlogen und falsch.

Falsch! dröhnt es durch seinen Kopf. Alles Lüge! dröhnt es. Alles Blendwerk und Wortglast! Alles *Scheiße*, schreibt er, was er hier aus einer Welt erzählt, die er hochtrabend und bedeutungsschwer jenseits des Flusses ansiedelt, die aber in Wirklichkeit nur seine kleine, armselige Welt auf der Grenze zur Menschlichkeit oder, besser gesagt, zum Menschsein überhaupt ist, eine Außenseiter-, eine Versager- und Verrücktenwelt, und er setzt ab und holt Luft und versucht, tief und ruhig zu atmen, doch der Schmerz in der Brust wird stärker, beginnt ihn zu lähmen und höhlt die Gedanken aus, und kurz bevor die Taubheit die Arme und Hände erfasst und über die Tischkante sinken lässt und mit ihnen alles bisher Erreichte in den Abgrund hinabzustürzen droht, in dem er, Engel, nur noch kauern und harren und wimmern, aus dem ihn nichts und niemand mehr herausholen kann und wo nur zwei oder drei trocken heruntergewürgte Tavor-Tabletten die Folter vorübergehend verkürzen, kurz vor dem Tod also dieses gerade erst geborenen Tages reißt er sich weg von der Fallkante, der Todesschwelle, und schreibt:

Scheißleere, Scheißschmerz, Scheißleben, Scheißtod, Scheißschreiben, und selbst das Wetter war in Wirklichkeit scheiße damals, als er auf die Abiturparty im Schulgarten ging. Schon morgens hatte dichter Hochnebel den Himmel verschlossen, im Laufe des Vormittages hatte es dann zu nieseln begonnen und der Nebel sich in dunkles Gewölk verwandelt. Es war kühl, fast kalt geworden, die Blumen hatten ihre Köpfe gesenkt, die Blüten ihre Kelche geschlossen und Wiesen sich in Dunst gehüllt. Obwohl Regen drohte, war die Partystimmung auf dem Siedepunkt, und es waren, erinnert sich Engel jetzt, auch nicht die Farben der Natur, die ihm mit einem Mal so unwirklich und überzeichnet vorkamen, sondern die *Scheiß*-Gesichter seiner Schulfreunde.

Ihn nervten ihre aufgeregt plappernden Münder, das Glitzern ihrer betrunkenen Augen, die vor narzisstischem Eifer rotfleckigen Kinderpausbacken, das ganze selbstherrliche Gehabe um ein vorübergehendes Gefühl grenzenloser Freiheit, das man, wie alle behaupteten, auskosten müsse bis zum Gehtnichtmehr, da es im Leben einmalig sei. All das war ihm vollkommen fremd und wirkte bedrohlich und übergriffig, ja, richtiggehend gewalttätig auf ihn. Um sich vor dem Geschrei und den wummernden Bässen aus Bennis neuer Stereoanlage zu schützen, stand er etwas abseits, trank ein Bier nach dem anderen und starrte auf das hoch auflodernde Lagerfeuer, in das seine Kollegen johlend und wie zur Walpurgisnacht auftanzend ihre Schulordner und Vokabelhefte warfen.

Auch Marius tanzte diesen seltsamen Initiationsritus der Lebenstüchtigkeit mit, lachte dabei, schleuderte seine Ordner ins Feuer und seine Locken durch die Funken sprühende Luft, und im Widerschein der Flammen schienen seine Augen besonders dunkel und sein Mund besonders rot. Er hatte, wohl wegen der Hitze, Jacke und Pullover ausgezogen, im glutigen Licht war die Haut seiner nackten Oberarme kakaofarben, ein leichter Schweißfilm ließ sie glänzen wie mit Öl übergossen, darunter zuckten die im Karatetraining gestählten Muskeln, und wenn er im Tanz die Arme hochwarf und seinen Bauch entblößte, auf dem die dunkle Behaarung in einem pfeilförmigen Strich direkt in den Hosenschoß wies, spürte Engel, wie sich sein Magen zusammenkrampfte, und er wusste nicht, was ihm diese Übelkeit bereitete, das lauwarme Bier, seine Geilheit oder das Pochen und Klopfen in der Brust, das jetzt eher ein zehrendes Mangelgefühl war, ein Neid, der Marius seine Schönheit, seine Fröhlichkeit und sein fragloses Eingebundensein in die Klassengemeinschaft missgönnte.

Als Marius ihm einen auffordernden Blick zuwarf, der so etwas wie »Mach doch mit« oder vielleicht sogar »Tanz mit mir« sagte, signalisierte Engel mit einem Griff an den Kopf irgendeine Unpässlichkeit und zog sich noch tiefer in die Dunkelheit zurück, die schwer und feucht aus den Gebüschen und Steinwällen des Schulgartens kroch. Da raschelte neben ihm etwas im Laub. Ein Schatten schälte sich aus der Finsternis, er hörte ein Räuspern, dann stolperte Volker Kaiser hervor, der Klassenprimus und Kollegstufensprecher, dessen Vater, ein Getränkehändler, das Bier spendiert hatte.

Er drückte Engel eine Flasche in die Hand und fragte, schon ein wenig lallend, wie er den Scheiterhaufen des staatlich geprüften Halbwissens, so er wörtlich, denn finde, wobei er mit der Bierflasche zum Feuer zeigen wollte, die Richtung aber verfehlte und stattdessen Engel am Arm berührte. Engel zuckte zurück, schwieg und beobachtete Marius, der die dicke Tine untergehakt hatte, die sich von ihm kreischend durch den Funkenregen schleifen ließ. Volker kam näher und fragte, ob auch er seinen Schlafsack mitgebracht habe. Engel verneinte gereizt; unter keinen Umständen wollte er, wie die anderen es geplant hatten, im Schulgarten übernachten, denn die Erinnerung an die Folter der vergangenen Nacht und die Vorstellung, erneut schlaflos neben seinen im Alkoholkoma schnarchenden Klassenkameraden auf die Morgendämmerung zu warten, erfüllte ihn mit Grauen, und so hoffte er, dass es bald zu regnen anfange.

Ein Schnauben dicht an seinem Ohr riss ihn aus den Gedanken. Volker war so nah gekommen, dass ihm sein Atem entgegenschlug, der nach Bier und Grillwürstchen roch. Er legte den Arm um ihn und schob den Mund an sein Ohr. Er habe schon immer gefunden, dass Engel ein Typ sei, mit dem man Pferde stehlen könne, lallte er und hängte sich mit seinem ganzen Gewicht an ihn. Engel schüttelte sich; als Volker auch noch die Lippen auf seinen Hals presste, hätte er das besoffene Strebergesicht am liebsten ins Feuer getreten.

Pferde stehle er nicht, er reite sie, sagte Engel und stieß Volker von sich weg. Allerdings nur Hengste, fügte er hinzu und schaute demonstrativ zu Marius, der nun neben der dicken Tine tatsächlich auch noch Bernd, den *Butcher,* im Arm hielt. Volker murmelte Tschuldige und schlich sich weg. Engel verstand sich selbst nicht mehr. Eigentlich mochte er Volker wegen seiner Klugheit, seiner stillen, höflichen Art und dieser verhaltenen Traurigkeit, die ihn stets umgab, und als der sich nun auf einen Stein abseits des Feuers setzte und die Schultern hängen ließ, tat ihm seine Abfuhr furchtbar leid.

Er leerte die Flasche, die Volker ihm gebracht hatte, in einem Zug. Der Alkohol wirkte nicht, wie erhofft, betäubend, sondern durchflutete ihn mit einem Kribbeln, das sich in seinem ganzen Körper ausbreitete und ihm das Gefühl gab, als zöge man ihm bei lebendigem Leib die Haut ab. Er stürzte in die Dunkelheit und übergab sich in den Schulteich. Dann kauerte er endlose Minuten im Schilf und starrte auf seine Kotze, die im schwarzen Wasser Klumpen bildete und langsam in der Tiefe versank. Ihm war sterbenselend zumute, er fror und zitterte, als hätte er Fieber, seine Haut brannte und juckte, sein Kopf war erfüllt von einem Dröhnen und Brausen, das in gleichförmigem Rhythmus anschwoll und wieder verebbte, und manchmal spürte er hinter der Stirn ein kurzes Ziehen, verbunden mit einem brummenden Geräusch, als zuckte seine Hirnmasse unter einem heftigen Stromschlag zusammen.

Von drüben drangen die Musik und das Gejohle herüber, manchmal durchschnitt das Kreischen der dicken Tine die Nacht, und einmal glaubte Engel sogar das Lachen von Marius zu hören. Es klang unerreichbar weit weg, wie aus einer anderen Welt, die ihn nichts mehr anging, die er für immer verlassen zu haben schien. Am Wasser war es kalt, und erste Regentropfen begannen zu fallen. Engel wünschte sich Hilfe.

Er stand auf, wischte sich den Mund am Jackenärmel ab, klopfte den Dreck von seiner Hose, ging zum Feuer, kämpfte sich durch die betrunken herumtorkelnden Leiber, fand Marius und stellte sich neben ihn. Da bist du ja, sagte der und strahlte ihn an. Halt mich fest, sagte Engel. In Marius' Augen züngelten winzige Flämmchen. Aber pass auf, ich lass dich nie wieder los! lachte er und zog Engel in seine Arme. Die Berührung erinnerte ihn an das Gefühl der Fenistilsalbe auf der Haut: kühlend, beruhigend, bergend, gut. Heute Nacht würde er schlafen können, dachte er und drängte sich noch tiefer in Marius' Arme.

Hoho! rief da die dicke Tine und stemmte die Hände in die Hüften. Hoho! rief dann auch der lange Benni, steckte den Finger in den Mund und schnalzte, und Hoho! rufend scharte sich schließlich die ganze Abiturklasse um die beiden, klopfte ihnen auf die Schulter und puffte sie in die Seite, und selbst der großmäulige Bernd, dem Engel beim Duschen nach dem Sportunterricht immer zwischen die Beine geglotzt und der ihm einmal sogar den Arm um die Schulter gelegt und Pass auf, Schwuchtel zugeraunzt hatte, schlurfte heran, drückte beiden ein Bier in die Hand, ließ die Flaschen aneinanderklirren und sagte: Find ich gut. Nur Volker Kaiser kauerte abseits auf dem Stein und hatte das Gesicht der Nacht zugewandt.

Dann begann es wie aus Kübeln zu gießen. Das Feuer zischte und hüllte den Schulgarten in beißenden Qualm, alles rannte schreiend umher und riss herumliegende Schlafsäcke, Taschen und Kleider an sich, Bennis neue Stereoanlage war im Arsch und die dicke Tine stolperte, stürzte in die Glut und brannte sich ein Loch in die Jeans. Man umarmte und verabschiedete sich wie nach einer neapolitanischen Hochzeit, die Hartgesottenen um Bernd betteten sich unter das Dach der Fahrradständer, und Marius gab Engel einen langen Kuss und flüsterte ihm ins Ohr, dass seine Eltern übers Wochenende verreist seien. Sie fuhren mit den Fahrrädern drei Kilometer durch den strömenden Regen, tropften lachend Pfützen auf den Carrara-Marmor der Diele, stolperten ins Bad und vögelten ein erstes Mal unter der Dusche und das zweite und das dritte Mal in Marius' duftendem Bett.

Als die erste Amsel zu flöten begann, legte Marius seinen Kopf auf Engels Brust, sagte: Ich liebe dich, und schlief sofort ein. Engel betrachtete sein Gesicht und verspürte eine solch überwältigende Zuneigung, dass eine warme Woge durch seinen Körper brandete und alles Leid und alle Qual der vergangenen Stunden und Tage mit sich riss. Er vergrub seine Nase in Marius' Haar, das nur noch ganz schwach nach Kokosshampoo roch und ganz intensiv nach Lagerfeuer, Regen und Sex, schob eine Hand zwischen seine Schenkel, legte die andere sich selbst aufs Geschlecht und begann auch schon tief zu atmen. Er fühlte sich wunderbar geborgen, wunderbar geliebt, wunderbar am Leben. In diesem einen Moment war alles gut.

Im nächsten schreckte er hoch. Vielleicht war es die Stimme der Amsel gewesen, die plötzlich in seinen Ohren schrillte, oder das scharfe Ticken des Weckers, auf dem es schon nach vier war, oder Marius' Schnaufen, das sich in ein leichtes Schnarchen verwandelt hatte, oder das fremde Bett, das er viel zu warm und weich fand, oder die diffuse Beklemmung, die auf einmal von dem seltsam charakterlosen, viel zu aufgeräumten Zimmer ausging, über dessen Tür ein Kreuz hing.

Etwas Leeres und Dunkles hatte ihn berührt, ein eisiger Hauch war über ihn hinweggegangen, eine gefährliche, unerklärliche Fremdheit hatte ihn aus dem Hinterhalt gefasst. Engel schob Marius von sich weg; fast stieß er ihn. Der schmatzte nur und drehte sich zur Seite. Noch einige Minuten starrte er auf die verschatteten Linien des Mobiliars, die sich zu Gesichtern und Fratzen verformten, lauschte dem

Amsellied, das sich anhörte wie eine Sirene, und hörte Marius neben sich schnarchen und schmatzen wie ein widerliches, vollgefressenes Tier. Dann stand er auf, zog sich leise an, suchte auf dem Schreibtisch nach einem Zettel und einem Stift, fand einen Stift, aber keinen Zettel, und riss schließlich aus einem Kampfsportmagazin in Zeitlupentempo eine Ecke heraus, wobei ihm das Geräusch des Papiers so laut vorkam, dass er schon damit rechnete, Marius im nächsten Moment aufzuwecken und ihm seinen überstürzten Aufbruch erklären zu müssen. Der aber schmatzte nur wieder und schlang seine Arme um das Kopfkissen wie ein Kind um seinen Teddy. Engel schrieb: Ich ruf dich an, malte ein zerbeultes Herz darum und legte den Zettel aufs Bett.

Frierend fuhr er mit dem Fahrrad fünf Kilometer durch den nachlassenden Regen, und die Erschöpfung, die in seinen Körper einzog, spornte ihn an, noch fester in die Pedale zu treten, sollte sie ihm doch, so hoffte er, in dem Moment, da er in sein eigenes Bett fallen würde, endlich den lang ersehnten Schlaf bringen. Als er zu Hause ankam, waren die Wolken weggezogen, über den Hügeln des Maintals ging die Sonne auf. Er hängte eine Decke vor sein Fenster, dichtete die Ritzen mit Socken ab und stopfte sich gegen den Lärm des Vogelgezwitschers mit Spucke angefeuchtetes Klopapier in die Ohren. Dann fiel er erleichtert ins Bett.

Er schlief an diesem Morgen nicht mehr. Den restlichen Tag lag er bleiern herum, trank am frühen Abend eine Kanne Baldriantee, ging vorzeitig ins Bett und versenkte sich in ein Buch, um darüber seine Angst vorm Nichtschlafen zu vergessen und müde zu werden. Als ihm die Augen zufielen, legte er das Buch schnell weg und löschte das Licht. Noch im gleichen Moment schreckte er hellwach wieder hoch. Er knipste das Licht an, griff nach dem Buch, las, bis die Augen zu tränen und die Buchstaben zu tanzen begannen, und langte wieder nach dem Lichtschalter. Mit je zwei Buchkapiteln taktete er so die Nacht. Dazwischen ging er halbstündlich pissen. Irgendwann schleuderte er das Buch gegen die Wand, hinter der der Bruder schnarchte. Nach einer Weile holte er es zurück und glättete fast zärtlich eine zerknitterte Seite. Um sieben Uhr morgens las er den letzten Satz und wusste nicht annähernd, worum es gegangen war.

In der dritten Nacht joggte er anderthalb Stunden durch den Wald. Die Schreie der Käuzchen gellten in seinen Ohren, seine Turnschuhe, so war ihm, rissen Krater ins federnde Moos, und als ein aufgescheuchtes Reh durchs Unterholz brach, warf er sich vor Schreck in ein Bett aus Fichtennadeln. Dort lag er zusammengekrümmt und krallte die Finger in die flockige Erde, bis es hell wurde. Als er sich, zurück in seinem Zimmer, zähneklappernd die kalte Bettdecke übers Kinn zog, glaubte er, ihre Falten knistern zu hören. Bei jedem Umdrehen knirschte das Kopfkissen, wenn er die Beine anzog, stimmten die Knochen mit ein, und als er seinen Kopf vor Wut gegen die Wand krachen ließ, kam Robert, der Bruder, herüber und maulte, er könne wegen des Lärms schon seit Nächten nicht schlafen. Trink ein paar Bier mehr, fuhr Engel ihn an, doch da ratzte Robert schon wieder.

In der vierten Nacht schlich er vor die Tür des Schlafzimmers der Mutter. Der Vater, der wegen seines Schnarchens und häufiger Bereitschaftsdienste schräg gegenüber in einer kleinen Kammer nächtigte, hatte einen derart leichten Schlaf, dass ihm nicht einmal das Herumtapsen von Kater Felix entging, geschweige denn das frühmorgendliche Heimkommen seiner minderjährigen Tochter. Als Engel auf Zehenspitzen durch den Korridor ging, schreckte der Vater hoch und fragte: Wer da? – Ich bin's, flüsterte Engel, wartete, bis der Vater wieder gleichmäßig atmete, schlich weiter, legte die Hand auf die Klinke der Schlafzimmertür und drückte sie leicht herunter, aber nur so viel, dass die Tür nicht aufsprang. So stand er zehn, fünfzehn, zwanzig Minuten, barfuß, mutlos, mit vor Schlaflosigkeit brennendem Körper, tränenden Augen und dröhnendem Kopf. In der Vaterkammer hörte er das gleichmäßige Atmen, dann das Tapsen der Katerpfoten auf den Dielen, aus der Vaterkammer ein Wer da? und unter sich ein Maunzen, als der Kater um seine Beine strich. Dann wieder Atmen, draußen die ersten Vögel, ein Auto, das sich entfernte, und zwischen all dem, ganz leise und eher wie eines jener Geräusche, bei denen man glaubt, sich verhört zu haben, das Knurren der Schmerzbluthunde hinter der Tür des Schlafzimmers der Mutter, an der Engel nun schon seit einer halben Stunde mit der heruntergedrückten Klinke in der Hand stand und gar nicht mehr wusste, was er dort eigentlich wollte; die Salbe, vielleicht. Plötzlich wieder ein Wer da? – Ich bin's, flüsterte Juli, die Schwester, und: Was machst *du* denn da? über den Gang hinweg, als sie den Bruder sah. Engel ließ die Klinke hochschnalzen. Spinnst du? zischte Juli und wurde von einer jetzt sehr wachen Stimme in die Vaterkammer hineinkommandiert.

Engel ging in die Küche, nahm ein Fleischmesser aus der Schublade, stieg die Treppe ins Dachgeschoss hinauf, stellte sich im Bad vor den Spiegel, zog das Schlafhemd hoch, setzte das Messer an und schnitt sich in die Brust, vom linken Schlüsselbein quer über das Brustbein bis fast zur rechten Achsel. Die Haut klaffte weiß auseinander. Erst nach Sekunden schoss das Blut in den Spalt. Er beobachtete, wie es über seine Brustwarzen rann, sich dabei in kleine Bäche verzweigte, auf seinen Bauch hinabfloss und in den Hosenbund seiner Boxershorts sickerte. Dann versteckte er das Messer im Wäschekorb, ließ das Hemd über die Wunde fallen, ging in sein Zimmer zurück und kroch ins Bett. Der Schmerz war von hoher Intensität und überwältigender Klarheit. Er erlöste ihn vom allgegenwärtigen Brennen unter der Haut, vom quälenden Leeregefühl in der Brust, ja selbst das Ziehen und Zirpen hinter der Stirn löste sich auf in diesem starken, berauschenden, fast erhabenen Gefühl der blutenden Wunde. Engel schlief ein.

Den ganzen nächsten Tag saß er auf seinem Bett und beobachtete eine Wespe, die unablässig gegen das geschlossene Fenster anflog. Draußen schien die Sonne, der Sommer war zurückgekehrt. Juli kam an die Tür und fragte, ob er Lust habe, mit zum Baggersee zu kommen. Hau ab, sagte Engel, und sie trat gegen das Holz. Das blutige Schlafzeug lag zusammengeknüllt in einer Ecke neben dem Bett. Am Abend hörte er die Türglocke, dann Schritte auf der Treppe, dann trat die Mutter ohne anzuklopfen ein und sagte: Dein Freund. In der Art, wie sie die Worte aussprach, lag die stolze und undurchdringbare Klugheit einer Mutter, die über ihr Kind mehr weiß als das Kind über sich selbst.

Dann verschwand sie, und Marius stand in der Tür. Warum er nicht angerufen habe. Zu viel mit den Bewerbungen für die Filmhochschulen zu tun gehabt, log Engel, die Pakete voller Fotos, Drehbuchskizzen und Super-8-Filmrollen hatte er nämlich schon vor Wochen nach Berlin, München, Wien und Paris geschickt. Trotzdem hättest du anrufen können, sagte Marius. Stimmt, erwiderte Engel grinsend und winkte Marius herein. Er kam zaghaft ins Zimmer, sah sich lange um und sagte schließlich: Hier stinkt's. Stimmt, sagte Engel, stand auf und riss das Fenster auf. Die Wespe suchte das Weite.

Komm her, sagte er und öffnete seine Arme, und Marius stürzte erleichtert hinein. Ich hab schon gedacht, du ..., setzte er an, doch Engel drückte ihm schnell einen Kuss auf den Mund. Marius ließ seine Hände unter Engels Hemd gleiten. An dem Wulst, der sich um die Wunde gebildet hatte, blieb er hängen. Was ist das, fragte er und zerrte am T-Shirt. Lass das, sagte Engel, schlug seine Hände weg und wandte sich ab. Marius schluckte. Ich will wissen, was das ist, du Arsch! Er packte ihn an der Schulter und wirbelte ihn herum. Engel riss sich das T-Shirt hoch. Na, was wohl? fuhr er Marius feindselig an. Der starrte auf die Wunde und sagte: Scheiße.

Ich kann nicht mehr schlafen, sagte Engel leise und setzte sich aufs Bett. Marius trat zu ihm, zog ihm das Hemd über den Kopf und betastete den frischen Grind. Lass das, zischte Engel und stieß ihn weg. Da griff Marius nach seiner Jacke, schlüpfte hinein und schaute zur Wand. Engel sah seine Tränen und blieb sitzen. Marius ging durch die Tür, drehte sich um, lehnte sich gegen den Türrahmen und blickte Engel lange an. Du bist einer von denen, die einen ficken und dann fallenlassen, stimmt's? sagte er, und Engel wäre gerne aufgesprungen, um ihn in den Arm zu nehmen, doch er schaute nur zum offenen Fenster, durch das der Sommer ins Zimmer flutete, und sagte schließlich: Stimmt.

Der Typ ist ein Wichser, schreibt Engel, ein Selbstficker, der andere Menschen nur als Material benutzt, um sich mit ihrer Hilfe in Stimmung zu bringen, in Lebensstimmung, und er haut seine Finger auf die Tasten: Am Umgang mit Menschen interessiert ihn nur die Ausbeute an Lebensfülle, die Anzahl der Orgasmen, die sie ihm bereiten, das Maß an

Aufmerksamkeit, mit dem sie sein Ego mästen, die Menge an Liebe, die sie ihm ins Brustloch stopfen, die Dosis Kultur, die sie ihm in seinen Junkintellekt spritzen, und er hämmert beim Schreiben die Leertaste heraus, die schon immer locker saß, versucht, sie wieder reinzudrückendochsiehältnicht-mehrnichtshältihnmehr

Ist es wieder so weit? sagt jemand und legt mir die Hand auf die Schulter. Es ist Boris; ich habe ihn gar nicht reinkommen hören. Es muss also schon später Nachmittag sein. Habe ich so lange hier gesessen? Mein Mund ist trocken, meine Augen brennen, ich kann kaum atmen mit diesem Ziehen in der Brust. Ich drehe mich mit Gewalt auf meinem Schreibtisch-stuhl herum, so, wie man an einer festsitzenden Schraube dreht, um sie zu lockern, und schaue Boris an. Er hat diesen roten Keil auf der Stirn, eine Hautverfärbung, die immer dann zwischen seinen Augenbrauen prangt, wenn er sich aufregt oder sorgt oder sein Schultag besonders anstrengend war.

Geht es sehr schlecht? fragt er und stellt seine Lehrertasche ab, und ich nicke und könnte heulen in dem Moment, aber ich heule nicht, ich heule so gut wie nie, wenn ich nur öfters heulen könnte, das wäre wenigstens ein echtes Gefühl. Doch ich kann nicht heulen, genauso wenig kann ich richtig lachen, und woher nehme ich überhaupt die Sicherheit, dass der rote Keil auf Boris' Stirn von den Anforderungen seines Lehrer-jobs kommt und nicht vielleicht von denen seiner nicht minder anspruchsvollen Liebhaber? Wenn ich den ganzen Vormittag liebhaben würde, denke ich, hätte ich auch rote Keile auf der Stirn, und nicht nur da!

Was hast du denn da gemacht, fragt er und greift nach der Leertaste, die quer auf der Tastatur liegt. Sie hält nicht mehr, sage ich. Quatsch, sagt er, du musst sie nur wieder reindrücken, und er drückt sie rein, und sie hält. Der Computer erwacht aus dem Stand-by-Modus, und ich greife schnell nach der Maus und scrolle den Text weg, damit Boris nichts lesen kann davon.

Hast du gar nicht arbeiten können heute? fragt er, und mir entfährt ein verächtliches Schnauben. Hast du was gegessen? fragt er dann, und ich schnaube wieder. Soll ich dir etwas zu trinken bringen? Boris geht aus dem Zimmer und kommt mit einem Glas Wasser zurück. Sollen wir am Rhein spazieren gehen? fragt er, und ich schaue ihn an und nicke. Oder willst du lieber weiterschreiben, es regnet nämlich. Ich nicke wieder, und Boris stöhnt. Sein Blick hat jetzt etwas Zweifelndes und Tadelndes, ich hasse diesen Ausdruck an ihm. Zieh dich schon mal an, sagt er, ich muss nur noch schnell eine Mutter anrufen, und er lächelt sein verschmitztes Lächeln, das ich so anziehend finde, das alle anziehend finden, das vor allem die anziehend finden, die auch er anziehend findet, ob er einen von denen gleich anruft, denke ich und glotze auf seinen Hosenschlitz.

Jenny ist mal wieder von zu Hause abgehauen, will er mir erzählen, doch ich drehe mich weg, greife zur Maus, wandere auf dem Bildschirm die Seite abwärts, lese Ego, Brustloch, Junkintellekt; denke: Scheißwörter! und lösche alles. Dann stehe ich auf, gehe aus dem Zimmer, lausche im Flur dem Telefonat, höre zweimal den Namen »Jenny« und einmal das Wort »Klassenkonferenz« und kann mein Misstrauen trotzdem nicht abstellen. Irgendwann, denke ich, wird er mich für einen von denen verlassen.

Kopflos laufe ich durch die Zimmer, suche meinen Geldbeutel – oder meine Schuhe oder das Handy? –, suche Boris oder nach neuen Worten, nach einem Weg, einem Ziel, einem Zuhause in dieser weitläufigen, verwinkelten, mir noch immer fremden Wohnung, von der ich nur ein Drittel zahle und zwei Drittel für mich beanspruche, das Arbeitszimmer und das Schlafzimmer und natürlich auch das Wohnzimmer, in dem wir abends oft sitzen, er rauchend im Sessel am Fenster, ich lesend auf dem Sofa oder er lesend auf dem Sofa, ich rauchend am Fenster, den sehnenden Blick, die sehnenden Gedanken, dieses ganze gottverdammte sehnsuchtskranke Leben einem schmierigen, schmutzfarbenen, von Mietshochhäusern und Fabrikschloten zerdolchten Kölner Vorstadthimmel zugewandt, wartend, dass irgendetwas passiert, was mich aus meiner Starre reißen, mein Eis brechen, die Distanz überwinden und mich diesen Menschen, mit dem ich schon so lange lebe, der dort auf dem Sofa liest, am Fenster raucht, in irgendeinem Zimmer dieser Wohnung telefoniert, endlich finden und erkennen und ins kalte, zugeschnürte Herz schließen, endlich lieben lässt.

Mein Handy finde ich in einem Chaos aus Zeitungen, Krimskrams und ausgelöffelten Joghurtbechern auf dem Küchentisch, drei Nachrichten sind drauf, eine von der Telefongesellschaft, eine von Boris, um mir zu sagen, dass er später nach Hause kommt, die dritte ist von meiner früheren Freundin Feline, sie will wieder Kontakt mit mir, schreibt sie, ihr geht's bestimmt wieder schlecht, denke ich, mir geht's auch schlecht, soll sich doch ihr Mann um sie kümmern, wozu sonst hat sie ihn geheiratet.

Hast du meinen Geldbeutel gesehen, rufe ich in die Wohnung, die, hätte Boris nicht die Regale gekauft und die Couch und sogar das Bett, das ich nicht mit ihm teile, weil ich nicht schlafen kann, wenn jemand neben mir atmet, noch immer kahl und kalt wäre, kahl und kalt wie mein Leben, denn von mir stammen nur der Videorekorder, die Filme, ein paar Bücher, die Skulpturen im Erker, die Feline gefertigt hat, das Filmplakat von »Lost Highway« an der Wand und der Nudeltopf, den mir meine Mutter in die Kiste gepackt hat, als ich von zu Hause ausgezogen bin, und von dem sich schon ein Griff ablöst.

Als ich in Boris' Zimmer trete, will er mich in seine Arme ziehen, doch ich ziere mich und finde es gleichzeitig töricht, wie ich mich gegen die Zärtlichkeit meines Freundes wehre. Kurz stehen wir so in der Tür, ich abgewandt und mit schlechtem Gewissen, er enttäuscht und mit leeren Armen; dann sind wir aus der Wohnung und auf den Rädern und nach einer Höllenfahrt durch den Feierabendverkehr endlich am Rhein.

Ich lasse das Fahrrad auf die Steine knallen und gehe über den Kies bis ans Wasser. Es nieselt, die Wolken hängen tief, und der Fluss ist noch grauer und trostloser als der Himmel, er gluckst mit seinen angeschwollenen Wassermassen gegen die veralgten, fischig müffelnden Befestigungssteine, schiebt rostige Lastkähne vor der nebelverhangenen Kulisse der Kölner Innenstadt hin und her und spült mir einen leeren Benzinkanister vor die Füße, gefolgt von einem Stück Styropor.

Wir sind erst vor kurzem aus der Innenstadt weg auf die andere Seite des Flusses gezogen. Boris war anfänglich dagegen, der Weg zur Arbeit ist jetzt weiter für ihn, doch ich wollte unbedingt ein bisschen Natur vor meinem Zimmerfenster haben, einen Baum oder ein Feld oder ein Stück Himmel, und wenn ich nachts, von meiner Schicht in der

Kneipe kommend, mit dem Rad den Fluss überquere, die Stadt mit ihrem Geglitzer und Gedröhn hinter mir lasse, auf der Mitte der Brücke anhalte und stromabwärts blicke gen Norden, in die offene, vom stillen Wasser getragene Finsternis, in Richtung des hunderte Kilometer entfernten Meeres, dem ein müde blinkendes Frachtschiff entgegensteuert, empfinde ich manchmal ein vages Gefühl von Hoffnung und Trost.

Morgen höre ich auf zu schreiben, sage ich und sehe im Augenwinkel, wie Boris den Kopf wendet und mich lange anblickt. Du hörst doch jeden Tag auf zu schreiben, sagt er. Du fängst an und hörst wieder auf und fängst am nächsten Tag wieder an und hörst wieder auf. So, denke ich, funktioniert das. Ich suche in der dunstverhüllten Silhouette der Stadt die Formen von bekannten Gebäuden, erkenne die Martinskirche, den Museumskomplex und das schwarze, scharfkantige Dom-Ungetüm natürlich, das in dieser Stadt alles überragt.

Nein, morgen höre ich *ganz* auf, sage ich. Flussaufwärts nähert sich ein mit Containern beladener Lastkahn und zieht das Wasser in die Fahrrinne. Algen, Schlick und winzige Schnecken liegen jetzt im Freien. Ich höre auf mit dem Schreiben und allem, was damit zusammenhängt, sage ich in das leise Rasseln, das die wegströmenden Wassermassen im Kiesbett erzeugen, und zwinge mich dabei, Boris' Blick nicht zu erwidern, diesen zweifelnden und tadelnden und leicht ärgerlichen Blick, den er immer bei solchen Gesprächen hat, die ich zutiefst verabscheue, die wir beide zutiefst verabscheuen und die wir immer dann führen, wenn wir besser schweigen und uns in die Arme nehmen sollten. Der Lastkahn hat jetzt alles Wasser in die Mitte des Flusses gesogen, fast scheint es zu dem stählernen Schiffsrumpf hin in die Höhe zu steigen.

Ich muss doch irgendwann einmal anfangen zu leben, sage ich, schaue Boris endlich an und wünsche mir, dass er mir erklärt, wie das geht, doch er schweigt und schaut auf den Fluss, der Kahn ist vorüber, das Wasser kommt zurück und leckt an unseren Fußsohlen, Boris patscht mit seinem Turnschuh in die kleinen Wellen, bückt sich, hebt ein leeres Schneckenhaus auf, betrachtet es zwischen den Fingern und sagt: Stimmt.

2. Feline

Die Sache mit Volker war von Anfang an ein Kuhhandel gewesen. Engel hatte noch in dem Moment, da er Marius aus seinem Leben fortschickte, alles bis ins kleinste Detail geplant; schnell musste es nun gehen und effektiv sollte es sein. Als Marius aus dem Zimmer ging und ihn alleine ließ mit seiner Angst vor der Einsamkeit, wurden seine Schuldgefühle und der Brustschmerz so unerträglich, dass ihm ein Weiterleben nur noch möglich schien, indem er den verlorenen Freund auf schnellstem Wege durch einen anderen Menschen ersetzte.

Er würde sich also noch am gleichen Abend unter einem Vorwand das Cabrio ausleihen, wegen seiner Übermüdung statt der stark befahrenen Bundesstraße die Nebenstrecke durch den finsteren Spessart nehmen, das Eichbachtal hinauf mit seinen Haarnadelkurven und den paralysiert im Scheinwerferlicht stehenden Rehen, unter der Autobahn durch und über den Rohrbuchener Sattel, wo er als Kind mit seinen Geschwistern oft rodeln gewesen war und sein Schlitten ihn eines Sonntagnachmittags buchstäblich um den Stamm eines Baumes gewickelt hatte, der sein Becken zertrümmerte, so dass er mehrere Monate im Gipsbett liegen musste und während seiner ganzen Kindheit vom Sportunterricht, von den geselligen Nachmittagen im Schwimmbad und den Spielen mit den Nachbarskindern bzw. von den stolzen Gewinnern ausgeschlossen war.

Dann, hinter dem Schlittenhang, nähme er die Abkürzung über den Flurweg, der direkt zum Haus des Getränkehändlers Kaiser führt, dessen Familie wahrscheinlich um diese Zeit schon schlief, und er würde sich also in den Garten schleichen und Kieselsteine an Volkers Fenster werfen, das, soweit er sich erinnerte, im ersten Stock gleich neben dem Balkon an der Südwand des Hauses lag.

Irgendwann würde Volker hinter der Scheibe erscheinen. Überrascht, ihn, Engel, im Garten stehen zu sehen, gäbe er ihm ein Zeichen, würde ihn dann an der Hintertür des Hauses abholen und leise in sein Zimmer hinaufführen, wo er, verlegen wegen seines lächerlichen und viel zu kurzen Jersey-Schlafanzugs, mit vor Aufregung rotfleckigen Wangen vor ihm stünde, denn dass Volker in ihn verliebt war, wusste Engel nicht erst seit der Abiturparty. Seine sehnsuchtsvollen und von Engel stets mit gespieltem Desinteresse abgewiesenen Blicke hatten ihn das erste Mal in der achten Klasse getroffen, als sich in und an seinem im Gipsbett verkümmerten Körper der Mann zu regen begann.

Er zieht sich also langsam und wortlos aus: Erst knöpft er sein Hemd auf, streift es über die Schultern, lässt Volker mit seinen Augen lange seine Brust mit der frischen Schnittwunde abtasten und öffnet schließlich, einen nach dem anderen, die Jeansknöpfe. Er wartet ab, bis Volker zwei-, dreimal geschluckt hat, den Kopf hebt und ihn glücklich anlächelt. Dann geht er langsam auf ihn zu, streichelt ihm durch sein braunes, steifes, zerdrücktes Haar, lässt die Finger über seine Wangen und Lippen gleiten, den Hals hinab und unter das Schlafanzughemd, wo er seine weiche, ein wenig speckige Brust berührt. Er zerrt ihm das Hemd über den Kopf, betrachtet sein gutmütiges, ein wenig gewöhnliches, vor Glück wie vor Bestürzung gleichermaßen erregtes Gesicht, die Hitzeflecken auf seinen von einer überstandenen Akne zernarbten Wangen, den schmallippigen, leicht nach unten gezogenen, leicht bekümmert wirkenden Mund, den großen Adamsapfel, der ihm eine tiefe, wohlklingende Stimme verleiht, die rosigen Brustwarzen und die vereinzelten Haare drum herum, den etwas hervorgewölbten Bauch und den steilen Gipfel in seiner Schlafanzughose, die er ihm schließlich herunterzieht, um zu sehen, wie fest der Halt ist, den er in Zukunft von seinem neuen Freund erwarten kann, und wie groß der Trost.

Er holt ihn zu sich; seine Haut riecht nach Weichspülmittel; er gibt ihm einen spitzen Kuss auf die Stirn. Volker schließt die Augen und öffnet den Mund, kommt ihm ganz nah; Engel atmet den Geruch von Schlaf, Knoblauch und etwas Schalem, Bitterem, Undefinierbarem, das ihn ekelt, wendet das Gesicht ab, lässt ihn seinen Hals küssen, schiebt Volkers Kopf auf seine Brust hinab, spürt die nasse, ungeschickte Zunge auf der Haut und ein kurzes Stechen in der Wunde, drückt ihn noch tiefer. Da nimmt Volker ihn auf in seinen Mund, seinen warmen, schwammigen Rachen, in sein laues, langweiliges Inneres, in das er sich nach kurzer Zeit schon entleert, mit versteinertem Gesicht, starr auf den Boden gehefteten Augen und einem leisen, kurzen Schrei, der souverän die Verzweiflung, die Wut, den Ekel und die Lust verhält, während Volker stöhnend und ohne ein einziges Mal von ihm berührt worden zu sein schluckt, das Einzige schluckt, was Engel in der kurzen Zeit ihrer Liebschaft, die in dieser Nacht ihren Anfang nahm, von sich zu geben bereit war.

Als es vorbei war, wischte er sich mit einem Papiertaschentuch ab und warf sich aufs Bett; eine bezwingende Erschöpfung überfiel ihn. Volker kroch zu ihm, wollte kuscheln, wollte küssen und eng umschlungen schlafen. Ich habe so lange auf diesen Moment gewartet, sagte er, und seine Stimme war stolz und schön. Engel drehte sich weg, zog die Beine an und umarmte die Leere. Volker rückte von hinten heran; sein Körper war warm, fest und konkret, ein Schutzwall gegen die kalte Nacht, den Frost der Einsamkeit und die abstrakte Angst, darin zu erfrieren. Ich liebe dich, sagte Volker, und Engel wurde müde. Ich dich auch, murmelte er und war fast schon drüben, fast schon im Reich des Schlafs, fast schon über den Fluss, da kitzelte ein Haar von Volkers Bein ihn am Arsch.

Er wollte es hinnehmen, wollte es sogar schön finden, es belächeln als eine Art Fußangel des Glücks, eine kleine Narretei des Nahbeieinanderseins; es stach, juckte, es ekelte, kotzte ihn an. Er fuhr auf, riss Volker aus ersten Träumen; wo willst du hin? fragte der, als er über ihn hinwegstieg wie über einen Graben. Er kroch über den Boden, wühlte im Klamottenberg, fand seine Hose, zog einen Tablettenstreifen aus der Tasche, drückte eine Pille heraus und steckte sie sich in den Mund. Kurz saß er da, starr vor Kälte und Angst, eingeschmolzen in sein Grauen wie in Glas; dann schluckte er eine zweite Tablette und danach eine dritte.

Was ist das? Volker robbte über den Boden und zog ihn zurück ins Bett. Schlaf, sagte Engel und blieb auf der Kante sitzen. Bist du krank? fragte Volker ins Dunkel, krank, echote Engel und wälzte im Kopf das unausweichliche Wort. Deine Brust, die Wunde, der Schnitt? fragte Volker, legte von hinten die Arme um ihn und strich mit den Fingern über den Grind. Geschwulst, Lunge, Operation, log Engel und wusste, dass die Lüge lächerlich war, Schmerzen, sagte er, Fieber, kein Schlaf. Ein Schlafengel muss kommen für den Schlaf meines Engels, sagte Volker, ernst und ohne Gesäusel. Doch Engel schnaubte nur, stieß ihn weg und rief: Schlafteufel! Dann warf er sich auf den Freund, fauchte ihm ins Gesicht und biss ihm in die Lippen. Volker zuckte zusammen, lachte dann und boxte ihn in die Kissen und in seine Arme, bedeckte sein Gesicht mit Küssen und legte das Knie über ihn mit dem kitzelnden Haar, es stach Engel in die Magengrube, ins Brustloch, ins Herz.

Volkers Griff war wie eine Zange, er konnte nicht hinaus, er war gefangen in diesen starken Armen, und im Würgegriff einer solchen Nähe, im Joch von Volkers schlichter, unschuldiger Liebe, hätte er anfangen wollen zu reden und ihm die Geschichte erzählen vom Schlafengel, der zum Schlafteufel wurde, von Marius, von den Geschehnissen am Mainfluss, von der ihn seitdem beherrschenden dunklen Macht und der geliebten, von ihrem Kopfweh vermauerten Mutter, vor deren Schlafzimmertür er, um sich den Schlaf, das Schweben und Fliegen, das Engelsleben wiederzuholen, in Wirklichkeit gestern Nacht nicht lange gewartet hatte; nicht, wie behauptet, eine halbe Stunde, sondern höchstens zwei, drei Minuten, gerade so lange, bis er sich sicher gewesen war, dass die Schmerzbluthunde hinter der Tür diesmal nicht knurren würden, dass es Schmerzbluthunde hinter der Schlafzimmertür gar nicht gab.

Da hatte er die Türklinke blitzschnell heruntergedrückt und war auf Zehenspitzen und lautlos wie ein Geist oder, besser gesagt, wie ein Engel durch den Türspalt geschlüpft – was nicht hatte verhindern können, dass der Kater Felix ihm wie ein Pfeil hinterhergeschossen war. Als der Engel ihn einfangen wollte, wischte Felix ihm eine mit der Pfote und fauchte, was dann auch das einzige tierische Geräusch in diesem Zimmer blieb.

Die Mutter hatte am Vorabend wieder starke Beschwerden gehabt und schlief nun tief. Ihr Gesicht war ins Kopfkissen gedrückt, in das ihr Mund verbissen schien, als könnte ihr im Traum ein Geheimnis über die Lippen gehen, das sie am Tage beharrlich verschwieg. Der Kater spitzte die Ohren, schlich ans Bett, stellte sich auf die Hinterläufe und spähte zu seiner Herrin empor. Die lag inmitten eines höchst einladenden Gebirges aus weichen, duftenden Daunendecken. Ihr langes Haar mit den kastanienbraunen Locken fiel wie eine erstarrte Kaskade über Stirn und Schläfen; nur auf dem Kissen zitterte eine dünne Strähne in ihrem Atem. Ihre Hände lagen gekrümmt zu beiden Seiten des Kopfes, die Finger krallten sich förmlich ins Laken. Dem Engel war, als hätte eine fremde, grausame Hand sie, um sie zu ersticken, mit dem Gesicht gewaltsam ins Kopfkissen gedrückt und dann in der verkrampften Position ihres zum Stillstand gekommenen Todeskampfes liegen lassen.

Es roch gut; nach kalter Nachtluft und frischer Wäsche aus den Schränken, nach der Aloe-vera-Creme, die die Mutter als einzige Kosmetik benutzte, nach den Salben aus der Hausapotheke und dem Pfefferminzöl, das sie sich auf die Schläfen rieb; immer schon hatte es in diesem Zimmer so gerochen. Immer schon hatte er dieses verbotene Zimmer einmal inspizieren und sich in diese flauschige Deckenlandschaft kuscheln wollen, dachte der Kater und setzte zum Sprung aufs Bett an. Als der Engel ihn gerade noch rechtzeitig an sich riss, biss er ihm in die Hand. Der Engel fluchte leise und packte ihn am Schlafittchen bzw. genau an jener Stelle im Nacken, an der Katzenmütter bei Gefahr ihre Jungen oder aber Raubkatzen ihre Opfer packen, um sie wehrlos zu machen.

Du gemeiner Kerl, maunzte Felix, ich will doch nur ein bisschen schnuppern. Der Engel schaute sich hilflos im Zimmer um. Was wollte er hier? Wollte er etwa die Mutter wecken, sich an ihr Bett setzen und zu erzählen beginnen, von den Geschehnissen am Ufer des Mains, vom Schlafmassaker und den Nächten, in denen er als Kind vor der Tür gestanden und sich nicht getraut hatte, die Klinke herunterzudrücken? Und wollte er dann, nachdem er sich alles von der Seele geredet und die Mutter ihn mit wissenden, sich nie ganz offenbarenden Augen lange angeschaut und ihn schließlich zaghaft in ihre Arme gezogen hätte, nicht endlich weinen über all seine verwirrenden Gefühle, damit sich der Knoten lösen und er endlich wieder schlafen konnte?

Er nahm seinen ganzen Mut zusammen und tat einen großen Schritt auf das Bett zu. Tu's nicht, sagte der Kater, blickte sehnsüchtig nach den Decken und dachte: Ich weck doch keine schlafenden Hunde. Der Engel, starr vor Zweifeln und Furcht, hielt inne und schaute eine Weile unsicher zwischen Felix und der Mutter hin und her. Was aber wäre, dachte er, wenn die Mutter auf die Störung ihres so kostbaren Schlafs verärgert reagierte, wenn sie ihn sogar abwiese, zurück auf sein Zimmer schickte und sich ihr Zustand durch die Aufregung noch verschlimmerte? Wäre dann seine Einsamkeit nicht noch größer, die Schwelle zum Schlafzimmer nicht noch unüberwindbarer und das Gefühl, er selbst könnte, allein durch seine Geburt, sein bloßes Dasein als Kind, Schuld tragen am Schicksal der Mutter, nicht noch unerträglicher als je zuvor?

Sie wird dir nicht helfen können, sagte Felix und blinzelte

verschwörerisch mit den Augen, aber wenn du mich runterlässt, verrat ich dir, wo ihre Schlaftabletten sind. Der Engel wagte jetzt kaum mehr zu atmen. Der Gedanke, als erwachsener Mann die Mutter zu wecken und sich an ihrem Bett auszuweinen, schien ihm unmöglich, vergeblich, absurd. Hilfesuchend starrte er den Kater an, der aber strampelte mit den Hinterläufen, wandte den Kopf und schaute mit einem solch dämonischen Glimmen in den Augen zur Kommode mit der Hausapotheke, dass der Engel ihn schaudernd von sich streckte, auf Zehenspitzen zur Kommode trat und mit der freien Hand die Schublade aufzog. Wie es verbotene Schubladen in solchen Situationen immer tun, knarrte sie laut. Reflexartig wollte er sie mit der anderen Hand anheben, vergaß dabei aber, dass er mit dieser den Kater festhielt, und schlug ihn gegen die Kommode.

Nicht da rein, heulte Felix und erinnerte sich mit Schrecken an den Tag, an dem man ihn versehentlich im Bettkasten eingesperrt hatte. Der Engel schob die Hand in den Spalt, ertastete Salbentuben, Fieberzäpfchen und schließlich, neben den Pflastern, die Packung Schlaftabletten, drückte die Papplaschen ein, nestelte eine Pille heraus, steckte sie sich in den Mund und schluckte. Dann stemmte er sich mit seinem ganzen Gewicht gegen die Schublade; sanft und schnell, als hätte sie niemals geklemmt, glitt sie in die Kommode zurück und erzeugte am Ende einen Knall.

Da ging ein Ruck durch den Körper der Mutter. Die Lockenkaskade begann zu fließen, vereinzelt spritzten Strähnen zur Seite. Der Engel schlich rückwärts zur Tür und streckte die Hand nach der Klinke aus. Die Mutter krümmte den Rücken, winkelte die Arme ab und hob langsam den Kopf. Ihr weißes Nachthemd rutschte über die Schultern, entblätterte sich über der Brust und spreizte sich wie zu einem Flügel, als wollte sie endlich davonfliegen aus dem Grab ihres Bettes. Dem Engel war, als bliebe in diesem Augenblick die Zeit stehen oder als strömte alle Zeit in diesem einen Augenblick zusammen, als wäre dies der Beginn und gleichzeitig das Ende aller ihm zur Verfügung stehenden Zeit und dieser Moment des Erwachens der Mutter der einzige, der für ihn je eine Bedeutung haben, in dem je ein Leben für ihn möglich sein würde, in dem allein er zu einer wahrhaftigen und ungebrochenen, mit sich und der Welt im Einklang stehenden, einer echten menschlichen Empfindung fähig sein sollte; nichts wünschte er sich in diesem Moment mehr, als dass die Mutter die Augen aufschlüge und ihn dort stehen sähe vor ihrem Bett, frierend, verloren und mit brennendem und juckendem Körper wie damals in den Nächten der Bremsenbuckel.

Sie aber seufzte nur und drehte sich weg. Der Kopf grub sich ins Kissen, das Haar erstarrte wieder. Nur eine von der Drehung aufgezwirbelte Locke stand noch eine Weile widerspenstig ab, sank dann langsam zur Seite und legte sich in den Nacken. Der Engel rannte aus dem Schlafzimmer und presste sich den Kater vors Gesicht, um seine Verzweiflung nicht laut herauszuschreien, denn ihm war in diesem Moment zumute, als wäre es seine eigene Engelshand, die die Mutter so unerbittlich in die Kissen drückte.

Felix ließ die Pfote, die er schon gegen den Engel erhoben hatte, wieder fallen; wie der dort bedeppert im Flur stand, tat er ihm doch ein bisschen leid. Er sprang zu Boden, leckte sich übers Fell und tappte neben dem Engel in die Küche, enttäuscht, dass das verbotene Zimmer kein Schlafparadies, sondern ein gewalttätiger und katzenfeindlicher Ort, gleichsam ein Zwinger voller Bluthunde war. Doch war der Fressnapf zu voll, war das Schlafkissen in der Diele zu weich, um sich darüber zu grämen; als der Kater in den Schlaf der Gerechten sank, hatte der Engel sich schon mit einem Fleischmesser seine Flügel tief aus der Schulter geschnitten.

Am Abend des nächsten Tages, nachdem der Engel Marius, seine Menschenliebe, aus seinem Leben verstoßen hatte, kam die Mutter ins Zimmer. Ein hübscher Kerl ist dein Freund, sagte sie, im Türrahmen stehend und ohne zu lächeln. Der Engel, der die Bettdecke bis zum Kinn gezogen hatte, um die blutigen Stümpfe zu verbergen, schnaubte verächtlich. Kater Felix bog ums Eck, blinzelte dem Engel zu und schmiegte sich an die Beine der Mutter. Die bückte sich und nahm ihn auf den Arm, wo er sofort zu schnurren begann. Der Engel schaute sie an und versuchte ein Gefühl von ihren Augen abzulesen, eine Regung, einen Gedanken, ein Licht oder einen Schatten, sie aber vergrub ihr Gesicht im Fell des Katers und wandte sich zum offenen Fenster, in dem das sommerlich tiefe Blau der hereinbrechenden Nacht stand. Doch sah sie dort nicht die Dunkelheit, den Schlaf, sondern, so war ihm, als er ihre nervös hin und her wandernden Pupillen bemerkte, die Wespe, die, obwohl schon vor Stunden von ihm in die Freiheit entlassen, in den Augen der Mutter noch immer ihre vergeblichen Kreise vor dem Fensterglas zog.

Sie kam auf ihn zu, gab ihm einen Streifen Tabletten und schaute ihn lange an, ohne Urteil und Wertung, doch mit dem trostlosen Flackern eines bedrückenden Wissens, einer unausweichlichen Schuld in ihrem dunklen, in sich selbst zurückfallenden Blick, der in ihrem Innern unablässig die Ursache der Schmerzen zu suchen schien und sie in seinen Augen zu einer Andersartigen und Schicksalsgenossin, zu einem Engel der Finsternis machte.

Siehste, sagte der Kater, sprang aufs Bett und machte einen Buckel. Es ist nicht so wichtig, ob man so oder so liebt, sagte die Mutter und legte dem Engel für ein paar Sekunden die warme Hand auf die Wange, Hauptsache, man liebt überhaupt. Dann wünschte sie eine gute Nacht und verließ das Zimmer. Als er bemerkte, dass in dem Streifen eine einzige Tablette, die, die er in der gestrigen Nacht gestohlen hatte, fehlte, fing er an zu heulen, zog den Kater an sich, drückte das Gesicht in sein Fell und schluchzte: Wenigstens haben *dich* alle lieb. Ist doch alles für die Katz, murrte der Kater und sprang, vergrätzt von der Nässe der Tränen, aus dem Bett, doch das konnte der Engel, der eine andere Sprache als die seiner Verzweiflung noch nicht kannte, nicht verstehen, und so blieb bis auf weiteres Felix ein glücklicher Kater und er selbst ein unglücklicher Engel ohne Flügel und Schlaf.

Lange sah er Volker ins friedliche Gesicht mit dem leicht offen stehenden Mund und den im Traum zuckenden Augenlidern. In der gleichen Nacht beschloss der Engel, einen neuen Menschenfreund zu suchen, beendete er seine Geschichte, streckte die Hand aus und streichelte Volker über die Wange. Denn fliegen, denn schlafen kann nur der, der liebt und geliebt wird. Er rückte ganz nah an Volker heran und legte kurz die Lippen auf seinen Mund; dann drehte Engel sich weg vom Menschenkörper und hin zur kalten, leeren Wand. Dort drückten ihn die Tabletten tief in das Kissen und hinab in sein Grab.

Ein Schrei ließ ihn auffahren. Er lauschte in die angeschwollene Stille; erst als ein zweiter Schrei aufbrach, verstand er, dass es sein eigener gewesen war, und er wusste, dass er von nun an nicht mehr würde aufhören können zu schreien. Er hatte das Gefühl, vergewaltigt, gefoltert, bis aufs Blut geschändet worden zu sein. So sehr er sich auch an die Zeit vor diesem inneren Kataklysmus, diesem GAU in seinem Körper erinnern wollte, nach Empfindungen aus dem unversehrten und freien Leben suchte, das er bis vor kurzem noch geführt zu haben glaubte, so sehr er also nach Erfahrungen und Erinnerungen forschte, die ihm eine Vergangenheit hätten bezeugen können, die war, wie eine Vergangenheit zu sein hat, gut oder schlecht, leidvoll oder glücklich, im einen wie im anderen aber eine unverbrüchliche Garantie für ein zu ihm gehörendes, ihn bestimmendes, Leben ermöglichendes Hier und Jetzt, er stieß immer wieder nur auf das Abstrakte und Fremde, das Monströse, Namenlose und Unfassbare, das in ihn gedrungen war, immer nur stieg das Gefühl seiner Auslöschung in ihm empor; er schrie, als sei der Tod bei lebendigem Leibe in ihn gefahren.

Im Hause Kaiser ging das Licht an. Der Getränkehändler schlüpfte in die Pantoffeln und eilte über den Flur zum Zimmer seines Sohnes, aus dem das Geschrei drang und vor dem die kleine Tochter schon stand, mit der Puppe im Arm und angstvoll glupschenden Augen; drinnen warf sich Volker schreiend auf einen schreienden Nackten. Kaiser sah das zerwühlte Bett, das offene Fenster, die umgestülpten Hosen am Boden und seinen Jungen in den Armen eines Fremden. Da schlug er Volker zur Seite, zog den anderen aus dem Bett und erkannte in ihm den Engel aus Storchenau, der immer ein gerader und netter Bursche gewesen war und deshalb in seinem Hause gerne, wenn auch selten gesehen; der schrie jetzt wie irr, der hatte jetzt Schaum vorm Mund und keuchte und spuckte wie ein Berserker, der hatte den Sohn verführt, der hatte sein Fleisch und Blut vergiftet, den drosch er jetzt gegen die Wand, dass es krachte. Fass ihn nicht an, schrie Volker, sprang dem Vater ins Genick und zerrte ihn weg von der Wand und dem daran klebenden Engel, doch der Kaiser war ein Zweimetermann, holte aus und watschte Volker zu Boden. Karl, er ist dein Kind! schrie Frau Kaiser in der Tür und stürzte über die Schwelle, dem Sohn vor die Füße und dem Karl in die Faust. Raus mit euch, brüllte der, kratzte das Engelsgesicht von der Wand, warf die Kleider zum Fenster hinaus und hätte das ganze Gesindel gleich hinterhergetreten, wenn die Tochter nicht auch noch angefangen hätte zu plärren. Hör auf zu flennen, drohte Kaiser mit erhobener Hand dem Kind, doch das schaute nur blöd zwischen Papa und den Verkloppten hin und her und presste sich an die Puppe.

Im Garten die Erde war kühl, weich und gut; sie rieselte Engel zart über die zerbeulte Stirn, stillte den Blutfluss aus seinem Mund und erstickte seine Schreie. Als eine Schnecke, angelockt von der feuchten Mundhöhle, kalt an seinen Lippen glitschte, stemmte er sich aus dem Beet, tastete über die Gurken hinweg nach seinen Kleidern, fand eine Socke im Kraut und die Hose an den Tomaten; der Autoschlüssel steckte noch in der Tasche. Im Gehen schaute er zum Fenster hinauf; er glaubte, einen Schatten hinter der Scheibe zu sehen, doch es waren wohl nur Schlieren im Blick, eine Erdkrume oder Blut in den Augen.

Im Cabrio roch es trostreich und gut, roch nach fern vertrauten Dingen, nach Diskobesuch und Durch-die-Felder-Fahren, Sommer, Sex mit Marius, Einkaufen, Mutter. Er fuhr nackt, nicht angeschnallt und mit dem Teufel im Nacken. Auf dem Rohrbucher Sattel kam er, bevor die Straße den Schlittenhang querte, in ein finstres Stück Wald; dort gab er Gas. Dort trat er, dort drehte er durch. Mörder! schrie er und sah im Scheinwerferlicht den Baum, der ihm das Becken zerhauen, der ihm die Kindheit zertrümmert, der die Kerkertür hinter ihm zugeschlagen hatte. Die Reifen quietschten, der Motor heulte auf, sei nicht dumm, sagte der Baum, zog die unteren Zweige an und legte die Rinde eng an den Stamm.

Engel sah die Borke schon bersten, hörte den Schädel schon splittern, hätte den Baum so oder so nicht verstanden. Da stand im Scheinwerferlicht plötzlich das Reh. Die Bremsen kreischten, das Cabrio drehte ab, preschte über den Graben, krachte ins Gebüsch, schrammte tief ins Laub und hieb mit dem Kotflügel dem Baum eine Kerbe in den Stamm. Autsch, sagte der, dein Becken zerhauen hat aber die Buche da drüben. Dann dampfte es, qualmte es, war dunkel und totenstill. Das Reh äugte aus dem Unterholz und stakste heran. Ich habe Hunger, sagte es, blähte die Nüstern und witterte zum Baum hinauf, wo die zartesten Blätter wuchsen. Und ich blute, sagte der Baum und fühlte das Harz in die Kerbe schießen. Wenn du mir zu fressen gibst, leck ich dir die Wunden, sagte das Reh. Das ist ein Kuhhandel, sagte der Baum und warf dem Reh ein paar Knospen hin. Kuh? sagte das Reh und dachte gar nicht daran, sich mit dem klebrigen Harz den Geschmack zu verderben, ich bin ein Bock.

Der Tod war nicht, wie Engel immer geglaubt hatte, schwarz, sondern weiß. Auch war er nicht eng, klamm und kalt, sondern weit, frei, luftig und sogar weich und warm; fast schien er ihm – was, zugegeben, ein wenig enttäuschend war – gemütlich. Sogar für die Stillung der Wunden, die Linderung der Schmerzen und die Beruhigung der aufgeriebenen Nerven schien er gesorgt zu haben: Der Sarg nämlich, in dem er,

Engel, lag, bestand nicht aus hartem Holz und einer kratzigen Totendecke, sondern aus Watte, Mull und duftigen Binden. Auf der Haut spürte er kühlende Salben, freundliche Gifte im Blut und irgendwo im Gelenk einen Nagel, der zwar unangenehm drückte, aber wohl dafür sorgte, dass nicht verloren ging, was ihm gehörte. Auch war der Tod nicht totenstill; er piepste, summte und sagte: Du gehst nach Wien. Im Tod nämlich saß, als er erschrocken den Kopf aus dem Mumienhelm drehte, seine Mutter. Sie winkte mit einem Zettel, der, so verstand er, da sie nun zu lesen begann, nicht sein Totenschein war, sondern eine Einladung zur Aufnahmeprüfung an die Filmhochschule in Wien, also eine ausdrückliche Aufforderung zum Leben.

Da sprang die Tür zur Grabkammer auf und herein kam das Engelsgefolge im knisternden grünen Plastikgewand: der Vater mit strengem Internistenblick und erhobenem Zeigefinger, Bruder Robert mit null Bock und Kater, Schwester Juli mit Blumen in der Hand, dann, zu seiner Überraschung, mit rotfleckigen Wangen und gesenktem Kopf, Volker, und ganz zuletzt, zum Erstaunen aller, der Getränkehändler Kaiser, im Sonntagsstaat und mit einer Krawatte, die pink durchs grüne Plastik leuchtete.

Glück gehabt, aber das Cabrio ist hin, sagte der Vater, reckte den Finger und spulte Fortunas unsichtbare Fäden darum, für Nacktfahren gibt's Führerscheinentzug, höhnte aus der Ecke der Bruder, hättest doch auch eins von mir haben können, kicherte Juli und zupfte an Engels weißem Kleid, und ins Gelächter hinein sagte Volker: Es tut mir so leid. Nur der Kaiser stand stumm in der Tür und knetete seinen Kittel. Er geht nach Wien, rief die Mutter und winkte mit dem Brief, Juli nahm ihn ihr aus der Hand und sagte: Wien ist doch am

Arsch der Welt. In Wien lebt meine Schwester, fügte Volker schnell hinzu, dort kannst du bestimmt eine Zeitlang wohnen. Dann trat er ans Bett, nahm Engels eingegipste Hand, schaute trotzig zu Vater Kaiser und sagte: Und ich bring dich hin.

Plötzlich rückten die Geräusche weit weg, die Gesichter verschwammen, die weiße Wand tat sich auf, Erinnerungsfetzen flogen heraus. Engel sah Volkers entsetztes Gesicht, das zerwühlte Bett, das offene Fenster und den Kaiser mit erhobener Faust über ihre verknäuelten Körper gebeugt, sah das Gurkenbeet, das Cabrio, den Baum, das Reh, die schwarze Nacht und den blendend weißen Tod und schrie vor Angst und Schmerzen. Die Krankenschwester scheuchte alle weg, stach ihm freundlich in den Arm und sagte: Alles wird gut. Auf einer siedenden Woge ritt er in die Wand, brach ein in den weißen, leeren, spiegelnden Raum, füllte ihn aus, leerte sich hinein, lebte sich ein, fühlte sich leicht, frei und geliebt; in der Wand, so schien ihm, war er geborgen. Er blieb Stunden, Tage, Wochen darin, kam nur zum Essen heraus, zum Scheißen und manchmal wegen der Schmerzen.

Er sah Volker mit Rosen, Juli mit hennarotem Haar, Vaters spulenden Finger über dem Bett und auf dem Stuhl den statuarischen Schatten der Mutter; nur einmal, sie hatte wohl gedacht, er sei tief in der Wand, sah er sie auf sein Bett gesunken und weinen. Die Krankenschwester stach, freundlich floss das Gift, der Schatten der Mutter verschwand, die Wand tat sich auf; zwischen dem gerade noch abgewendeten Tod und dem unabwendbaren Leben lag verlässlich der Raum, ließ ihn nicht sterben, ließ ihn nicht leben, ließ ihn drei Wochen lang mit all dem in Ruhe.

Dann fiel er heraus, fiel aus der Wand auf den harten,

schmutzigen Boden. Willkommen in der Peststadt, sagte jemand in breitem Akzent. Die freundliche Krankenschwester war fort, das Blut voll giftiger Gefühle, die Wunden längst vernarbt, der Grind abgefallen vom Körper. Eine Schraube hielt die Schulter zusammen, die Tabletten der Mutter den Schlaf und das vom Krankenhausarzt verschriebene Tavor die auseinanderfasernden Nerven.

Volkers ältere Schwester Feline war Kunststudentin in Wien und ein Fass von einer Frau; als sie Engel auf dem Bahnsteig zur Begrüßung umarmte, kippte er nach hinten und krachte auf einen Kofferkuli. Volker gab sie lediglich die Hand. Bist groß geworden, ganz der Papa, sagte sie, und ihre grünen Augen funkelten böse. Volker schlug den Blick zu Boden und trottete neben Feline her. Er ist Papas Liebling, erklärte sie und hakte sich demonstrativ bei Engel unter. Der grinste im Gehen zum Freund und verdrehte die Augen. Da lächelte Volker erleichtert, wechselte die Seite und rollte dabei ebenfalls mit den Augen; fett, verrückt und ordinär, hatte er ihm im Zug seine Schwester beschrieben. Pudern könnt's späda, rief sie und zerrte an ihnen, als Volker Engel am Ende des Bahnsteigs unvermittelt umarmte, z'erst zeig ich euch mein Lieblingsplatzl! Dann trieb sie das Paar durch den Westbahnhof, über den Wiener Gürtel und hinein ins Verderben.

Engel hält im Schreiben inne und muss wieder an das Gespräch mit Boris am Ufer des Rheins denken, diese sinnlose, sich in eine endlose Kette sinnloser Gespräche einreihende Diskussion über den Sinn oder Nichtsinn seines Lebens, Fühlens und Schreibens, über die Boris irgendwann so sauer war, dass er sich auf sein Fahrrad schwang und nach Hause fuhr, woraufhin er noch einige Zeit wie betäubt auf den Fluss starrte und dann ziellos durch die Stadt und bei Einbruch der

Dunkelheit in die einschlägigen Bars lief, immer auf der Suche nach dem Fremden, dem unbekannten schönen Mann, seinem Retter und Glücksritter, der ihn mit zu sich nach Hause nehmen und ihm den Schmerz aus dem Brustloch und vom Arsch die ganze Scheiße seines gottverdammten Daseins lecken würde, den ganzen unverdaulichen Dreck seines Buhlens um den flüchtigen, unverzichtbaren Augenblick Leben. Doch hatte er, wie meistens in solchen Nächten, allein in irgendeiner bierklebrigen Ecke gestanden, mit zermürbenden Schuldgefühlen gegenüber Boris und diesem hungrig die Menschenmenge taxierenden Blick, mit dem für ihn so typischen Vampirblick, dem Engelblick, den Feline, fährt er zu schreiben fort, schon bei ihrer ersten Begegnung am Wiener Westbahnhof an ihm erkannt haben musste und mit dem sie sich sogleich solidarisiert und verbündet hatte, gegen das Leben, gegen die Liebe, gegen die Menschen, gegen Volker.

Das hättest eigentlich *du* sein sollen, sagte sie zum Bruder und deutete auf ein Grab, dessen Stein zu Engels Erstaunen die Inschrift »Volker Kaiser« trug. Geburts- und Todesdaten lagen im gleichen Jahr, 1965. Feline blickte herausfordernd in die Runde; sie hatte, obwohl Engel und Volker von der langen Zugfahrt erschöpft waren, darauf bestanden, vom Bahnhof direkt zum Wiener Zentralfriedhof zu fahren, und so hatten sie murrend ihre Rollenkoffer in die Trambahn und dann eine schiere Ewigkeit über die eintönigen, sich sternförmig in die Unendlichkeit spreizenden Wege des Friedhofs gezerrt, bis sie schließlich an diesem unscheinbaren, aber mit frischen Blumen geschmückten Säuglingsgrab angekommen waren, an dem Feline nun einen bei dem Floristen am Friedhofstor erstandenen Blumenstrauß niederlegte.

Hier nämlich, begann sie zu erzählen und verschränkte die

Arme, liege das Kind begraben, das ihr Vater in jungen Jahren mit seiner ersten Frau, einer Wienerin, gezeugt habe, das aber kurz nach der Geburt schon verstorben sei und dessen Tod oder die Trauer über dessen Tod ihn, den Vater, zurück nach Deutschland und in die Ehe mit ihrer Mutter getrieben habe – sie sprach, während sie dabei Volker ansah, das Wort *Mutter* wie eine Drohung aus. Jeder in der Familie weiß, fuhr sie fort, dass sich Vater damals statt einer fetten und hässlichen Tochter einen schlanken und ranken Sohn, einen zweiten Volker Kaiser gewünscht hat, der für ihn seinen Mann steht. Sie deutete auf das Grab, und ihre Augen funkelten wieder. Bevor er zu dir ins Bett gekrochen ist, Bruderherz, hat er Mama und mich in den Keller gesperrt. Die letzten Worte peitschten wie Pistolenschüsse über die Gräber hinweg.

Stimmt das? fragte Engel und erschrak, als er den fordernden, fast drohenden Ton in seiner Stimme vernahm. Er war sich nicht sicher, ob Feline, aus welchem Grund auch immer, gerade eine unverschämte Lüge auftischte oder aber eine grässliche Wahrheit enthüllte. Volker blickte ihn flehend an; sie lügt, sagte er und zeigte mit dem Finger auf seine Schwester, sie hat schon als Kind immer gelogen.

Als ich es herausfand, konterte Feline mit einer Stimme, die jetzt klang wie splitterndes Glas, habe ich meine Koffer gepackt und bin abgehauen. Sie hielt inne, ihr Gesichtsausdruck verdüsterte sich, wurde abwesend und hart. Dann bin ich hier in Wien zufällig auf dieses Grab gestoßen und habe alles verstanden. Den letzten Satz hatte sie mehr zu sich selbst gesagt.

Und deshalb bringst du hier Blumen her? fragte Engel misstrauisch, doch Feline antwortete nicht; mit katzenhaft verengten Augen schaute sie zwischen ihm und Volker hin und her, der sich, wie um sich vor den verbalen Attacken seiner Schwester zu schützen, hinter den Grabstein zurückgezogen hatte, die Schultern hochzog und den Fuß in den Kies bohrte.

Engel spürte den Wunsch, Volker nahe zu sein, ihm aufmunternd in die Seite zu puffen oder tröstend die Hand auf den Arm zu legen. Doch so sehr es ihn auch zu ihm hinzog, so sehr er ihm auch leidtat in seiner hilflosen Bestürzung, er konnte sich nicht bewegen. Etwas bannte ihn neben das Grab, neben Feline, in ihren ausladenden Schatten, eine Kluft, die sich zwischen ihm und Volker aufgetan hatte und die im Gegensatz zu dem schmalen Säuglingsgrab mit seinem niedrigen Stein und seiner zweifelhaften Geschichte tatsächlich unüberwindbar schien. Er verachtete ihn für den Gleichmut, mit dem er die Anfeindungen seiner Schwester über sich ergehen ließ, gleichzeitig beneidete er ihn darum und missgönnte ihm sein Schicksal, das, sollte Feline mit ihren Behauptungen recht haben, im Gegensatz zu seinem eigenen, *wirklich* eine Katastrophe, das *tatsächlich* von konkreter Gewalt und Entbehrung heimgesucht war und nicht nur von den Phantomschmerzen einer abstrakten und undefinierbaren Leere und dem sinn- und grundlosen Leiden an sich selbst.

Hilfesuchend blickte er zu Feline; als die ihm zuzwinkerte, verspürte er dieser fremden, seltsamen Frau gegenüber eine Verbundenheit und Zuneigung, die ihn erleichterte und zugleich tief beschämte. Ihre finstere und zweideutige Gedankenwelt, ihr Neid auf den Bruder und ihre Einsamkeit, die sich dahinter verbarg, ihr ganzes Unglück, das sie über die Jahre in sich hineingefressen haben musste, all das war ihm näher und vertrauter als die treue, ein wenig einfältige Liebe seines Freundes, die ihm nun fragwürdig und falsch erschien, und obwohl er sich innerlich dagegen sträubte und Felines Geschichte unglaubwürdig und sogar lächerlich fand, ließ er sich, indem er ihr ebenfalls zuzwinkerte, zur Figur in ihrem Spiel machen, das, so wusste er, einen bösen Ausgang nehmen würde.

Kommt, Jungs, sagte sie und blickte triumphierend in die Runde, darauf gebe ich einen aus, in meinem Lieblingscafé; sprach's und verschwand zwischen den Steinen. Engel machte einen großen Schritt übers Grab, legte Volker die Hand auf den Arm und sagte: Das tut mir so leid. Aber dafür kannst *du* doch nichts, erwiderte der, lächelte traurig und drückte ihm einen matten Kuss auf den Hals, der Engel ekelte. Nichts wünschte er sich in diesem Moment mehr, als dass Volker in ihm den Zerstörer, den Verschwörer und Gefühlsterroristen erkannt hätte.

Das Café war beherrscht von einem riesigen, prunkvoll gerahmten Spiegel; genau genommen waren es sogar zwei: Ein Spiegel bildete die linke, ein weiterer, identischer, die rechte Wand des hohen, von Säulen getragenen Saales, den ein hufeisenförmiger Tresen in zwei Hälften teilte. Im linken Spiegel spiegelte sich die rechte Hälfte des Cafés und im rechten die linke; Engel sah sich ins Unendliche vervielfacht. Sein Gesicht war die eine, sein Hinterkopf die andere Seite eines sich ewig fortsetzenden und immer wieder in sich selbst zurückfallenden Raumes.

Erschrocken setzte er sich in einen der roten Plüschsessel, die überall herumstanden. Was hast du, fragte Volker und fasste ihn am Arm. Erschöpft von den Toten, sagte Engel gereizt und wischte Volkers Hand weg. Gfallt's euch, wienerte Feline und wuchtete ihren Tonnenleib auf einen Zweisitzer, auf dem nun nicht einmal mehr das rote Plüschkissen Platz hatte. Sie verbringe oft Stunden und Tage hier, erklärte sie und warf Volker das Kissen an die Brust. Der hatte sich neben Engel auf einen Stuhl gesetzt, seine Hand genommen und trotzig an sich gezogen. Engel hatte sofort gesehen, dass sich ringsum ebenfalls Männer, meist Greise und flatterhafte, herausgeputzte Jünglinge, an den Händen hielten, unter ununterbrochenem Gebussel und heimlichem Hin- und Hergeschiebe von Cocktailgläsern, Visitenkarten und Geldscheinen.

Was machst du denn Stunden und Tage in einem Stricherlokal? fragte Engel. Die Liebe studieren, erwiderte Feline, zwinkerte und winkte dem Kellner, einem Lackaffen in schwarzem Anzug, der näselnd die Bestellung aufnahm, Engel eindeutige Blicke zuwarf und beim Gehen affektiert mit dem Hintern wackelte. Während sie auf die Getränke warteten und Feline von ihrer Abschlussarbeit an der Kunstakademie zu erzählen begann, einer, wie sie nicht müde wurde zu betonen, Jahrhunderte von Geschichte und Generationen umfassenden Installation auf dem Wiener Zentralfriedhof, beobachtete Engel, wie sich am Tisch gegenüber ein älterer, untersetzter Herr mit pomadigem Haar und Schnauzbart den Zeigefinger seines Strichers in den Mund schob; angewidert zog er seine Hand aus Volkers fester Umklammerung. Der sah ihn ängstlich an; ich mag das nicht, sagte Engel und drehte sich weg. Volker senkte den Kopf.

Und du, fuhr Feline dazwischen und drückte Engel in ihr Fett, wirst mir die Texte zu meinem Kunstwerk schreiben! Engel, dankbar, dass Feline das Gespräch auf sich lenkte, begann augenblicklich, einen fiktiven Abgesang auf Doktor Willibald Mairöckl, kaiserlicher Leibarzt, zu dichten – den Namen hatte er bei ihrem Friedhofsbesuch tatsächlich auf einem Grabstein gelesen. Feline gickste bei jedem Reim, klatschte in die Hände, sank schließlich in einem vorgetäuschten Kollaps über die Armlehne ihres Sofas und stöhnte mit ersterbender Stimme und unter grauslichen Zuckungen: Kunst, ein Leben für die Kunst! Nur Volker blickte wortlos und ernst in die Runde.

Der Kellner stellte die Getränke auf den Tisch, näselte: Schreibst ma wos Schmoitziges? und streichelte Engel provozierend über die Hand. Am Nebentisch steckte der Greis die Zunge ins Ohr seines Fickers; Engel, gefangen in einem Alptraum ohne Erwachen und Ziel, warf sich drei Tavor in den Mund und reimte wie der Teufel. Gibst du mir auch eine, sagte Feline und streckte die Hand über den Tisch. Hast du wieder Schmerzen? fragte Volker und fasste Engel am Arm. Der lachte schrill auf und riss sich los. Schmerzen, Folterqualen, Höllenschrunde, rief er, mein Kopf ist ein Kerker, mein Herz eine Mördergrube und mein Hosenstall ein Zwinger voller Bluthunde!

Er sprang auf, packte sich zwischen die Beine, hechelte Volker ins Gesicht und blickte über seinen Kopf hinweg zum Engel im Spiegel, der im Stall wühlte und das Tier befreite, das kein Bluthund, das nicht einmal ein Pudel, das ein Wurm war, klein und verschreckt wie sein Herr. Auf die Liebe, sagte er, warf Feline eine Handvoll Tavor hin, schüttete sich den Gin in die Kehle und sah den im Spiegel blass und mit wahnsinnigen Augen; der schlenkerte dort seinen Schwanz durch die Luft.

Vom Nachbartisch glotzte geil und gschamig der Greis und legte sich die Hand seines Strichers aufs Bein; machst mit, girrte das Gspusi, riss die Goschen auf und winkte Engel mit der Zunge. Liab schaust aus, näselte im Vorbeiflug der

Kellner, schwang einen zweiten Gin vom Tablett und Engel die Hand auf den Arsch. Mir reicht's, sagte Volker und senkte den Blick. Hört ihr, das reicht ihm schon, rief Engel, dass sich die Köpfe reckten und wandten. Aber du reichst mir nicht! fuhr er ihn an und leerte das Glas in einem Zug. Volker, bleich wie ein Toter, hielt sich am Tisch fest, Feline verrührte grinsend zwei Tavor im Tee.

Ein Fremder durchmaß den Spiegel; er hatte einen wendigen, lauernden Körper, einen betont lässigen Gang, einen kahlen, schwarzstoppligen Schädel und einen cäsarischen Nasenzinken; sein Blick traf Engel, schwarz und das Glas durchdringend, wie ein Pfeil. Wie viel würdest du zahlen für den Römerkopf dort, sagte er und deutete in den Spiegel. Für wen? fragte Feline und streckte den Kopf. Engel blickte zur Bar; tatsächlich war der Mann mager, mit olivenfarbener Haut, nicht schön, eher verschlagen, und irgendwie, so fand Engel, wirkte er schmutzig. Dein Römerkopf, sagte Feline und versprühte mit den Augen grüne Blitze, ist ein brasilianischer Hengst und leider hier kein Pferd im Stall. Sie nickte dem Typen zu und gab ihm ein Zeichen, das Engel wie ein kurzer, schneller Schnitt in den Körper fuhr. Du kennst ihn? fragte er; im Augenwinkel sah er Volker mit den Tränen kämpfen. Von der Akademie, sagte Feline, grinste und fügte hinzu: käuflich nur als Künstler. Engel wusste, dass sie abermals log.

Im Café wurde es schlagartig dunkel; die Sonne musste soeben hinter den Dächern verschwunden sein. Draußen auf dem Naschmarkt, dessen buntes Treiben man durch die großen Fenster beobachten konnte, wurden die Stände geschlossen und der Müll zusammengekehrt; jemand warf eine Wassermelone auf den Asphalt, sie platzte und verspritzte rotes, saftiges Fleisch und kleine schwarze Kerne. An der Bar gingen Lichter an, und der Kellner flatterte mit einem Flämmchen von Kerze zu Kerze. Und du? wandte Engel sich an Volker; sein Blick, so war ihm, stolperte dabei verzerrt hinterher, und seine Stimme schallte kalt und gläsern herüber aus den Spiegeln. Wen würdest *du* hier kaufen, fragte er, und was würdest du zahlen?

Jeden Preis für den, der besser ist als du, sagte Volker, stand auf, schnappte seinen Koffer und verließ das Café. Du hast es aber auch wirklich übertrieben, mein Engel, sagte Feline und blinzelte ihrem Bruder hinterher. Engel hatte das Gefühl, dass Volker nicht wirklich ging; zwar entfernte sich sein Körper und mit ihm sein vertrauter Geruch, zwar hörte er das Schlagen der Kaffeehaustür und sah durch die Scheiben seine große, ein wenig schwerfällige Gestalt zwischen den Ständen des Naschmarktes verschwinden; doch war ihm gleichzeitig, als säße er noch immer neben ihm, ja, als hielte er sogar noch seine Hand, als wäre der hehre Plan von der Liebe, mit dem er damals zu ihm ans Fenster gekommen war, ins Unendliche verlängert und im Unendlichen doch noch erfüllt.

Mein Leben, denkt Engel und hält im Schreiben inne, ist ein Punkt, aus dem es kein Entrinnen gibt, aus dem zu fliehen aber auch nicht notwendig ist. Der Punkt ist zwischen ein Ende und einen Anfang, zwischen ein Vergangenes und ein Neues, unverrückbar zwischen das Leben gesetzt. Alles ist möglich in diesem Punkt, doch gleichzeitig geschieht nichts, niemals wird etwas darin geschehen; nie werde ich mich nach links oder rechts, oben oder unten wenden können, nie anfangen zu gehen, strömen, fließen. Die Menschen, die auf mich zukommen, die in mich einzudringen versuchen, werden an mir abprallen, werden meinen Panzer nicht aufbrechen können, weil ein Punkt kein Inneres hat. Jene, die wieder von mir fortgehen, werde ich nicht vermissen; ich werde nichts von ihnen gelernt oder erfahren haben, nicht von ihnen berührt worden sein, nichts von ihnen behalten als unscharfe, sich im Strom des Lebens auflösende Bilder, weil es für einen Punkt nichts anderes gibt als die eigene Endgültigkeit und das ewig fließende Außen; das Trennen, denkt er, nicht das Verbinden ist mein Leben, und Engel schreibt:

Der Plan ist schnell ausgedacht und im Ausdenken schon vollzogen; er bittet Feline, ihm die Schlüssel zu ihrer Wohnung auszuhändigen; er würde versuchen, Volker einzuholen, und dann zu Hause auf sie warten. Die Adresse ist schnell erklärt; Feline scheint froh, noch ein wenig allein sein zu können, weit kann er nicht sein, sagt sie und blickt dabei zum Schönling an der Bar, als habe sie mit ihm noch etwas zu regeln; als Engel durchs Café geht, nickt der Fremde ihm zu und grinst. Lass dich bald wieda anschaun, hört er den Kellner noch rufen, dann schluckt ihn das Rauschen und Dröhnen der Stadt.

Volker steht auf dem U-Bahnsteig verloren vor einem Stadtplan. Er geht zu ihm hin, reißt ihn herum, kannst doch nicht einfach verschwinden. Er sieht sein gutmütiges Gesicht, den kälbischen Blick, stumpfe Traurigkeit darin, Angst, kalte Wut. *Ich* muss *ihn* verlassen, denkt er, Trennen ist *meine* Aufgabe, den Punkt setzen *mein* Bereich, weggehen, verlassen, zuletzt alle hassen mein Leben. Muss ihn loswerden, wegjagen den Hund, den Karren an die Wand fahren, noch heute. Es tut mir leid, sagt er, meint es auch so, ein Punkt ist nicht fähig zur Lüge, er beschließt nur den falsch dahinstolpernden Satz. Er zieht Volker in seine Arme, den schweren, warmen, ein wenig zitternden Körper in sein Eis. In der U-Bahn hält er seine Hand und drückt sie sich in den Schoß, in den Bauch, ins Brustloch, ans harte, gefrorene Herz. Volker schaut ins Tunnelschwarz, glotzt stur ins vorüberrasende Nichts, tut so, als ginge ihn das alles nichts mehr an; er lässt mich, denkt Engel, in meiner Not einfach verrecken.

Sie zerren die Rollenkoffer aus der Bahn, die Treppen hinauf und quer durch den Alsergrund, über Kopfsteinpflaster und Trambahngleise, durch Hundescheiße und ausgespuckten Schleim, immer schweigend, immer starrend, immer dem Ende entgegen. Geh scheißn, sagt eine Sandlerin, als Engel ihr keinen Schilling gibt. Er hasst Wien schon jetzt, er wird von hier wieder wegwollen und nicht mehr wegkönnen, wird kleben bleiben in dieser Tortenstadt wie die Fliege am Todesstreifen aus Zucker, wird krepieren, wird als stinkende Leiche auf dem Zentralfriedhof verscharrt, niedergenäselt von gelackten Kellnern, plattgewienert vom Felinenfass, erschlagen von einem Punkt.

Felines Wohnung ist so karg und leer wie ihr Körper üppig und voll. Zimmer öffnen sich zu allen Seiten, hier steht ein Bett, dort ein Schrank, an einer Wand stapeln sich Bücher, das größte Zimmer ist voll mit Malzeug und Staffeleien, im kleinsten rechts neben der Eingangstür liegt eine Matratze auf dem Boden und sonst nichts; das könnten sie sich, hat Feline ihm im Café noch hinterhergerufen, zum Liebesnest machen. Das Parkett knarrt und kracht bei jedem Schritt, jeder Fußtritt ein Schrei, denkt er, und die Decken sind so hoch, dass er glaubt, erschlagen zu werden von der Leere.

Sie stehen lange im Zimmer herum und schauen an die kunstvoll verputzten Wände; der Stuck windet sich, denkt er und sieht die Friese sich krümmen und biegen, wie Würgeschlangen in einem Käfig aus Luft. Ich könnte doch, sagt Volker schließlich, sagt es wie um den toten Raum mit Atem zu füllen, ich könnte doch, falls du genommen wirst an der Akademie, hierbleiben und mit dir wohnen. Er sinkt, gleichsam niedergeworfen vom Gewicht der eigenen Worte, auf die Matratze und blickt Engel von unten herauf an. Er wisse sowieso nicht, wohin und was studieren, das Wichtigste sei ihm, hört Engel dröhnend und hallend sein Bekenntnis, in seiner, in Engels Nähe zu sein.

Engel sieht die Stuckschlangen von der Decke fallen, sie plumpsen ihm auf die Schulter und legen sich um den Hals. Du kannst dich, sagt er und reißt sich am Kragen, in meiner Haut einnisten – und er stürzt auf Volker zu und schüttelt ihn –, du kannst in mich hineinkriechen, bis du glaubst, wir seien eins – und er hustet und würgt und spuckt –, eines Tages, wenn du mich bewohnst mit Haut und Haar, eines Tages – und er saugt pfeifend die Luft durch die zusammengedrückte Gurgel –, wenn du weißt, wer ich bin – und fühlt die Augen herausquellen und die Lungen platzen –, wirst du mich, das prophezeie ich dir – und spürt den Schlangenleib auf dem Mund die letzten Worte ersticken –, fluchtartig verlassen. Das Tier lässt ab, bereit, den Toten zu verschlingen. Nie, sagt Volker, und seine Stimme ist tief und stolz und schön.

Engel zieht ihn auf die Matratze, dreht ihn zur Wand und zerrt ihm die Hose auf die Knie, und weil er dabei auf eine herausgebrochene Ecke im Stuck starrt, die vielleicht daran schuld ist, dass er im letzten Moment doch wieder Luft bekommen hat, merkt er nicht, dass Volker leise weint. Dumm gelaufen, sagt die Schlange und schmiegt sich zurück an die Decke; da springt Engel auf und läuft hinaus in die Stadt und hinein in den Spiegel.

Der Römerkopf sitzt allein an der Bar, als hätte er die ganze

Zeit auf ihn gewartet. Als Engel hereinkommt, wendet er den Kopf und lächelt ihn an; er hat ein Freibeuterlächeln, blendend, gewinnend, verdorben. Sama dir scho abgangen? näselt der Kellner und stellt Engel ein Getränk hin; er kippt es hinunter, es schmeckt bitter und hochprozentig, mehr kann er nicht wahrnehmen, seine Zunge ist taub und von den Tabletten wie verätzt; in der U-Bahn hat er noch drei geschluckt.

Ich bin Engel, sagt Engel. Wirklich, sagt der andere und lacht. Und du der Teufel, ich weiß, das kenne ich schon, fügt Engel hinzu und leert das zweite Glas, das vor ihm steht. Nein, nicht der Teufel, er sei ein ganz normaler Mensch, Brasilianer, und heiße Tiago, sagt der Typ mit starkem Akzent. Umso besser, sagt Engel, greift in seine Hosentasche und legt ein Bündel Scheine auf die Bar; ich hoffe, das reicht. Der Brasilianer bleckt die Zähne; ob er nicht verstanden habe, sagt er, schiebt einen Schein dem Kellner hin, stopft Engel den Rest zurück in die Hose, schenkt ihm ein weiteres Piratengrinsen und sagt: Engel, ab in die Hölle.

Die Tür im Spiegel sieht er erst, als sie aufgeht; sie öffnet sich gleichsam aus ihm heraus, in ihn hinein, wo vorher noch Engel gewesen war, ist jetzt die offene Tür. Nach dir, sagt Tiago und lacht. Im Engel drin ist ein Treppenhaus mit kaltem Licht. An einer nackten Neonröhre flattern Motten, von irgendwoher zieht es klamm. Im Engel geht's hinab, um Ecken herum und wieder hinauf, durch ein hohes, gekalktes Treppenhaus ohne Beleuchtung. Dunkel, kalt und leer ist es in mir, denkt er, ich hab's ja immer gewusst. Dann noch eine Tür, vielleicht der Eingang ins Engelherz oder -hirn, vorher Speiseröhre, Magen, Darm, das ganze Gekröse, zur Seele bitte einmal quer durch die Scheiße, denkt er und lacht. Im Engel hallt das Gelächter wie in einem Raum ohne Wiederkehr, im Engel stinkt es nach Bier, Pisse, Schimmel und Poppers, im Engel reckt sich, als Tiago ihm von hinten sein Bein zwischen die Arschbacken schiebt, ein Teufelchen und drängt hinaus in die Hölle.

Im Engel geht's schon wieder ums Eck und noch mal hinauf. Licht flammt auf, wieder ein Korridor mit braunen, verschlissenen Teppichen jetzt, Türen links und rechts und Lampen aus den fünfziger Jahren an der Wand. An den Türen befinden sich Nummern, 43, 44, 45 zählt er im Vorübergehen, wenn der Engel so etwas ist wie ein Hotel, sind sie im vierten Stock seines Bewusstseins; aber wieso, fragt er sich, gehen wir hinauf, und nicht, wie Freud unweit von hier geschrieben hat, hinab? Vor der 49 bleiben sie stehen; die Tür ist wie all die anderen, braun, unscheinbar, geschlossen. Linke oder rechte Herzkammer, lacht er und öffnet die Tür, doch niemand reagiert. Erschrocken dreht er sich um. Im Engel fällt die Tür zu; er ist drin und allein.

Wie liebst du mich? schreie ich Boris an, als der mein Schreibzimmer betritt, blass und mit einem leuchtend roten Keil auf der Stirn, der darauf hindeutet, dass auch zu ihm heute noch niemand freundlich war. Er blickt mich an, zweifelnd, besorgt und genervt. Wie liebst du mich? schreie ich noch einmal und haue mit der Faust auf die Tastatur, so dass auf dem Computerbildschirm ein Buchstabengehäcksel erscheint und die Leertaste in hohem Bogen herausspringt. Boris stellt seine Tasche auf einen Stuhl, von dem sie, schwer von Schülersorgen und Lehrerleid, auf den Boden plumpst. Aber das weißt du doch, sagt er, als flehe er mich an, seinen Tag nicht noch zu verschlimmern.

Ich springe auf, stürze mich auf die Tasche, zerre einen Stapel Klassenarbeiten heraus und halte sie ihm unter die Nase.

Damit? Er reißt mir die Hefte aus der Hand und klatscht sie mir ins Gesicht. Oder damit? Ich packe Boris bei den Schläfen und presse meine Daumen auf die Stirn. Er stößt mich weg, doch ich fasse seine Hände und biege ihm die Finger aus der geballten Faust und drücke sie mir ins Gesicht, in den Mund, in den Bauch und zuletzt in den Schoß. Oder damit?, und ich reiße ihm das Hemd auf und schlage meinen Kopf gegen seine Brust, während ich die Knöpfe über die Dielen plinkern höre, oder damit?, und ich rutsche an seinen Beinen hinab und ziehe ihm Schuhe und Socken von den Füßen und küsse ihm die Zehen, deren Nägel noch dreckiger sind als meine, oder damit?, und ich hieve mich am Gürtel wieder hoch und reiße den Hosenknopf auf und wühle den Schwanz aus dem Schlitz, damit! schreit er und schlägt mir mit der Hand ins Gesicht und tritt mich über die Dielen und staucht mich in die Gerümpelecke mit den Krimskramskartons, Notizkladden und verworfenen Manuskriptseiten, wo ich heulend und von meinem Kritzelpapier wie von einer schützenden Hand bedeckt liegen bleibe.

Du spinnst doch, ruft er und steht wutschnaubend über mir, mit schneeweißer Stirn und zerrissenem Hemd, du gehörst doch wieder eingesperrt, schreit er ins Gerümpel hinein, in mein Papiergrab hinab, Handschellen, Gummizelle, Käfigbett! Das ist ein Kuuuhhandel, rufe ich zurück, höre ich schaurig meine Stimme durchs Schreibzimmer schallen wie in der Geisterbahn oder dem Film mit den lebenden Toten, Kuh-huhu-handel, und noch einmal: Kuhhandel, huhu.

Die Donau vor den Toren Wiens ist – zählt man das große Becken des Alberner Hafens noch zur Ausdehnung des Flusses hinzu – so breit, dass man das gegenüberliegende Ufer nur noch als unscharfen Streifen am Horizont ausmachen kann. Wie es dort kümmerlich und blass zwischen dem hohen, strahlenden Himmel und dem majestätischen Strom liegt, eine ausgefranste, verblichene Naht zwischen zwei riesigen königsblauen Tüchern, erscheint es Engel gleichermaßen trivial und erhaben, hinfällig und unverzichtbar. Beim Anblick des öden, zweckmäßigen Dammes überkommt ihn ein Gefühl der Genugtuung, ja er ist sogar richtiggehend dankbar für dieses magere, von Menschenhand aufgehäufte Land, das zwischen ihn und das unablässige Strömen der Wasser, das ewige Wirbeln der Lüfte und das unaufhaltbare Enteilen von Licht und Zeit, zwischen die kosmischen Kräfte und die Vergeblichkeit seines eigenen Sehnens, an all dem teilzuhaben, ja mehr noch, ein Teil dessen zu sein, einen schmalen Grat schiebt, ein Stückchen Erde oder Welt, einen trittfesten Boden, der es möglich erscheinen lässt, sich ein Boot zu nehmen oder die eigene Muskelkraft und Courage herauszufordern und schwimmend hinüberzuwechseln auf die andere Seite.

Bist du schon mal dort drüben gewesen? Engel zeigt über den Fluss und dreht sich zu Feline um, die aus dem Schatten eines Güterwagens neben ihn an die Kaimauer getreten ist und nun mit skeptischem Blick ins Hafenbecken hinabschaut. Hinter ihr türmen sich die leer stehenden Speicher des Alberner Hafens in den Sommerhimmel. Mit ihren von Vogelkot, Öl und Ruß geschwärzten Fassaden, ihren spitzen Giebeln, schlanken Türmen und den unzähligen Fenstern, deren ausgeschlagene Scheiben schwarz und hohl über das Hafengelände glotzen, wirken sie wie eine finstere Mauer gegen die lichtblaue Weite über dem Strom.

Sie müsse ihm unbedingt einen magischen Ort zeigen, sagte Feline, als sie am Nachmittag in sein Zimmer kam, wo Engel schon seit Stunden auf dem Bett lag und an die Decke starrte. Lass mich in Ruhe, erwiderte er und drehte sich zur Wand; seit der Trennung von Volker erfüllte ihn eine angenehme Gleichgültigkeit, die ihn seit Tagen hinter geschlossenen Rollos dahinvegetieren ließ und die Erinnerungen an die vergangenen Ereignisse in abstrakte Fakten verwandelte, in ein nüchternes, von jeglichem Gefühl losgelöstes autobiographisches Wissen, das ihn jetzt, da Volker längst abgereist war, nur mehr so viel oder, besser gesagt, so wenig anging wie die aktuelle Tagespolitik, der in diesen Tagen wütende Krieg auf dem Balkan und die fortschreitende Verseuchung der Luft, über die nachzusinnen ihm genauso vergeblich erschien wie eine bewusste Auseinandersetzung mit seinen Gefühlen.

Es ist mein Lieblingsplatzl, sagte Feline, trat ans Bett und kickte ihn mit dem Fuß. Deine *Lieblingsplatzl* kenne ich, erwiderte er, stieß ihr Bein weg und griff demonstrativ zum Vorlesungsverzeichnis, in dem er am Vormittag stundenlang geblättert hatte, ohne sich für die Lehrveranstaltungen der Filmhochschule, die ihm einen Studienplatz zuerkannt hatte, interessieren, geschweige denn begeistern zu können. Da riss Feline ihm das Heft aus der Hand, packte ihn am Hemdkragen und zerrte ihn aus seinem Selbstmitleid und die Stiegen des Wohnhauses hinunter, über die Alserbachstraße und in den Trambahnwagen, der sie rumpelnd bis zur Stadtgrenze fuhr. Nach einer kurzen Strecke mit dem Bus, die sie noch immer schweigend zurücklegten, und einem langen Fußmarsch durch die Nachmittagsglut, auf dem sie sich endlich anschauten, losprusteten und sich gegenseitig in die Seite pufften, sahen sie die Speicher des Alberner Hafens am Horizont auftauchen.

Dort, inmitten des Hafengeländes, überragt von den schwarzen Giebeln der Kornspeicher und eingebettet in jene schwermütige und immer ein wenig beunruhigende Stille, die an aufgelassenen Orten herrscht, lag der Friedhof der Namenlosen, eine kleine, hinter einem niedrigen Wall mit verwildertem Buschwerk verborgene Ruhestätte, wo man laut Feline bis zur Mitte des letzten Jahrhunderts die nicht mehr identifizierbaren Toten verscharrt hatte, meist Opfer von Gewaltverbrechen oder Selbstmörder, die von Fischern oder Hafenarbeitern aus den Donaufluten gezogen wurden.

Sie gingen langsam zwischen den geometrisch angelegten Gräbern umher, betrachteten die identischen, von der Witterung zernagten Holzkreuze und hingen ihren Gedanken nach. Als ein Möwenschwarm in der Luft die Gräber überschattete, hoben sie die Gesichter zum Himmel, beschirmten mit der Hand die Augen und ließen ihre Blicke mit den Vögeln in die Ferne schweifen, über den Donaustrom hinweg zum Horizont, in den sich langsam die Sonne senkte, und mit dem Möwenschrei, der die Stille zerriss, dem Wind, der in den Fensterhöhlen heulte und dem Knacken im rostigen, von der Sonne aufgeheizten Gestänge eines Krans stellte sich tatsächlich, wie Feline prophezeit hatte, eine magische Stimmung ein.

Volker wird nie darüber hinwegkommen, sagte sie irgendwann und blinzelte zu ihm herüber, und Engel fühlte den Stich in der Herzgegend, setzte sich auf eine Mauer und rauchte. Feline klaubte vom Wind angewehten Papiermüll von den Gräbern, legte selbst gepflückte Wiesenblumen an die Sockel der Holzkreuze und hielt manchmal eine Art Andacht, indem sie die Augen schloss, die Arme vor der Brust kreuzte und stumm die Lippen bewegte. Engel beobachtete sie mit einer Mischung aus Faszination und Abscheu; die Vorstellung, sie bete für Volker, den sie bereits unter all den hier in ihrem Unglück Ersoffenen wähnte, ließ ihn trotz der Sommerhitze frieren.

Er ist doch nicht *tot*, rief er und trat wütend in den Kies. Feline zuckte mit den Achseln und warf ihm einen vieldeutigen Blick zu, unter dem er sich nackt und gedemütigt vorkam. Er wandte sich ab, inhalierte gierig den Zigarettenrauch und starrte in den Himmel, der mit seinen zerflockenden Flugzeugkondensstreifen, den bereits gelb überhauchten Wolken, den Haken und Saltos schlagenden Schwalben, dem leisen Insektengebrumm, dem lauen, über Wangen und Arme streichelnden Wind und dem sich auf die Donau neigenden dotterfarbenen Sonnenball ein schöner, üppiger, ein lebensfroher und lebensvoller, ein Sommerhimmel war.

Da fiel ein Schatten über ihn. War nur ein Scherz, sagte Feline, Volker geht's gut, ich habe gestern mit ihm telefoniert. Er lässt dich grüßen. Sie grinste und streckte ihm die Hand hin, und obwohl Engel am schalkhaften Glimmen ihrer Augen sah, dass sie log, obwohl ihm die neue Freundin in diesem Moment fremd und gefährlich vorkam, schlug er erleichtert ein, sind doch solchen wie mir, schreibt Engel und zuckt zusammen, als er den Wohnungsschlüssel im Schloss knacken und Boris hereinkommen hört, die Fremden am nächsten und die Nächsten die Fremdesten und Gefährlichsten.

So verließen sie, zwei an einem einsamen Ufer Gestrandete, den Friedhof der Namenlosen und gingen auf den von Gras überwucherten Gleisanlagen mit ihren ins Vergessen rangierten Güterwagen spazieren, versuchten in einem rostigen Kranhaken zu schaukeln – was ihnen nicht gelang, Feline wegen ihres Übergewichts und Engel aufgrund seiner fehlenden Muskelkraft –, pflückten zwischen den Gleisen Mohnblumen, die, kaum zum Strauß gebunden, ihre Blütenblätter verloren, und zielten lachend mit Kieselsteinen auf eine anscheinend ausgesetzte Schnappschildkröte, die sich auf einem Stein am Ufer sonnte und laut Feline ein bösartiges exotisches Reptil war, das heimischen Tierarten den Lebensraum streitig mache und, wie der Name schon sage, auch davor nicht zurückschrecke, Spaziergänger in die Waden zu zwicken. Dann müsse sie ja Zwickschildkröte heißen, sagte Engel, und Feline warf sich fauchend auf ihn, riss ihn zu Boden und biss ihm ins Bein. Nach einer Weile standen sie auf, stellten sich an die Kaimauer und blickten über das Hafenbecken und den Strom hinweg auf die andere Seite der Donau.

Was soll dort schon sein, erwidert Feline nun auf seine Frage, ob sie schon mal drüben gewesen sei. Wir könnten hinüberschwimmen, schlägt Engel vor, hebt einen Stein auf und wirft ihn, so weit er kann, auf den Fluss hinaus. Spinnst du? sagt Feline, tritt noch näher an die Kaimauer heran und blickt in die Tiefe. Außerdem, fügt sie hinzu, kann ich nicht schwimmen. Durch ihren Körper, an dem sich auch das weiteste Exemplar der schwarzen Röcke, Schürzen und Tücher, die sie in lässigem Wurf um ihre Fettmassen wickelt, bedrohlich spannt, geht ein Beben, und in dieser zarten, wie vom Wind verursachten Regung ihres doch so standfesten und scheinbar unerschütterlichen Leibes glaubt er, ihr Fett rascheln zu hören.

Natürlich weiß er, räumt Engel an dieser Stelle ein, dass

Fett nicht raschelt, weder in fester noch in flüssiger Form. Er ist sich, muss er zugeben, auch nicht sicher, ob das Geräusch, das immer dann von Felines Körper ausgeht, wenn unvermittelt ihre Stimmung umschlägt, nicht doch eher ein Ächzen, Scheuern oder Schaben ist. Dennoch findet er kein besseres Wort für die Lautmalerei ihres Fettgewebes, was daran liegen mag, dass sie sich trotz ihres Gewichts so leicht und anmutig bewegen kann wie ein Blatt im Wind und er also ihren Körper zu hören glaubte, als sie damals, erinnert er sich, an die Kaimauer herantrat und dabei die Spitzen ihrer Füße, die zierlich, pedikürt und puppenhaft waren und in winzigen roten Sandalen steckten, einige Millimeter über die Kante schob – so geschwind und schwerelos, als trügen diese Aschenputtelfüße, die so gar nicht zu ihrer Masse passten, lediglich einen Körper aus Federn, Seide und Luft.

Erschrocken fasst er Feline am Arm. Was wolltest du eigentlich Volker mit dieser ganzen Sache beweisen? fragt sie und blickt ihn prüfend an, während ihre Puppenfüße auf der Kaimauer trippeln und ihre grünen Augen funkeln. Ich glaube eher, dass *du* ihm etwas beweisen wolltest, erwidert Engel trotzig. Feline schaut lange auf den Fluss und schweigt. Vielleicht, sagt sie dann und tänzelt dabei auf der Kante, wollte ich *dir* etwas beweisen. Mir? fragt Engel und verstärkt, als er ihren Körper schwanken spürt, seinen Griff um ihren Arm. Engel lieben nicht, sagt Feline, reißt sich los und springt in die Tiefe. Ein paar Sekunden blickt er schreckstarr auf das schwarze, ölige Wasser, das mit einem schmatzenden Laut ihren schweren Körper verschluckt. Blasen steigen auf und zerplatzen an der Oberfläche; auf den winzigen Wellen tanzen die verzerrten Spiegelbilder der Möwen am Himmel, weiß und geisterhaft wie die Schatten wiedererwachter, von

Feline heraufbeschworener Toter. Dann holt Engel tief Luft und springt hinterher.

Das Wasser ist kalt, dunkel und tief. Kurz glaubt er noch, den Möwenschrei zu hören, den er als letztes Geräusch vernahm, bevor er ins Wasser eintauchte. Doch schon bald erfüllt seinen Kopf nur noch das eintönige Grollen der Tiefe. Er entkrampft, entspannt die Muskeln, überlässt sich ganz dem Sinken; ein abstrakter Zustand der Stille und Losgelöstheit tritt ein und befreit ihn von der anstrengenden Wirklichkeit seines Lebens, von der Angst, Feline könnte ertrinken, von seiner Pflicht, sie zu retten, von der Ungewissheit der Zukunft und den unumkehrbaren Verkettungen seiner Vergangenheit, deren letztes Glied es nun ist, dass er hier und jetzt in die Tiefe der Donau sinkt, drei Tage nach jenem Morgen, an dem er nackt und alleine im Bett eines anonymen Hotelzimmers aufwachte, mit dröhnendem Schädel, einem widerwärtigen Geschmack nach Alkohol und Erbrochnem im Mund und dem Gefühl eines geradezu vernichtenden Fremdseins im eigenen Leben, einem vom übermäßigen Tavorkonsum in sein Gedächtnis gerissenen schwarzen Loch, das ihn panisch das Zimmer nach irgendwelchen Spuren absuchen ließ, die ihm einen Hinweis auf die Ereignisse der vergangenen Nacht, vor allem aber auf den Namen und die Identität des Mannes hätten geben können, mit dem er in diesem Bett intim gewesen sein musste.

Noch während der Aufnahmeprüfung an der Akademie, die am nächsten Tag stattfand, zuckte er unter splitterartigen Erinnerungen zusammen, von denen er sich, kopflos und erregt, zwischen und nach den Befragungen ins Spiegelcafé treiben ließ, in der Hoffnung, Tiago – so hieß, wie ihm der Kellner zuraunte, der verschwundene Liebhaber – an der Bar abpassen und ihm noch einmal in den Spiegel folgen zu können, durch jene geheimnisvolle Tür, von der Engel nicht einmal wusste, ob sie wirklich existierte, und wenn ja, ob sie sich jemals für ihn geöffnet hatte.

Doch jedes Mal, wenn er an der Bar wartete und sehnsuchtsvolle Blicke in den Spiegel warf, war dort statt verborgener Schlüssellöcher immer nur seine auf dem Barhocker zusammengekauerte Gestalt zu sehen, umringt von alten und jungen, schönen und hässlichen, käuflichen und nicht käuflichen Männern. Jedes Mal blickten die Alten nach den Jungen, die Hässlichen nach den Schönen, die Nichtkäuflichen nach den Käuflichen und die Käuflichen nach den Spiegeln, jedes Mal brachte die gleiche Instantmusik aus den Boxen den Reigen der Blicke auf Trab und in Schwung, und jedes Mal führte der Kellner den Tanz mit wackelndem Hintern an, warf Engel ein mitleidiges Schulterzucken zu und legte ihm die Hand auf den Arm. Einmal händigte er dabei einem der Stricher einen Schlüssel aus, mit dem dieser direkt und dicht gefolgt von einem Freier in den Spiegel ging.

Da schlug Engel die wienerische Schmierenhand weg und stolperte wütend aus dem Lokal; hoch glänzte der Spätsommerhimmel über den Zinnen, goldene Lichtreflexe flirrten auf dem Pastell der Fassaden, rotweiße Flaggen flatterten an den Fiakern, selbst die Pferdeäpfel rochen bedeutsam nach Geschichte, und Pavarotti war zu Gast an der Oper; die Kaiserstadt prunkte und protzte.

Engel, metertief unter Wasser, bemerkt etwas Kaltes und Glitschiges an seinem Bein. Kurz spürt er den Drang, danach zu greifen, es könnte, denkt er, eins von Felines Tüchern sein, an dem er sie zu fassen bekäme. Er widersteht dem Impuls, lockert sich wieder und überlässt sich der Kälte und der Dunkelheit des Flusses; ob es tatsächlich ein Tuch oder sogar Felines hilflos durchs Wasser rudernde Hand gewesen ist oder vielleicht nur ein Algenklumpen, eine Schlingpflanze oder ein Fisch, hier unten, denkt er, ist es ihm gleichgültig und wird, je tiefer er sinkt, je kälter und dunkler es um ihn und in ihm wird, immer gleichgültiger, immer bedeutungsloser, immer weniger ein Anliegen des Lebens. Hier unten ist all das eins, hier unten geht ihn all das nichts mehr an, Feline, Schlingpflanze, Alge, Fisch oder Volker, der Freund, der schon abgereist war, als er an besagtem Morgen zerknirscht in das Zimmer mit den Stuckschlangen und der kalten, schmutzigen Matratze zurückkehrte, auf der er Volker zurückgelassen hatte.

Doch ist es hier unten nicht mehr von Belang, ob er Volker verletzt, ob Felines Geschichte gestimmt, ob er sich mit seinem Verhalten schuldig gemacht hat; wenn das Wasser vollends in ihn eingedrungen ist, wird Schuld das Gleiche wie Unschuld sein, Lüge das Gleiche wie Wahrheit, Alge und Schlingpflanze und Fisch das Gleiche wie Feline oder Volker oder Marius, mit dem alles angefangen und gleichzeitig aufgehört hat, Marius, den zwar keine Schuld trifft, der aber doch Auslöser dafür ist, dass er, Engel, nun, ein Vierteljahr nach dem alles verändernden Abend am Ufer des Mains, in die Tiefen der Donau sinkt, Marius, den er jetzt zwar zu vermissen glaubt, den fortgeschickt, kalt abserviert zu haben ihn nun reut, doch sind, weiß er, auch diese verspäteten Gefühle hier unten nur gurgelndes kaltes Wasser, eine Art vorgezogener Tod, die abstrakte Trauer über den Verlust von etwas, das er auch schon vorher nur als einen Zustand des Mangels und des Vermissens, nie aber als Besitz und Erfüllung gekannt hat.

Selbst Tiagos Gesicht, das er jetzt so klar und deutlich vor Augen sieht, dass er für einen Moment glaubt, sein Sprung ins Wasser hätte einzig und allein das Ziel gehabt, auf dem Grund des Flusses die Erinnerungen an die verlorene Nacht im Spiegel wiederzufinden, selbst das Piratenlächeln des Brasilianers, das ihn nun, während er seine Füße schon in den Schlamm des Flussbetts sinken und die Schlingpflanzen sich um seine Schienbeine wickeln spürt, für einen kurzen Moment sogar anspornt, wieder nach oben zu strampeln ans Licht, an die Luft und die Wärme des Sommerabends, selbst die Vorstellung, von Tiago vielleicht wiederbekommen zu können, was er in den Armen von Marius und Volker verloren hat, löst sich auf im Fluss, im tiefen, gurgelnden Wasser, das bezwingend und ohne absehbares Ende in ihn eindringt.

Da packt ihn jemand am Schopf. Nach wenigen Sekunden, als wäre er kaum gesunken, durchstößt er die Wasseroberfläche. Sie ist rot; für einen Moment denkt er, es wäre sein Blut, das da aus seinen Lungen strömt. Dann sieht er am Horizont den Feuerball der Sonne ins Wasser eintauchen. Ein Möwenschwarm verglüht zu schwarzen Punkten, die Schreie gellen durch die Luft wie Gelächter. Hab ich mir doch gedacht, prustet Feline und rudert wild mit den Armen, dass du mich nicht absaufen lässt, bevor du nicht Tiagos Adresse in der Tasche hast! Engel schaut sie an wie einen aus dem Wasser aufgetauchten Geist, eine Wiedergängerin vom Friedhof der Namenlosen. Wasser sprudelt aus seinem Mund, seine Lungen brennen, er ringt nach Luft. Das Hafenbecken wird dunkelrot, dann violett, dann weiß. Vergiss ihn, japst Feline und spuckt ebenfalls Wasser, was auch immer zwischen euch war, vergiss es, denn ich habe ihn dafür bezahlt.

Engel wendet sich ab und schwimmt ein paar Züge Richtung Sonne. Die Möwen kommen wieder, oder sind es andere, sie kommen von jenseits des Flusses und lachen. Er hört, wie Feline hinter ihm zu kraulen beginnt und schwimmt schneller, doch Feline holt auf, ihr Keuchen ist jetzt dicht hinter ihm. Du weinst ja, sagt sie, als sie neben ihm ist. Quatsch, das ist Wasser, erwidert Engel und dreht sein Gesicht weg; so schwimmen sie schweigend hinaus auf den Fluss. Die Sonne ist schon halb hinter der Horizontlinie verschwunden.

Und das mit Volker, sagt Engel, das mit seinem Vater, die ganze Geschichte, für die du uns auf den Friedhof geschleppt, mit der du ja jetzt erreicht hast, was du wolltest, sagt er und beginnt zu frieren, mit der du es geschafft hast, dass ich jetzt wieder alleine bin, ist das auch alles auf deinem Mist gewachsen? Feline antwortet nicht, schwimmt schneller, hängt ihn ab, durchschneidet sanft und raschelnd die Wasseroberfläche. Der letzte rote Rand der Sonne verlöscht am Horizont, wo Engel bereits das Strudeln des offenen Flusses sieht; er glaubt, unter seinem Körper schon den Sog zu spüren, der das Wasser aus dem Hafenbecken in die Donau zieht. Da hält Feline inne, dreht sich um, hebt sich schwarz und riesig gegen den leuchtenden Himmel ab, rudert wild mit den Armen, planscht und spritzt, ist wieder ganz Feline, laut, launisch und schwer vor Geheimnissen.

Ich bezahle, sagt sie atemlos, Tiago ja auch dafür, dass er *mich* liebt. Engel schwimmt um sie herum wie um eine Halt versprechende, aber uneinnehmbar auf dem Wasser wippende Boje. Oder glaubst, fügt sie dann auf Wienerisch hinzu, mit mir macht's aner freiwillig? Engel bekommt eines ihrer Tücher zu fassen und zieht Feline an sich heran, oder sich an Feline. Mit so 'ner Wasserleiche wie d-d-dir? antwortet er zähneklappernd und hängt sich an ihre Schultern, b-b-bestimmt nicht! Da wirft sie sich auf ihn und drückt ihn unter Wasser. Erschrocken fliehen die Fische, die Schlingpflanzen ziehen die Köpfe ein, die Algenklumpen schwappen zur Seite, der Fluss öffnet sein Grab. Nur die Schnapp- oder, wie Engel das fremde, heimatlose Tier getauft hat, Zwickschildkröte, die von ihrem Lieblingsuferstein ins Wasser geflüchtet ist, weil ein Kieselstein ihren Panzer getroffen hat, schwimmt neugierig heran, sieht die rudernden Leiber der Übeltäter, findet die Gelegenheit zur Rache günstig und zwickt in die erstbeste Wade, die zu schnappen ist.

3. Tiago

Der da. Der da steht vor dieser Tür. Der da hinaufgestiegen, atemlos hinaufgestürzt ist in den sechsten Stock eines Wohnbunkers im Wiener Süden. Der da jetzt in seinen Taschen kramt, Tablettenstreifen hervorzieht, sich Beruhigungspillen in den Mund wirft wie Liebesperlen. Der da zaudernd von einem Fuß auf den anderen tritt und dabei die Beine verdreht wie ein Tänzer in einer Choreographie, die die Sehnsucht als grotesk zerbrochene Figur inszeniert. Der sich da verkrampft und verzehrt im Verlangen nach einem Kerl, den er nicht vergessen kann, von dem er nichts hat als vage Erinnerungen und eine konkrete Illusion. Der da mit sich selbst ringt vor der Tür eines Strichers, der ihn nicht retten, nicht erkennen, ihn nicht einmal in seine Kundenkartei aufnehmen wird. Der da im dunkelsten Winkel der eigenen Biographie um Einlass ins Leben bittet. Der seine Vergangenheit ist und seine Zukunft, Innen und Außen, Wirklichkeit und Phantasie; wie ich, Engel, der schreibt, diesen Typen, Engel, der geschrieben wird, hasse.

Wie ich sein aschfarbenes Haar verabscheue mit den Wirbeln am Hinterkopf und den brechenden Fransen über der hohen Stirn. Wie mich sein magerer Körper ekelt, die Trichterbrust, die vorfallenden Schultern, der hohle, vom Gipsbettkarzer verkrümmte Rücken, die mädchenhaften Gelenke und Hände, der knochige Arsch. Wie mich sein Geschlecht anwidert, der ewige Blutstau darin, das endlose Zürnen und Zucken. Wie ich manchmal an sein erbittert schönes Gesicht das Messer führe, die makellose Haut ritze, ihm Narben zufüge, die es nur noch schöner machen, die seine Unberührbarkeit rahmen wie ein wertvolles Bild. Wie ich ihn beargwöhne für alles, was er hat und ist, ihn strafe für alles, was er nie war noch jemals sein wird.

Und wie ich ihn liebe. Wie ich ihn umarmen möchte, trösten, mit Küssen bedecken. Ihn nachts vor den Spiegel zerre, nackt ins Glas posiere, mit Blicken reize, mit Gesten locke, mit zärtlichen Gedanken freundlich stimme, mit Liebesversprechen in Wallung bringe, und ihn dann, am Gipfel der Erhebung, am Wellenkamm, kurz bevor er aus dem Spiegel bricht und hineinschäumt in meine Arme, zurückstoße ins harte, besudelte Glas. Wie ich ihn dann quäle, ihn verhöhne und verleumde, verlache und verhunze, ihm Kälte und Fühllosigkeit nachsage, als wäre er bereits eine Leiche.

Und wie leid er mir dabei tut. Wie es mich drängt, ihn zu retten, vor sich selbst zu bewahren, ihm die Augen zu öffnen im Angesicht des Abgrunds, an dessen Rand ich ihn führe. Wie ich ihn jetzt an der Hand nehmen und wegbringen möchte von der Strichertür und dem dahinter lauernden Verhängnis, ihm Mut machen und sagen will: Bleib bei mir, geh nicht dort hinein, alles wird gut.

Und wie egal er mir ist. Wie wenig sein Leben mir am Herzen liegt. Wie gleichgültig mir diese Zeilen sind; und wie ich jetzt, mehr aus Überdruss als aus Hass, Liebe oder Mitleid einem Menschen gegenüber, über den ich schreibe, der im Zentrum meines Denkens, Fühlens und Handelns steht, auf dessen Gedanken, Gefühlen und Erfahrungen meine ganze Welt beruht, der ich also selbst bin und mit dem ich nun gezwungenermaßen irgendetwas anfangen muss, den ich deshalb an dieser Stelle nicht ewig herumstehen lassen kann auf dem Flur, wie ich, Engel, also diesem von mir selbst erfundenen, mich selbst verkörpernden Kerl, diesem Engel, einen Stoß gebe und ihn an die Tür treibe, dem Stricher in die Arme, dem Verhängnis in die Fänge, dem Wahnsinn in den weißen, spiegelnden Schlund.

Die Glocke tönt schrill. Ein Hund beginnt zu bellen, es ist eher ein Kläffen und Keifen, es muss ein kleiner Hund sein, Terrier oder Pekinese, eine von diesen gebürsteten Ratten mit roten Augen und Schleifchen im Fell, die man im Vorübergehen so gerne in den Gully treten würde. Das Kläffen wird lauter, das Tier kratzt an der Tür, Aas, denkt Engel, der Höllenhund riecht schon die Leiche. Klack, klack, ratsch, die Sperrkette knallt von innen gegen das Holz, dann riecht es tatsächlich süß, scharf und widerlich, nach Tod, glaubt er, faulem Fleisch, Verwesung. Aus dem Türschlitz dröhnt Plastikmusik, in die leiernden Bässe bellt der Köter, und auch hinter der Nebentür hört Engel jetzt ein Plärren, nicht vom Hund, doch von einer Stimme mit kreischendem Oberton, ein Stimmgemetzel aus fremdsprachigen Wortsplittern, Wehklagen und Konsonanten wie Wurfgeschossen. Krieg, hämmert es in seinem Kopf, Eheschlacht, Familientragödie in Simmering. Der Hund schießt aus der Tür und verbeißt sich in sein Hosenbein.

Aus, ruft im Türrahmen der Kerl, schnippt mit den Fingern und beißt in ein Schinkenbrot. Er trägt eine Jogginghose aus weißer Ballonseide und offensichtlich nichts drunter. Hi, sagt Engel und klappt die Hand aus dem Gelenk, Scheiße, denkt er, das war tuntig, und er schleudert den Fuß nun doch nicht gegen das Tier, aus Angst, es könnte, statt wie ein Tritt, wie ein »Huch« wirken oder ein »Hach«. Das Hündchen zerrt am Hosenbein wie die Hyäne an einer Sehne vom Aas, an dem sie nagt, Aus, sagt der Typ ein zweites Mal, dann bückt er sich und hascht nach dem Köter. Die Jogginghose entblößt einen schwarz behaarten Arsch.

Ein Geruch nach kaltem Haschisch weht heran, nach Bier, Pizza, Wohnungsmuff und billigem Duschgel, erst ganz am Ende riecht Engel Haut, riecht die vergessene Nacht in den Spiegeln, das innere Zimmer, das verlorene Paradies, riecht es ganz oben in der Nase, fast schon im Kopf, wie einen inneren Wind, einen Furz seines Hirns. Dieser Verwesungsgestank, denkt er und schüttelt sich, kommt aus mir selber. Der Typ zieht am Hund, berührt Engels Bein, schmiert sich den Hunderotz an die Hose. Er hat ihn anders in Erinnerung, er hat ihn nicht mehr in Erinnerung, er hat, glaubt er, den halb nackten Kerl mit dem Schinkenbrot im Maul nie gesehen.

Tiago? fragt Engel, und in den Spiegeln der Stricherbar bleckt ein Fremder die Zähne und zwinkert ihm zu. Der Hund beginnt zu hecheln und fiepen. Tiago krault ihm die weißen Zotteln, kost ihm das puschelige Bäuchlein, kuschelt das Plüschtier an seine Machobrust und sagt etwas mit vollem Mund und auf Portugiesisch. Die Sprachmelodie schraubt Engel in schwindelnde Höhen, er wünscht sich dem Brasilianer ans Fell und den Köter auf den Friedhof der Kuscheltiere. Cliff, du böse, böse Hundi, du, sagt der Stecher jetzt in tuntigem Singsang und Wiener Platt. Cliff? Wohl eher Kläff, erwidert Engel mit preußischem Ernst und betont männlicher Stimme. Tiago versteht nicht, überhört es oder hat für Piefke-Witz kein Ohr, *meu querido,* sagt er und tätschelt seinem Liebling das Köpfchen, *meu anjo,* haucht er und gibt dem Köter einen Kuss. Engel ahnt Schinken auf den halb geöffneten Lippen und weiß, dass er scheitern wird an diesem Mund, ausgespuckt werden wird von diesem Stricher wie ein Stück ungenießbares Fleisch, ich muss umkehren, denkt er, muss von hier weg, solange es noch geht.

Hinter der Nebentür verstummt das Geschrei, kurz ist es still, totenstill, denkt Engel, dann hört er ein Winseln und Wimmern, ein Laut wie vom sterbenden Tier, t-o-t-e-n-s-t-i-l-l, zergrübelt Engel das Wort, jemand verreckt, beißt ins Gras, ist am Ende mit allem. Was ist das, fragt er und deutet zur Nebentür links, dann zur Tür rechts, dann auf sein Ohr. Was ist was, fragt Tiago zurück und grinst blöde und geil; Engel lässt die Hoffnung fallen, dass der Typ ihn jemals versteht. Als der Verwesungsgestank wie eine Woge über den Flur schwappt, unterdrückt Engel ein Stöhnen. Tiago deutet auf den Rucksack zu Engels Füßen. Mit Sack und Pack vom Himmel gefallen, sagt er und lacht. Engel räuspert sich, will schlagfertig kontern, doch die Worte im Mund verfaulen zu einem langen und giftigen Schweigen.

Tiago mustert ihn von oben bis unten. Er will sich bedecken, will sich schützen gegen diesen Blick, den Spott darin, das unlesbare Schwarz dieser Augen, doch wo er sich auch hinwendet auf dem öden, trostlosen Flur, überall ist jetzt der Stricher, sein Sexgeruch, der faulige Gestank, das Kläffen des Köters, der Sambarhythmus, das Stimmengewirr hinter Wänden und Türen und, ganz am Ende aller Bilder, Gerüche und Laute, das Klappern der Tasten, das nicht lauter wird, doch auch nicht mehr leiser, das konstant und gleichförmig in sein Ohr dringt wie das Spannungsgeräusch eines Trafos und sein Hirn erfüllt wie ein Tinnitus, als hätte das Denken selbst einen Ton angenommen, den Klang der Todesstille, den Hall eines leeren, weißen, spiegelnden

Raums. Nicht vom Himmel gefallen, in die Hölle gefahren, sagt Engel, schnappt seinen Rucksack, drückt Tiago ein paar Scheine in die Hand und tritt ein; der Zerberus fletscht die Zähne.

In der Hölle ist Lärm und Chaos und Mief wie im Zimmer eines Pennälers. In der Hölle liegen Zigarettenschachteln herum, leer gefressene Chipstüten, blinkende Fernbedienungen und dreckige Polster mit weißen Haaren vom Hündchen. In der Hölle hat's Zimmer, Küche, Bad und einen Boden aus Noppenlinoleum, der von Krimskrams bedeckt ist und Bergen dreckiger Wäsche. In der Hölle ist kein Platz für Engel, in der Hölle ist nur Platz für Plastik, Plunder und Pekinesen.

In der Hölle plärren Fernseher und Stereoanlage, diese immerhin auf Portugiesisch, die Worte, glaubt Engel zu hören, tanzen Bossa Nova, oder ist es doch eher ein Walzer, meu querido, 1-2-3, meu anjo, 1-2-3, como eu gosto de você. Leere Bierflaschen und Coladosen auf dem Tisch, dazwischen der *Kurier*, das Wiener Revolverblatt, mit der Schlagzeile »Das Fressmonster von Wien« und einem Foto von ausgeweideten Supermarktregalen, und am Bettpfosten entdeckt Engel ein verklebtes Taschentuch, die Hölle, denkt er, ist ein billiger Porno, und er bückt sich und steckt, als Tiago gerade die Couch freiräumt, das Taschentuch schnell in die Hosentasche. Der Köter legt die Ohren an und fixiert Engel aus bösen, blutunterlaufenen Augen. Reicht das? sagt Tiago und deutet auf die platt gehauenen Polster. Und Kläff? fragt Engel und tötet das Tier am Boden mit Blicken. Schläft bei mir, sagt Tiago, hebt es auf den Arm und krault ihm das Fell.

Eine Weile stehen beide herum und schauen in entgegengesetzte Winkel; Engel auf ein Stück schwarzes Leder, das aus einem Karton heraushängt – eine Hundeleine, denkt er, oder eine Peitsche –, und Tiago auf den Fernseher, den, stelle ich mir vor, Engel in einer der kommenden Nächte eintreten wird, taumelnd im Chaos der Funkfrequenzen, verfolgt von echten und falschen Stimmen, vom Klappern der Tasten in den Wahnsinn gejagt. Das ist absurd, wehrt sich Engel gegen solche Pläne, das ist der schlechteste aller Filme, und er blickt, wie um sich selbst aus der Szene verschwinden zu lassen, zum Fenster, zur Nacht, zum löschenden Dunkel. Doch sieht er dort statt Mond und Sterne nur das Durcheinander im Zimmer, den Stricher, den Rattenhund und sich selbst, nur den blanken Irrsinn im Spiegel.

Hol mich hier raus, denkt er, ruft er in Gedanken ins Fensterschwarz hinein, ins verriegelte All hinaus, ruft es zu mir und stürzt, gleichsam niedergeworfen von der Nichtigkeit seines Wunsches nach einer führenden Hand, ins hundehaarige Polster. Das ist *sein* Platz, sagt Tiago und deutet auf das Kissen. Engel fährt hoch, als säße er auf einer Mine. Der Terrier stellt die Ohren auf und springt auf die Couch. Brav, sagt Tiago, plumpst ins Polster, räkelt sich und präsentiert den schönen, käuflichen Leib; Engel setzt sich enttäuscht neben den Köter.

So hocken sie Stunden und glotzen ins Nachtprogramm, wortlos, in Chipstüten wühlend, auf Regieanweisungen wartend und mit dem Hund zwischen ihnen als Bollwerk gegen jede Art von Berührung. Als Engel einmal wie zufällig seinen Arm über die Lehne legt, in der Hoffnung, Tiago sänke ihm mit der Schulter entgegen, fährt der Köter herum und kläfft; in der Wand erhebt sich das Stimmengeheul, *Versager!* schallt es durch Engels Kopf, und ich halte inne. Die Erinnerung an diese Szene, diese Psychose, das Buhlen um Tiagos Nähe und der aasige Geschmack ermatteter, ausgehöhlter, zu Tode gedrechselter Sätze, die ganze hysterische Phantasmagorie eines vorgestellten, vorgeführten, vorgemachten Lebens, all das friert ein.

Versager! Psychokrüppel! Vollidiot! schreie ich gegen den Bildschirm meines Computers, schreie meinen Hass auf das Schreiben und das Leben hinter dem Schreiben und das Schreiben vor dem Leben, schreie *Ich bring dich um!* in den weißen, leeren, spiegelnden Raum. Die Wände werfen nichts zurück, sind gar nicht weiß, sind auch nicht leer und ohne Spiegel, sind von Flecken und Tesafilmresten und Notizzetteln übersät und verstellt von Büchern, Mappen, Kladden, überall Worte, überall Sätze, Gedanken schwarz auf weiß, noch zu lesende und noch zu denkende, noch zu schreibende und noch zu schreiende, *Ich bring ihn um, bring dich um, bring mich um,* würge ich aus mir heraus, bohre es dem Bildschirm ins Glas, Engel ins Ohr, dem Idioten ins Hirn. Die Wände schlucken alles, nehmen alles, wissen alles, geben nichts mehr preis, Wände aus Worten zwischen Engel und Engel, Mensch und Engel, Hier und Jetzt, Ich und Er, und ich renne hinaus, um die Wand herum, an der Wand entlang, und stehe plötzlich in Boris' Zimmer.

Ich bring ihn um, sage ich und blicke auf Regale voller Unterrichtsmaterial und Lehrpläne und Schullektüren, sehe Wortmüllberge in unserer Wohnung bis unter die Decke sich türmen, und mittendrin sitzt mein Freund, mein Lebensgefährte, Liebespartner, sitzt versunken in Korrekturarbeiten, sitzt vergraben im Bildungsschrott, im PISA-Schock, hockt wie ein Müllfresser in knisternden Wortverpackungen und knackenden Wortschalen, ich bring ihn um, sage ich, und Boris, ohne aufzublicken, fragt: Wen?

Ich ringe nach echten, unverfälschten Worten, wühle im

Bodensatz meiner Gedanken nach dem unvergorenen, unverwerteten, *unverworteten* Leben, das Arschloch vom Finanzamt, sage ich schließlich und kann die Fäulnis schon riechen, ich muss tausend Euro nachzahlen. Boris sinkt noch tiefer hinter den Stapel Klassenarbeiten, der mich heute Abend um die Zärtlichkeiten bringen wird, die ich so dringend brauche, um einschlafen, um aufwachen, um schreiben, um leben zu können. Sein Nacken glänzt sandfarben im Lampenlicht und die blonden Härchen darauf glitzern wie Tau, tausend Euro, höre ich es von den Wortmüllbergen hallen und mache einen Schritt auf ihn zu, in der Hoffnung, mein Verlangen könnte noch eine Schneise in die Worthalden schlagen, eine Bresche zu Boris, dem Freund, eine Bresche für mich, Engel, als Mensch.

Endlich blickt er auf. Aus seinen Augen quellen Französischvokabeln und Korrekturzeichen und die Frage, ob er Dennis eine Vier oder eine Fünf geben soll. Er schaut mich eine Weile voll Überdruss an, wendet sich dann wieder den Heften zu und zückt den Rotstift. Tausend Euro, wiederhole ich und stehe da und starre aufs Regal und lese *Französisch 7A* und *Biologie 10B* und *Steuer 2005* und sehe zwischen all den Mappen und Akten das handgeschriebene, selbst gebundene Büchlein mit den von mir verfassten Liebesgedichten stehen, das ich Boris geschenkt habe, sorgsam gereihte, sauber rhythmisierte und manchmal gereimte Verse, die ihn geradezu hymnisch dafür besingen, dass er mich nun schon seit Jahren am Leben und am Schreiben und bei Laune und Lust, also bei der Stange hält.

Ich kann dir das Geld leihen, sagt er und setzt wieder zum Korrigieren an, zögert aber, der Rotstift kreist über Dennis' Französischkatastrophe, oder verkauf deinen Computer, fügt er hinzu und kratzt sich am Kopf. Ich blicke zum Fenster, in dem gelb und gleichgültig die Großstadtnacht steht. Gib Dennis eine Fünf, sage ich und fühle mich unendlich leer und verlassen. Dann bleibt er aber sitzen, erwidert Boris, wirft den Stift hin, fährt auf seinem Stuhl herum und streckt die Arme nach mir aus, doch da bin ich schon weg und durch alle Wände, bin längst schon zurück in Wien.

Unterm Geklapper der Tastatur wirft sich Engel mit voller Wucht in die Arme des Strichers. Kurz wird es still, kurz verhält die Wand ihr Gewimmer und der Köter vor Schreck das Gekläff, kurz glaubt er, durchzukommen, in diesen Armen zu überleben, fast schon fühlt er das Glück, angenommen, akzeptiert, in Tiagos Leben willkommen zu sein. Doch da beißt der Hund ihm ins Bein. Ich bring dich um, sagt Engel zum Hund, ich bring *dich* um, sagt der Hund zum Engel, springt aufs Sofa und schleckt seinen Herrn ab. Von den Wänden schallt der Satz wie ein Geschoss, dahinter knirscht die Wohnbunkerstille, darinnen hört Engel die Stimmen, das Todesgeheul; wer ist dort? fragt er und deutet zur Wand und meint doch den anderen, inneren Raum, der verborgen ist hinter Postern mit Männerkörpern und Kitschmadonnen und, am Kopfende des Bettes, verriegelt von einem Kreuz.

Da wohnt eine Russin, sagt Tiago und wirft den Hund auf den Boden und sich ein T-Shirt über den Leib, sie ist total deppert, sagt er mit charmant falscher Betonung, verdammt, hast du meine Jacke gesehen? Deppert, sagt Engel und kommt, als Tiago sich über die Couch beugt und sein Duft herüberweht, der verlorenen Nacht in der Spiegelbar und dem Traum vom wiedergefundenen Leben so nah, dass er glaubt, den Samen schon riechen zu können, den Tiago in Kürze auf einem fremden Körper verströmt. Sie redet mit sich selbst, sagt er über Engel hinweg und wühlt in den Kissen, sie kocht und frisst und stinkt wie eine Lerche. Leiche, lacht Engel und fasst Tiago am Arm und fleht: Bleib da. Der aber zieht seine Jacke unter Engels Hintern hervor, entzieht sich achselzuckend seiner Hand, dem lästigen Handel, dem schlechten Geschäft. Muss arbeiten, sagt er, grinst und deutet zur Wand, wenn die Alte dich nervt, mach einfach die Musik laut. Engel nickt, der Köter fiept, dann knallt die Tür, und ich lasse ab von den Tasten. In der Stille steht der Satz wie ein Monument, unübersehbar, unübersteigbar, steht da in groben, schmucklos gehauenen Lettern: ICH BRING DICH UM.

Ich springe auf und reiße aus dem Regal das dicke, abgegriffene Buch, meine Psychobibel, deren Diagnosen, Analysen und Fallbeispiele aus mir eine Seelenschicht für Seelenschicht säuberlich durchkatalogisierte und durchnummerierte Persönlichkeit machen, ein Wesen aus Buchstaben und Zahlen, einen, wie meine psychiatrische Diagnose im Fachjargon lautet, ICD-10 F60.31, einen Geisteskranken, wie er im Buch steht, in *diesem* Buch, das ich schon zigmal gelesen habe und immer wieder lese, um darin vielleicht doch noch auf eine Theorie oder zumindest einen Namen, einen Begriff zu stoßen, der mir mein Schicksal erklärt, an den ich glauben kann, an Freud zum Beispiel oder an Jung, an den Narziss, an Ödipus, an den Antiödipus, an das Nichts oder einfach an *mich selbst*, an ICD-10 F60.31, den Vollidioten aus den Katalogen der Weltgesundheitsbehörde, der – so zumindest habe ich das für mich gedeutet – ein Produkt psychoanalytischer Maulfaulheit gegenüber dem Unergründbaren und Zwiegesichtigen ist, gegenüber solchen Zuständen also wie damals in Tiagos Wohnung, die das Buch – endlich habe ich die entsprechende Stelle gefunden – leichtfertig als, Zitat, Pseudopsychose bezeichnet, als, so der Satz weiter, gezieltes und kontrolliertes Manöver gegen sich selbst, womit es mir ja quasi unterstellt, mein existenzieller Konflikt zwischen Innen und Außen, dieser Kampf auf Leben und Tod zwischen Engel und Mensch bzw. Engel und mir sei lediglich eine Simulation, sei sozusagen ein ausgekochter Schwindel, was wiederum, finde ich, eine echte Frechheit ist, ein richtig *dicker Hund*, und Engel spürt große Genugtuung, spürt regelrecht einen Triumph über die Psychoanalyse, als er merkt, wie weich doch diese Hundegurgel ist und wie wehrlos der Körper, wie wenig Widerstand doch so ein Köter leistet, wenn man *wirklich* anfängt zu leben.

Das Hundi windet sich und winselt, reißt das Maul auf und sabbert weißen Todesqualster. Die rosa Zunge zuckt über das Polster, die kurzen Beinchen zappeln in der Luft wie bei einem auf dem Rücken liegenden Käfer, und der Stummelschwanz wedelt, als sei gerade das Herrchen nach Hause gekommen; Engel schlottern vor Grausen die Hände, vor Entsetzen packt ihn die Gier, Engel ist, kurz vor dem Tod des Terriers, dem Leben so nah, dass er schreien könnte vor Glück. Aus! rufe ich gegen den Computerbildschirm, Aus! schallt Tiagos Stimme von der Wand, und der Mörder lässt ab vom Tier. Vollidiot, sagt der Hund, schüttelt sich und springt auf die Couch.

Dann klappern wieder die Tasten und wimmern die Wände, Engel hockt zusammengekrümmt auf dem Boden und lauscht in die Wohnbunkerstille, sitzt da und hört den Sound seines Lebens. Sein Körper verändert sich je nach Tonart, mal ist er heiß, mal ist er kalt, mal ist er weit, dann wieder eng, ist froststarre Gletscherspalte, glühender Lavaschlund und wogendes Meer, ist, wenn alle Klänge auf einmal in seinen Kopf hineinplatzen und in den Jochbögen ein Crescendo anstimmen, ein Resonanzboden für die Schreie des Schreibers.

Stunden vergehen. Irgendwann steht er auf. Kläff springt vom Sofa und knurrt; als Engel ans Fenster geht, folgt er ihm auf den Fersen. Die Scheibe kühlt das Gesicht, legt für einen Moment den Wahnsinn auf Eis. Draußen die Nacht ist hell, doch ohne Mond, der Hof menschenleer, die Wohntürme ragen wie ausgebrannt. Am Nachmittag, als er vor dem Haus stand und wahllos auf dem Klingelbrett herumdrückte, fielen ihm bei den Mülltonnen zwei Mädchen mit Bomberjacken und gepiercten Gesichtern auf, die ein drittes, viel kleineres und spilleriges Mädchen nötigten, den Inhalt seines Schulranzens auf den Boden zu leeren und ihnen neben Taschengeld und Pausenbroten auch eine Puppe auszuhändigen, die die eine der beiden Foltergören dann unter den Sohlen ihrer Plateauschuhe zerknackte, während die andere *Hast überhaupt scho Hoar auf der Fut* raunzte, dem völlig verängstigten Mädchen den Rock hochzog und ihm anschließend einen Tritt in die Magengrube verpasste, so dass es zu Boden stürzte, auf die zerplatzten Teile seiner Puppe und der Bomberjackengöre direkt vor die Füße. Im selben Moment summte der Türöffner, und Engel rannte schnell ins Haus.

Wie er nun seinen Blick über den öde und verlassen in der Dunkelheit liegenden Hof schweifen lässt, glaubt er, den Ort der Gräueltat wiederzuerkennen; wie durch Schießscharten hindurch glitzert zwischen all dem Beton die Stadt. Über dem ersten Bezirk ist der Himmel am hellsten, ein Laserstrahl durchdringt von dort aus die Nacht, gleitet geschmeidig über das zerklüftete Relief der Dächer, kommt direkt auf ihn zu. Engel streckt die Arme aus und stellt sich auf die Zehenspitzen. Das Licht huscht vorbei, zieht über ihn weg oder durch ihn hindurch, steht bald schon wieder senkrecht über der Stadt. Irgendwo dort, denkt Engel und sinkt zurück auf die Fersen, streift Feline gerade über Friedhöfe oder frisst sich durch ihren Kühlschrank, irgendwo dort schläft Tiago jetzt mit einem Kunden, irgendeinem alten Sack, denkt er, einer einsamen Frau oder womöglich sogar mit Feline, irgendwo dort sind die Menschen, irgendwo dort, sagt er leise, senkt die Stirn gegen die Scheibe und starrt in den Dunst seines Atems, der sich auf dem Glas niederschlägt, ist mein Leben.

Die letzten Stunden scheinen ihm unwirklich und ohne Zusammenhang mit seinem Körper, ohne Verbindung zu seinen Gefühlen, ohne Bedeutung für seine Geschichte. Der Gedanke, alles sei nur Theater, nur Simulation, sei lediglich die krude Ausgeburt der Phantasie eines anderen, gibt ihm ein Gefühl von Freiheit und Trost. Was geht mich, denkt er, der Stricher an, sein Köter, das misshandelte Mädchen im Hof, die verrückte Russin von nebenan? Was kümmert mich das Geplapper der Wände, der ganze Wahnsinn der Worte, das Geseire vom leeren, weißen, spiegelnden Raum? Was, fragt er und befühlt in der Hosentasche das Taschentuch, das am Bettpfosten liegen und vom Lebenstraum übrig geblieben ist, habe ich mit den Schreien des Schreibers zu tun?

Er holt das Taschentuch aus der Hose und faltet es auseinander. Als er es an die Nase führt, springt der Hund an seinem Bein hoch. Er hofft, einen Geruch nach Eiweiß einzuatmen, nach Salz und nassem Kalk, doch das Tempo riecht nicht nach Sperma, riecht nicht nach Tiagos Haut und auch nicht nach dem säuerlichen Dunst erschlaffter, im Liebesspiel aufeinander zerflossener Körper, riecht nach nichts. Er lässt es fallen. Der Köter fängt es auf, wedelt mit dem Schwanz und schaut erwartungsvoll zu Engel hoch. Aus! ruft der und erschrickt vor der eigenen Stimme; ihm ist, als wäre der Schrei nicht aus seiner Kehle, sondern aus der Wand gekommen. Er bückt sich und versucht dem Hund das Papier aus dem Maul zu reißen, doch der beißt nur noch fester die Zähne zusammen und knurrt.

Der Schlüssel im Türschloss, das Quietschen der Klinke, ratsch klack klack rastet die Sperrkette ein, dann steht Tiago im Zimmer und schnalzt mit der Zunge. Der Hund hoppelt über den Boden und apportiert die Beute. Habt's schön gespielt? sagt Tiago, geht in die Hocke und tätschelt Kläff den Kopf. Ein lieber Kerl, erwidert Engel patzig und mustert Tiago so eindringlich, als suchte er an ihm Spuren seiner abgeleisteten Liebesdienste. Der schiebt sich das Taschentuch in die Hosentasche, pellt sich aus der Jacke, dann auch aus seinem Hemd, gähnt, verschränkt die Hände hinterm Kopf, streckt seinen Körper, zeigt seinen Bauch, grinst sein Grinsen, sieht aus wie immer: olivenfarbig, abgerissen, leer gefickt und doch ewig hungrig, geil, gleichgültig und unnahbar schön. Für einen Moment steht kalt und unüberwindbar das Gefühl der Fremdheit zwischen ihnen, ein Eisberg aus Begehren, Verklemmtheit, Einsamkeit, Stolz. Dann wirft sich Tiago aufs Bett, stellt den Ton des Fernsehers an, befiehlt sein Hündchen herbei und sagt: Bist du auch so mide, meu anjo?

Müde, ja, bin ich auch, sagt Engel leise, setzt sich aufs Sofa und wünscht sich weit weg, weg aus dieser Wohnung, weg von Wien, weg aus diesem irrwitzigen Alptraum und hinein in den laubumwölkten Wipfel des alten Pflaumenbaums auf der unweit von seinem Elternhaus gelegenen Streuobstwiese am Waldrand, wo er früher viele Nachmittage auf einem ins Astwerk gezimmerten Bänkchen Bücher gelesen, Gedichte geschrieben, den Amseln gelauscht, Kuckucksrufe gezählt, die Wanderung der Sonnenflecken im Blattwerk beobachtet, ins versprenkelte Blau des Himmels geblickt, Ekeltiere aus reifen Pflaumen gepult, und – heute spürt er bei dieser Erinnerung Scham und ein Gefühl von Wut über seine Unbedachtsamkeit – selbstvergessen seinen aufschießenden Körper erkundet hatte, alles im Glauben, die Welt dort draußen könne ihn im Innern des Baumes nicht sehen – bis eines Tages neben Sonnenstrahlen, Himmelblau und Amsellied auch ein beständig anschwellendes, einen kindischen Spottreim leierndes Gelächter zu ihm hochstieg, gefolgt von einem hagelartigen Steinschlag, der ihn jählings aus seinem Versteck heraus-, den Stamm hinunter- und direkt vor die Springerstiefel der wulstlippigen und klotzköpfigen Bormann-Zwillinge aus der Finkenstraße und ihrer reihum aus einer Bierflasche trinkenden Kumpane trieb – alle ein oder zwei Jahre ältere, Lederjacken mit Totenköpfen tragende, von ihm gleichermaßen gefürchtete wie heimlich begehrte Dorfrowdys, die ihm zuerst mit Faustschlägen, dann mit Fußtritten und zuletzt, als er schon längst am Boden lag, mit ihren auf ihn niederprasselnden, in den offenen Wunden brennenden Pissefontänen an jenem Nachmittag beibrachten, dass man seine Phantasien und Begierden vor der Außenwelt besser verbirgt.

Ich nehme die Hände von den Tasten und lausche; mir ist, als hörte ich im Nachhall des Geklappers, mit dem ich soeben diese Erinnerungen in den Computer gehackt habe, noch immer die peitschenden, immer lauter werdenden Lachsalven der Schlägerclique. Das Knacken ihrer Springerstiefel in der sommerlich vertrockneten Wiese. Das Rasseln der Ketten, an denen sie ihre Schlüssel, Flaschenöffner und Feuerzeuge befestigten und die zur Demonstration ihrer Gewaltbereitschaft aus ihren Hosentaschen baumelten. Das Rotzen ihrer hochmütigen, zum Ausspucken geschürzten Münder, ihre schrillen Pfiffe, als sie den Baum umzingelten, und, wie den Rhythmus dieser Erinnerungen, den grässlich leiernden, Amsellied und Kuckucksruf zermalmenden Kinderreim, der sich tiefer und tiefer in meine Ohren schraubte und auch dann noch in meinem Kopf rotierte, als mich der erste Faustschlag traf: Alle Pflaumen, hacke ich angewidert den grausamen Vers in die Tasten, hängen am Ast, nur nicht Engel, schreie ich den Spottreim gegen die Mattscheibe, der hängt am Stängel.

Engel stürzt durch die Stricherwohnung, reißt Fernbedienungen und Pizzaschachteln vom Tisch, trommelt gegen die Wand und schreit Aufhören!, immer wieder: Aufhören! in das Reimgeleier, bis er schließlich eine Hand auf seiner Schulter spürt, die ihn wegzieht, eine Hand, so fest und entschlossen, als wollte sie die Stimmen zum Schweigen bringen und den tobenden Körper zu Ruhe und Schlaf, eine Hand, von der Engel für einen kurzen Moment tatsächlich glaubt, sie könnte ihn retten. Schon gut, sagt Tiago und kneift ihm in die Schulter, ich kenn einen Trick – und er zwinkert und kneift noch fester –, ich hab Ohrstöpfel zum Schlafen. Ohrenstöpsel, lacht Engel und öffnet die Arme; O-h-r-e-n-s-t-ö-p-s-e-l wiederholt Tiago spöttisch und mit langgezogenem ö, fügt etwas auf Portugiesisch hinzu und geht aus dem Zimmer; an der Schulter spürt Engel den Druck langsam vergehen.

So steht er reglos, starrt gegen die Wand und lauscht den Schreien in seinem Kopf, Schreien, die ihn verlachen und verhöhnen, ihn *Versager! Feigling!* und *Vollidiot!* schimpfen, drohen, ihn umzubringen, oder ihm befehlen, sich selbst umzubringen, und ihn mit schwachsinnigen Kinderreimen an einen Pflaumenbaum erinnern, von dem er plötzlich nicht mehr weiß, welchem Leben er eigentlich angehört, seinem oder dem des Schreibers, der ihm, Engel, diesen Pflaumenbaum, dieses verlorene Kinderreich, dieses von Springerstiefeln zertrampelte Glücksidyll einzureden, aufzuschwatzen, in sein Leben hineinzubrüllen versucht.

Sind vielleicht nicht auch, fragt sich Engel, die Schläge des Getränkehändlers Kaiser, die ihn vor wenigen Monaten angeblich so brutal aus Volkers Bett trieben, lediglich eine Erfindung, eine Hochstapelei des Schreibers gewesen? Hat er ihm diese Prügel nicht nur eingeredet oder, besser gesagt, eingebläut? Ihn gedanklich so lange damit gequält, bis er diese Schläge tatsächlich empfunden und an sie geglaubt hat? War es nicht in Wirklichkeit nur eine Backpfeife, mit der Kaiser ihn aus seinem Haus beförderte? Ein einfacher Rausschmiss also, der hier aber zu einer regelrechten Gewaltorgie ausgeschmückt wurde, genau wie die Ereignisse am Pflaumenbaum, die gar nicht seiner, Engels, Kindheit, sondern vielleicht einem Buch, einem Film oder dem Leben eines Dritten entlehnt sind? Genau wie der Schlittenunfall am Rohrbuchener Sattel, bei dem er damals gar keinen Becken-, sondern in Wirklichkeit nur einen Beinbruch erlitt, der ihn zwar wochenlang in einen Gips, keinesfalls aber monatelang in ein Gipsbett und schon gar nicht, wie an anderer Stelle behauptet, in einen Gipsbett*karzer* sperrte? Ist dieser ganze hysterische, mit Worten hochgeschürte und ihm, Engel, ins Hirn gelogene Wahnsinn nicht nur Schall und Rauch? Ein Sturm im Wasserglas? Viel *Lärm*, der vom eigentlichen Problem, nämlich dem *Nichts* im Leben des Schreibers, ablenken soll?

Lügner! schreit Engel und tritt mit voller Wucht gegen die Wand, versaust *mir* diesen Fick hier, weil *du*, wenn's drauf ankommt, den Schwanz einziehst! Hast du was gesagt? fragt

Tiago, kommt auf Engel zu und reicht ihm zwei rosa Wattestöpsel. Die Russin, sagt Engel und zuckt mit den Achseln. Was bist du nur, krakeelt es da auch schon aus der Wand, für ein Feigling, dass du, brülle ich ihn an, statt diesem Idioten von Stricher zu sagen, was du wirklich von ihm willst, statt also endlich das Zepter in die Hand zu nehmen, dich in den Pflaumenbaum *meiner* Kindheit schleichst, dort Hand an dich selber legst und *mich* dann dafür verantwortlich machst, dass die Bormann-Zwillinge *dir* eine Tracht Prügel verpassen!

Jetzt ist aber Ruhe, sagt Tiago, steckt sich Stöpsel in die Ohren und grinst. Dann dreht er sich weg, streift die weiße Ballonseide vom Hintern, greift verschämt nach dem Laken, wickelt es sich von hinten um die Hüften, murmelt etwas auf Portugiesisch, presst die Finger gegen den Mund und drückt einem Marienbild an der Wand einen Kuss auf. Als er sich wieder umdreht, glaubt Engel eine scheue Röte auf seinen Wangen zu sehen und verspürt eine fast schmerzhafte Rührung, ein Gefühl, das er, entsinnt er sich, als kleiner Junge einmal für seine Schwester Juli empfand, weil die, während er beim Waisenkinder-Spielen im Wald vor einem malerisch mit Moos und Efeu berankten, an ein mythisches Mahnmal erinnernden Stein weihevoll den Tod der Eltern verkündete, in Tränen ausbrach und für Minuten nicht mehr zu trösten war.

Tiago, sagt er und merkt, wie der Druck in der Gurgel seine Stimme erstickt, ich würde gerne neben dir schlafen, nur schlafen, sonst nichts. Tiago deutet auf seine Ohren, aus denen grotesk die rosa Watte quillt, grinst und streckt den Daumen in die Luft. Dann zurrt er das Laken noch fester um die Lenden, stolpert ins Bett und zieht die Decke bis zum Kinn. Schlaf du auch gut, ruft er herüber, knautscht den Kopf in die Kissen, wirft sich von links nach rechts und, kurz darauf, noch einmal von rechts nach links; da ist er auch schon weggeratzt.

Eine Weile steht Engel reglos herum und betrachtet Tiagos fleischige, wie feuchte Tonerde glänzende Lippen, die in diesem Moment so mühelos zu küssen wären, dass er beschämt den Blick abwendet und zum Fußende des Bettes schaut, wo der Köter sich an das Bein seines Herrn schmiegt und mit einem Auge, dem treuherzigen und hündischen, schläft, mit dem anderen aber, dem missgünstigen und rachsüchtigen, mit dem Argusauge des Schreibers über den Nebenbuhler wacht und immer dann, wenn auf Tiagos Mund der Atem gerade versiegt und in seiner Brust noch nicht wiederaufgetönt ist, in der einzigen Sekunde also, die für Engel ein Innehalten und Entkrampfen, ein Ende des Wahnsinns hätte sein können, ein tiefes, unheilvolles, kampfestolles, ein mörderisches Knurren von sich gibt: *Ich bring dich um.*

Engel stöhnt auf und rennt ins Bad; Kläff bellt und läuft hinterher. Vor dem mit Zahnpastaspritzern besprenkelten Spiegel zieht er sich aus; der Hund hockt sich hin, hechelt und glotzt. Fieberhaft sucht er seine nackte Haut nach Malen und Narben ab, sucht an Gliedern, Händen und Füßen nach untrüglichen Kennzeichen einer von Gewalt gezeichneten Vergangenheit, sucht in Kniekehlen und Armbeugen, auf Beckenknochen und Schienbeinen, Schultern, Rippenbögen, Schenkeln und Lenden nach einem Beweis, der das Verbrechen belegen könnte, das der Schreiber an ihm begangen hat, als der, die ersten Worte dieser Aufzeichnungen kritzelnd, sein, Engels, Leben zu marodieren begann.

Er findet nichts; sein Körper ist glatt, weiß, unberührt, der Körper eines Geistes, denkt er und greift nach dem Rasiermesser, das auf der Konsole liegt. Ins Schienbein, oberhalb des Knöchels, ritzt er sich eine v-förmige Kerbe; dort hat ihn, entsinnt er sich jetzt, der Stahlkappenstiefel von Markus Bormann erwischt. Blut schießt in die Wunde, rinnt auf den Rist und tropft von den Zehen; der Köter fiept, stellt die Ohren auf und schleckt sich das Maul. Ins Fleisch überm Becken setzt er einen kurzen, schnellen Schnitt. Sekundenlang klafft das Gewebe rosig und zart. Dann sickert das Blut nach, staut sich am anschwellenden Wulst der Haut, stürzt endlich befreit übers Bein; die Buche am Rohrbuchener Schlittenhang hat gute Arbeit getan. Als dem Hund ein freudiges Bellen entfährt, droht Engel ihm mit erhobener Hand; noch ist von der Schläfe bis zum Kinn die Wange zu kerben, schier grenzenlos, wird in Zukunft der Schmiss erzählen, war die Wut des Getränkehändlers Kaiser. Engel schneidet und schnippelt, kratzt und furcht, ritzt und schnitzt sich die versäumten Verheerungen seines Lebens tief ins makellose Menschenfleisch. Irgendwann lässt er das Messer fallen, sinkt auf einen Hocker und beginnt zu heulen. Er heult vor Erleichterung, Scham und nackter, roher Liebe zum Leben, heult sich die Schreie des Schreibers aus dem aufgerissenen Leib.

Dann steht er auf, stellt sich unter die Dusche und schwemmt den Schmerz in den Abfluss. Im Schrank findet er Jod, Pflaster und Mull; sorgfältig verarztet er die Wunden. Er lässt Wasser in einen Eimer, spritzt Duschgel dazu, wirft ein Handtuch dazu und beginnt zu wischen. Der Putz dauert keine fünf Minuten: hier noch ein Spritzer Blut an den Kacheln, dort eine Pfütze am Boden, die Hälfte der Arbeit hat der Hund schon getan.

Als das erste Licht des Tages grau und schattenlos durchs Fenster dringt, tritt Engel an Tiagos Bett; von Stöpseln verpfropft liegt der, laut schnarchend, in seinen Träumen. Engel schlägt das Laken zurück, betrachtet den nackten, schwarz behaarten Körper, legt sich in seinen Schatten, langt sich an und bringt das leidige Geschäft mit der Liebe schnell per Hand hinter sich. Dann kramt er aus seinem Rucksack die Packung Tavor, drückt sich alle Pillen in den Mund und schluckt sie hinunter; dem Hund wirft er, als der, blutig ums Maul, nicht aufhören will zu betteln, auch eine Handvoll hin. Kurz sitzt er da und lauscht zur Wand, sucht dann nach den Stöpseln, quetscht sie sich in die Ohren, schiebt Tiago eine Hand unter die Flanke und wartet, betoniert ins Getöse seiner Gedanken, auf die große, endgültige Stille.

Ich lege die Hände neben die Tastatur. Nach genau drei Minuten – das ist die Zeit, die ich mir für einen neuen Satz, einen neuen Lebensimpuls, gebe – schaltet sich der Bildschirmschoner ein; in meiner Erinnerung, in dieser Geschichte, zwischen den Wänden von Tiagos Wohnung erlischt das Licht. Nur noch ganz schwach glänzen auf der stumpfen Mattscheibe die Konturen meines Gesichts; so hocke ich da, schaue auf mein geisterhaftes Spiegelbild und lausche dem Herzschlag in meiner Brust. Er ist schnell, geradezu ungestüm; manchmal, vor allem, wenn ich mich nachts schlaflos im Bett herumwälze, glaube ich, mein Herz könnte jeden Moment stehen bleiben, vor Erschöpfung und Überbeanspruchung und weil ich es schon so oft gewaltsam zum Stillstand zu zwingen versucht habe, oder einfach aus Langeweile und Überdruss an dem Menschen, in dessen Mitte es schlägt. Doch es bleibt nicht stehen. Nicht einmal, wie damals in Wien, mit dreißig Tavor zwischen den Klappen. Es pocht und pulst störrisch weiter; sein Hämmern scheint mir nun das Einzige, was sich der völligen Kapitulation noch widersetzt.

Um mich herum ist es still, Boris scheint ausgegangen zu

sein oder schon zu schlafen, in den Nachbarwohnungen schweigen die Fernsehapparate, die normalerweise abends durch die Wände plärren, und selbst auf der fernen Autobahn, von der bei geöffnetem Fenster immer ein leises, aber konstantes Dröhnen herüberdringt, herrscht kein Verkehr mehr.

Es ist vollkommen still, unnatürlich, geradezu beängstigend still, es ist, denke ich, will den Gedanken aufschreiben und merke, dass ich nicht einmal mehr meine Hände bewegen kann, so still wie auf dem Grund des Meeres, und in diese angeschwollene, unerträgliche Stille spüre ich meine Tränen fließen. Ich lasse sie laufen, weine lautlos, ohne ein Schluchzen, ohne den üblichen Druck in der Kehle, ohne das Krampfen und Beben des Körpers; mir scheint, als weinte nur mein Kopf, als wären die Worte, die ich nun nicht mehr schreiben werde, in Erkenntnis ihrer Bedeutungslosigkeit zu Wasser geworden.

Aber ist es auf dem Grund des Meeres überhaupt still? Ist es still im finstersten Innern der Erde? Oder am äußersten Punkt des Alls? Würde ich, wenn ich jetzt einfach aufstünde, davonginge und diesen Kerl, der da in der Stricherwohnung liegt und auf den Stillstand seines Herzens wartet, tatsächlich sterben, sein auf Wortmüllbergen gebautes Leben hinter mir ließe, wenn ich mir also den Engel aus dem Leib risse wie den Stachel aus der eiternden Wunde, würde ich dann, wenn ich, befreit von meinem Dämon, dem Geist, den ich rief, ein neues Leben begänne, nicht noch immer seinen unerbittlichen Herzschlag spüren?

Ich stehe auf und verlasse das Schreibzimmer. Den Computer habe ich nicht ausgeschaltet; soll er doch, denke ich und meine damit nicht den Rechner, sondern Engel, irgendwann am Stromausfall verrecken. Boris sitzt im Wohnzimmer in einem Sessel und schläft; leise trete ich an ihn heran. Sein Kopf ist zur Seite gefallen, manchmal zucken seine Augenlider, und mir ist, als lächle er im Traum. Bei seinem Anblick spüre ich Scham, Schuld, Bedauern, Wehmut, Trauer, Sehnsucht, Verlangen, alles Mögliche, nur keine Liebe. Oder doch? Als ich zum Abschied vorsichtig seine Handfläche berühre und er, ohne aufzuwachen, nach mir greift, überkommt mich ein Gefühl zärtlicher Ausweglosigkeit. Vorsichtig entziehe ich mich seiner Hand und schiebe ihm, damit er, zumindest im Schlaf, nicht ins Leere fasst, das Buch, über dem er eingeschlafen ist, zwischen die Finger; er packt es genauso vertrauensselig wie zuvor meine Hand. Dann verlasse ich die Wohnung; auf der Türschwelle ziehe ich den Hausschlüssel, den ich im Vorbeigehen gewohnheitsgemäß eingesteckt habe, wieder aus der Jackentasche und hänge ihn zurück an den Haken.

Die Nacht ist mondlos und mild; ein leichter Wind weht Geräusche herüber, ich höre eine zuschlagende Autotür, Hundegebell und, irgendwo in der Ferne, eine Sirene. Es riecht nach Malz aus der unweit gelegenen Brauerei, nach feuchtem Straßenschmutz – irgendwann muss es geregnet haben –, nach den abkühlenden Motoren der parkenden Autos und, kaum wahrnehmbar, nach dem moderig-fischigen Wasser des Rheins. Oder bilde ich mir das nur ein? Intuitiv nehme ich den Weg zum Fluss; die Heidestraße hinunter mit ihren hässlichen Sozialbauten auf der einen und der endlosen Fabrikmauer auf der anderen Seite; dann vorbei am baumlosen Wiener Platz, dessen abschüssige und tief in den Boden eingelassene Betonfläche nachts, wenn sie menschenleer ist, wie ein riesiges, ausgepumptes Schwimmbecken aussieht; schließlich über den vierspurigen Zubringer, an dem es auf einer Länge von fünfhundert Metern nur eine einzige Fußgängerampel gibt, weshalb man auf dem Grünstreifen zwischen den Fahrbahnen immer Mütter mit Kinderwagen trifft, die sich wild durch die Luft fuchtelnd ihren Weg durch den hupenden Verkehr bahnen. Nachdem ich im verwinkelten Ortskern dieses von Köln als Trabantenstadt einverleibten Dorfes ein paarmal um die Ecke gebogen, am Brunnen mit den pinkelnden Engeln wie immer kurz haltgemacht habe und hinter der Uferpromenade die vermüllte Böschung hinabgekraxelt bin, werde ich am Fluss stehen, der schwarz glitzernd und leise gurgelnd dem fernen Meer entgegenströmt.

Es muss schon sehr spät sein; die Straßen sind wie ausgestorben, kein Fahrzeug, geschweige denn ein Fußgänger, kommt mir entgegen. Dann, an der Ecke, wo die Fabrikmauer schließlich doch noch von halb verrotteten Jugendstilhäusern abgelöst wird, tritt unmittelbar vor mir ein Mann aus einer Haustür und geht, ohne nach links oder rechts zu blicken, seines Weges. Er trägt Jeans und eine Lederjacke, hat kurzes, dunkles Haar und einen zielstrebigen Schritt. Von Neugierde gepackt folge ich ihm in sicherem Abstand. Als er stehen bleibt, um an einem Automaten Zigaretten zu ziehen, drücke ich mich schnell in einen Hauseingang; von dort habe ich ihn zwar gut im Blick, kann aber, weil er mit dem Rücken zu mir steht, sein Gesicht nicht erkennen. Ich stelle es mir kantig vor, verschlossen oder verschlagen, übernächtigt, unrasiert und irgendwie hungrig, ein wenig wie das von Tiago, und ich bedaure es in diesem Moment sehr, dass ich jetzt, da ich aus Engels Leben fortgegangen bin, das Piratengrinsen des Strichers nie wiedersehen werde.

Vielleicht ist der Mann Türke, denke ich, oder Araber, irgendwann nach Köln gekommen oder schon in Köln geboren und doch noch immer heimatlos und nun auf dem Weg zur

Frühschicht oder, was ich spannender fände, für ein zweifelhaftes Geschäft von einem Freund aus dem Schlaf gerissen und an einen bestimmten Ort bestellt worden. Dieser Verdacht erhärtet sich, als der Mann am Wiener Platz ein weiteres Mal stehen bleibt, um am Bankautomaten Geld abzuheben; er blickt sich dabei ein paarmal verstohlen um. Wieder erkenne ich sein Gesicht nur vage, es liegt im Schatten eines Mauervorsprungs. Zügig steckt er die Scheine ein, zündet sich eine Zigarette an und überquert mit hochgezogenen Schultern den Platz. Um zur Zubringerstraße zu gelangen, nimmt auch er die Abkürzung über die Grünanlage. Ich gehe schneller; der Gedanke, irgendwann so dicht hinter ihm zu sein, dass ich nur noch meine Hand ausstrecken muss, um ihn festzuhalten, erregt mich. Zwischen den Rhododendronbüschen, an genau der gleichen Stelle, wo auch ich vorhabe, die Straße zu überqueren, tritt er auf die Fahrbahn.

Hat er etwa das gleiche Ziel wie ich? Stehen wir beide gleich nebeneinander am Rheinufer? Will er sich etwa auch in die Fluten stürzen? Aber wozu dann das Geld? Und wieso eigentlich *auch*? Will ich mich denn in die Fluten stürzen? Mich umbringen? Besser gesagt: umzubringen versuchen? Zum wiederholten Mal in meinem Leben mit Steinen in der Tasche oder Tabletten im Blut ins Wasser steigen? Schwimmen, rudern, strampeln, untergehen? Und gerade noch rechtzeitig von der Mannschaft eines Lastkahns aus dem Fluss gefischt werden? Auf der Intensivstation aufwachen und in Boris' bestürztes und auch leicht ärgerliches Gesicht blicken? Am andern Tag in die Psychiatrie überwiesen werden? Geschlossene Station, Pillen, Pickel, Verstopfung, Schreie in der Nacht, Käfigbetten, Gummizelle, Raucherzimmer, wo die Feuerzeuge am Tisch angekettet sind, Gruppenauslauf im Klinikgarten, zehnmal um den einzigen Baum herum, angeführt von einem gähnenden Zivildienstleistenden, stundenlanges Hocken, Starren, Stehen, Gehen, Wichsen auf dem Klo, die endlose Langweile des Wahnsinns? Wollte ich denn, als ich vor wenigen Minuten fortgegangen bin aus meiner kurz vorm Herzstillstand im Computer eingefrorenen Geschichte, nicht endlich anfangen zu *leben*?

Dann plötzlich das Kreischen von Bremsen, gefolgt von einem Schlag. Kurz steht der rote Sportwagen quer auf der Fahrbahn. Kurz steht alles still, kurz ist alles echt, alles wahr und ganz einfach: Ich schaue, ich weiß nicht, warum, nach links, und sehe, in hundert Metern Entfernung, wie die Fußgängerampel auf Grün springt. Dann heult der Motor auf. Der Sportwagen rast davon, über die rote Ampel hinweg, und ich denke noch: Hoffentlich blitzt es. Aber es blitzt nicht. Der Wagen taucht weg in die Dunkelheit, und ich trete aus den Büschen. Der Mann liegt, einige Meter von mir entfernt, mitten auf der Fahrbahn. Der Weg zu ihm hin kommt mir lang vor; noch nie, denke ich, bin ich so langsam über diese Straße gegangen.

Ich knie mich hin, blicke in das Gesicht des Mannes und glaube zu wissen, dass es tatsächlich schön war, obwohl es töricht und sogar anmaßend ist, beim Anblick eines blutigen Klumpens Fleisch darüber nachzudenken, ob dieses Gesicht einmal schön war, ein Gesicht, in das ich mich vielleicht verliebt, das mich aus meinem Lebensekel erlöst, von meinen Selbstmordgedanken befreit hätte, mir aber jetzt stattdessen den nackten Tod vor Augen führt und mich an den Sommernachmittag meiner Kindheit erinnert, an dem der Nachbarsjunge Holger Becker schreiend aus dem Haus gerannt kam und meine Freunde, mit denen ich auf der Straße Fußball spielte, in den Keller seines Elternhauses holte, wo sein Vater, Herr Becker, ein grimmiger Mann, der stets mit einer Heckenschere die Bälle zerstach, die in seinen akkurat gestutzten Büschen landeten, mit blau angelaufenem Gesicht am Boden lag, einem fratzenhaften und Furcht einflößenden Gesicht, das auch dann nicht mehr lebendig wurde, als Holger dem leblosen Körper das Ohr auf die Brust presste, ihn schüttelte und Er stirbt! zu brüllen begann, immer wieder Er stirbt! in die Runde der stumm auf die Leiche glotzenden Nachbarskinder, so dass ich jetzt, zwanzig Jahre später, auf dem Mülheimer Zubringer im Blut eines fremden Mannes kniend, selbst Er stirbt! zu rufen beginne, jedoch nicht, weil ich, nachdem auch ich dem Verunglückten Jacke und Hemd aufgerissen und mein Ohr auf seine Brust gelegt habe, keinen Herzschlag mehr wahrnehme – mir ist, ganz im Gegenteil, als hörte ich ein leises, aber regelmäßiges Klopfen –, nein, ich schreie Er stirbt!, immer wieder Er stirbt! in die taube Nacht hinaus, weil ich das Gefühl oder die Erinnerung an das Gefühl nicht ertrage, das ich damals, beim Anblick des toten Herrn Becker, in mir habe aufsteigen spüren, den verstörenden und mich noch heute zutiefst beschämenden Wunsch, dass auch in meinem Leben jemand sterben sollte, damit auch ich so brüllen könnte wie damals Holger Becker beim Tod seines Vaters, und so springe ich auf und schreie noch einmal aus voller Kehle Er stirbt! über den Zubringer, und Er stirbt! schreiend renne ich durch die Rhododendronbüsche zurück, quer über den Wiener Platz, in die Heidestraße und an der Fabrikmauer entlang, die mir länger vorkommt als je zuvor, bis ich endlich unser Haus erreiche, wo ich Sturm klingele, die Treppe hinaufstürze und Boris Er stirbt! entgegenkeuche, so dass der mich in den Flur boxt, mich schüttelt und mir, als ich mich losreiße, Wer denn? hinterherrufend durch die Wohnung folgt, in der ich nun kopflos das Telefon suche, das ich, nachdem ich in allen Zimmern blutige Fingerabdrücke an Wänden und Türen hinterlassen habe, schließlich auf meinem Schreibtisch finde, wobei ich, als ich nach dem Apparat greife, um den Notarzt zu rufen, gegen die Maus meines Computers stoße, so dass der Bildschirm aufflammt, ich dort die letzten Zeilen meiner Geschichte lese und, entsetzt über das Geschriebene, noch einmal Er stirbt! brülle.

Ruhe, verdammt, ruft der aus seinen Träumen gerissene Tiago und schlägt mit der Faust gegen die Wand. Dann tastet er gähnend auf dem Kopfkissen nach dem Stöpsel, der ihm im Schlaf aus dem Ohr gefallen sein muss, tastet dabei auch über den an ihn geschmiegten Engel, und nur, weil er den Stöpsel schließlich am Fußende des Bettes findet, sieht er Kläff, das Hündchen, am Boden liegen, mit Schaum vorm Mund und grauslich verdrehten Augen. Er fährt aus dem Bett, schüttelt das Tier und presst sein Ohr zwischen die grotesk vom Körper abstehenden Beine. Er stirbt, ruft er auf Portugiesisch, als er unter den Zotteln den Herzschlag nicht spürt, rüttelt den schlafenden Gast, schlüpft in Hose und Hemd und will schon mit dem leblosen Balg unterm Arm das Zimmer verlassen, als er merkt, dass auch Engel sich nicht mehr bewegt. Er geht zurück und zupft ihn am Arm. Er stirbt, murmelt er noch einmal, als Engels Hand schlaff über die Bettkante fällt; dann nimmt er das Telefon vom Tisch und wählt die Rettung.

4. Philippe

Über die Dächer der Stadt fällt die Nacht, lässt in den Fenstern die Lichter aufscheinen, die Laternen in den Gassen und weit oben am Himmel den ersten Stern, verschmilzt das Meer mit dem Horizont und den Horizont mit den Bergen zu einem schweren, alles verschlingenden Blau. Ein Geruch nach Kühle und Schatten steigt auf, nach Kohlefeuern, feuchtem Holz, Stille und Schlaf. Es ist die Zeit, zu der die Kinder zu Bett gehen und die Mütter herbeirufen, damit sie mit ihren Liedern die Dunkelheit aus den Zimmern vertreiben, und während Engel noch ein letztes Mal seinen Blick über die abendliche Stadt schweifen lässt, summt er leise in sich hinein: *Aber heidschi bumbeidschi bum bum*... Dann schnippt er die Zigarette aufs Dach, zieht die Luke zu, setzt sich an den Tisch, schlägt die Kladde auf und schreibt:

In meiner Geschichte ist die Mutter nicht mehr nach Hause gekommen. Sie ist mit dem Heidschi bumbeidschi fortgegangen, diesem gesichts- und körperlosen Schlafwesen mit dem nach weichen Daunendecken und süßen Träumen klingenden Namen aus dem Lied, das sie mir abends manchmal zum Einschlafen sang und in dessen klagender Melodie, den spröden, in eigentümlicher Mundart verfassten Versen stets etwas Unheimliches und Bedrohliches aufklang, ein dunkles Geheimnis, eine verschlüsselte Botschaft mit einer mir unzugänglichen, vielleicht nur der Mutter bekannten Bedeutung, die mich zwar stets in einen wohlig-warmen Grusel versetzte, die Mutter aber zu ängstigen oder zu bedrängen schien. Denn während ich von Vers zu Vers schläfriger wurde, begann ihre Stimme schon in der zweiten Strophe zu zittern, und sie wandte das Gesicht ab und strich gedankenverloren eine Falte aus meinem Bettlaken, wobei ihre Stimme noch dünner wurde, erstickt von einem unsichtbaren Gewicht, das nun auch auf meinen Augen lastete und mich tiefer in die Kissen, in die übermächtigen Arme des Schlafes drückte, wo ich die letzte Strophe des Liedes, bei der ich noch vage spürte, wie die Mutter mir mit ihrer stets ein wenig nach Aloe vera und Pfefferminz duftenden Hand die Bettdecke zum Hals zog, nur mehr als fernes, unwirkliches Echo aus einer anderen, längst verlassenen Welt oder aber gar nicht mehr vernahm und deshalb wohl die Mutter an meinem Bett nie weinen sah, bis zu jenem Abend, an dem ich, weil ich zuvor bei den Nachbarskindern verbotenerweise einige Gläser Cola getrunken hatte, bei der dritten Strophe noch immer wach lag und die Stimme der Mutter mitten im Lied abbrechen hörte.

Erschrocken schlug ich die Augen auf, schloss sie aber im gleichen Moment wieder, denn ich hätte zu diesem Zeitpunkt ja schon längst schlafen sollen und deshalb gar nicht sehen dürfen, wie eine Träne von ihrem Kinn auf die Bettdecke tropfte, genau auf die Stelle, wo meine Hand lag, die nun aus der warmen Betthöhle herausfahren und nach der Mutter greifen wollte, sich aber lediglich zur Faust ballte und in das Laken krallte, während ich die Augenlider zusammenpresste, den Schlaf herbeisehnte und in meinen Arm hinabspürte, der mir mit einem Mal fühllos und gelähmt, wie abgeschnitten und nicht mehr zu mir gehörig erschien. Ich hielt den Atem an und stellte mir krampfhaft vor, wie die Träne durch die

Daunen sickerte, mit ihrer winzigen Nässe meine Hand berührte und sie wieder lebendig machte, damit ich die Mutter, die wohl wieder starkes Kopfweh hatte, doch noch hätte trösten können. Aber die Träne kam nicht an, versiegte irgendwo im Dunkelweich der Daunen, und die Mutter stand auf, löschte das Licht und verließ das Zimmer, ohne die Bettdecke hochgezogen zu haben, so dass ich augenblicklich zu frieren begann.

Engel hält inne und betrachtet nachdenklich die spärliche Einrichtung seiner Dachkammer, die er seit kurzem im Hause seiner Schwester Juli im südfranzösischen Grasse bewohnt, eine Abstell- oder Rumpelkammer, die, bevor er dort einzog, von der Hausgemeinschaft als Wäschetrockenraum genutzt wurde, nun aber mit ihren verwinkelten, holzverkleideten Schrägen, den dicken Stützbalken und den Furnierholzmöbeln, die er in den letzten Tagen beim Trödler erstanden hat, seinem Kinderzimmer im Dachgeschoss des Elternhauses auf verblüffende Art und Weise ähnelt, mit dem einen Unterschied, dass er, wenn er eine der rostigen, von Taubenkot und Spinnweben verklebten Luken öffnet, nicht die gestriegelten Vorgärten des Storchenauer Amselwegs mit ihren akkurat gemähten Rasen, Rosenrabatten und nierenförmigen Goldfischteichen sieht, sondern am Horizont über dem zerklüfteten Dächergebirge der Stadt den Silberstreif des Meeres. Doch hier wie dort, denkt er und bohrt den Stift ins Papier, ist er ohne Heimat, ohne Zuhause, ist lediglich Gast, Kostgänger oder Hausierer, hier wie dort liegt er nachts schlaflos im Bett, starrt an die Stützbalken, die wie schwarze Kreuze die Finsternis bannen, lauscht in die Stille des Hauses und wartet, dass die Nacht vorübergeht und der Morgen kommt und er weiterziehen kann, um in der Fremde sein Leben zu suchen, und er blättert die erste Seite um und fährt fort:

Irgendwann musste ich doch noch eingeschlafen sein. Ich erwachte von einem Geräusch, horchte in die Dunkelheit, fühlte einen kühlen Hauch am Hals, das klamme Laken an meiner Hand und in der Brust das ziepende Schuldgefühl, die Mutter nicht getröstet zu haben. Da hörte ich gedämpfte Stimmen von unten heraufdringen. Das Bett war warm, mein Körper schwer, die Verlockung der Träume süß und bezwingend, ich wollte nicht aufstehen und schlug doch das Laken zurück, angezogen von etwas, das stärker war als der Schlaf. Eine Weile saß ich aufrecht im Bett und spürte, wie die Wärme und Müdigkeit aus mir heraus- und die Kälte und Angst in mich hineinströmten. Dann stand ich auf und ging hinunter.

Im Fenster zum Hof am Ende des langen Flurs wirbelte blaues Licht, tauchte die Wände, die Türen, die große Spielzeugtruhe und die Katzenschlafplätze in kalte, tanzende Helle. Die Tür zum Schlafzimmer der Mutter stand offen. Der Schein einer Lampe bildete auf dem Boden ein helles Viereck, in dessen Mitte Felix, der Kater, saß. Als er mich kommen hörte, wandte er den Kopf, blickte mich an und sagte: Jetzt hast du den Salat. Ich zuckte zusammen und wollte schon in mein Zimmer zurücklaufen; ich ahnte, dass im Schlafzimmer gerade etwas Schreckliches passierte, etwas, das ich nicht sehen, von dem niemand etwas wissen durfte und das mich, sollte ich dennoch hineinschauen, ein Leben lang verfolgen und für meine Neugierde bestrafen würde, und vielleicht war es genau diese von der offen stehenden Tür ausgehende Gefahr, die mich nicht zurück-, sondern noch einige Schritte näher herangehen ließ. Ich hörte die Stimme meines Vaters und eine andere, tiefe, verbrummte, die ich nicht kannte und unter der ich mir einen Mörder oder aber einen geheim gehaltenen Verwandten vorstellte, der nun gekommen war, um meine Eltern zu erpressen. Mit klopfendem Herzen schlich ich heran, hob den Kater auf meine Arme, drückte mein Gesicht in sein Fell, nahm meinen ganzen Mut zusammen und schaute ins Schlafzimmer.

Zwei große Männer in roten, leuchtenden Anzügen und schwarzen Stiefeln hoben gerade die Mutter aus dem Bett, legten sie auf eine Trage und deckten sie mit einer grauen Decke zu. Ein dritter stand daneben und hielt eine Flasche mit einem Schlauch in die Höhe. Der Schlauch steckte in ihrem Arm, eine durchsichtige Flüssigkeit floss hinein. Auf dem Nachttisch verstreut lagen Medikamentenschachteln und Tablettenstreifen. Der Vater griff nach dem Kopfkissen und wollte es ihr in den Nacken schieben, doch der Mann mit der Flasche in der Hand wehrte ihn ab; da presste er sich das Kissen an die Brust, wandte den Kopf und sah mich an. Sein Gesicht war aschfahl, sein Mund ein dünner, bleicher Strich, ein Ausdruck des Entsetzens, der Angst oder Hilflosigkeit, wie ich ihn noch nie an ihm gesehen hatte, lag auf seinen Zügen, und mir war, als bitte sein Blick mich um Entschuldigung. Ich schaute schnell weg, doch es war schon zu spät. Ich hatte alles gesehen.

Die roten Männer hoben die Trage an und kamen auf mich zu. Bluthunde, sagte der Kater, sprang zu Boden und flüchtete unters Bett. Ich spürte einen kalten Luftzug auf der Haut, dann schlug mir der vertraute Geruch des Schlafzimmers entgegen, dieser Geruch nach frischer Wäsche, Pfefferminz und Arznei. Die roten Männer drängten mich zur Seite und trugen die Mutter durch die Tür. Kurz sah ich ihr zur Seite geneigtes, entschwundenes Gesicht, weiß, fast durchscheinend, wie aus Papier oder Seide, bläulich durchzuckt im wirbelnden Lichtschein des Flurs und umrahmt von ihren über die Schläfen fallenden Locken, ein friedliches, schmerzfreies, sogar glückliches Gesicht, in das es mich nun hineinzulangen drängte, in dem ich die geschlossenen Lider aufreißen wollte, damit die Mutter sah, dass ich doch noch gekommen war, sie zu trösten, doch ich konnte mich nicht bewegen, konnte nicht nach ihr greifen, meine Hand war noch immer wie gelähmt, hing schlaff und taub an mir herab, und die roten Männer trugen sie davon ins blaue, kalte, tanzende Licht, und Engel fegt die Schreibkladde, den Kinderkram, fegt den ganzen Kindheitskladderadatsch vom Tisch, springt auf, rennt aus der Kammer und knallt mit der Tür.

Im Treppenhaus ist Stille, Dunkelheit und ein gleichförmig pulsierendes Brausen; erst nach Sekunden versteht er, dass es nicht das ferne Meer ist, das in die Stille wogt, sondern sein Blut. Es riecht nach Bohnerwachs, nach dem morschen Holz der Stiegen, nach Kochdünsten aus den Wohnungen und, von tief unten heraufsteigend, ganz schwach und mehr in Form eines Wiedererkennens von etwas schon einmal Gerochenem, nach der Apotheke im Erdgeschoss des Hauses, ein Geruch nach Medizin und Mull, nach Pillen und Pastillen, nach Pflaster, Fieber, Schürfwunden und Salbe; es riecht, denkt Engel und beginnt leise die Treppe herunterzusteigen, wie im Schlafzimmer der Mutter.

Die Tür, die die Apotheke mit dem Haus verbindet, steht einen Spalt offen. Licht fällt heraus. Der Schlüssel steckt von außen im Schloss. Engel schleicht heran und späht hinein. In den Lagerräumen steht, in einem weißen, schlabberigen Apothekerkittel, Cyril, Julis Ehemann, der, wenn sein Vater, der alte, parkinsonkranke Mouftard, einmal gestorben ist, die

Apotheke übernehmen wird und daher bereits für die Familie eine Wohnung im ersten Stock des Hauses gekauft hat. Zusammen mit Yvonne, der Apothekenhelferin, einer raubkatzenhaften Marokkanerin, sortiert er gerade eine Lieferung Medikamente in die auf leisen Rollen auf- und zugleitenden Schubfächer.

Cyril ist Ende zwanzig, groß, hager und rothaarig. Er hat grüne, ein wenig hochmütig wirkende Augen, in denen stets eine sonnentrunkene, vom Mistral durchkämmte und nur vom Meer begrenzte provenzalische Kindheit leuchtet, Segelohren, eine spitz hervorstechende Nase, einen schmalen, hinter der Ladentheke stets um ein freundliches Lächeln bemühten, in den Privaträumen der Wohnung aber derbe Flüche ausstoßenden Mund, Sommersprossen und rotes Kraushaar am ganzen Körper, einen schlichten, jedoch herrisch aufbrausenden, unterdrückt unzufriedenen Charakter und – das hat Engel zufällig gesehen, als er am gestrigen Morgen verschlafen und ohne anzuklopfen ins Badezimmer stolperte – einen bulligen, fleischroten Schwanz, mit dem er Juli vergangenes Jahr, während einer zweiwöchigen Urlaubsliebelei, in einer der versteckten Buchten am Cap Roux ein Kind gemacht hat, einen ebenfalls rothaarigen und sommersprossigen, ebenfalls unzufriedenen und daher ständig plärrenden, ständig die Muttermilch gegen Wände und Küchenmöbel speienden, fünf Monate alten Jungen namens Philippe, mit Betonung auf dem zweiten i.

Engel beobachtet, wie Cyril und Yvonne mit Medikamenten beladen zwischen dem Tisch und den Schubfächern umhergehen, sich dabei flüsternd unterhalten, gegenseitig necken oder albern kichern; als Yvonne aus Versehen einen Stapel Schachteln fallen lässt und sich danach bückt, legt

Cyril ihr die Hände um die Hüften und zieht sie an sich heran. Yvonne ziert sich zunächst und windet sich aus Cyrils Umarmung, richtet sich aber, während Cyril sie, bestimmter jetzt, fast brutal, scheint es Engel, abermals von hinten umfasst, lachend auf, dreht sich um und schlingt ihre Arme um seinen Hals; da zieht Engel schnell den Apothekenschlüssel aus dem Türschloss und steckt ihn sich in die Tasche. Dann steigt er leise die Treppe hoch und geht in die Wohnung.

In der Küche kotzt Philippe, blau angelaufen vom Plärren, gerade gegen die Kacheln. Hilf mir mal, sagt Juli und streckt ihm den Säugling hin, dieses bedauernswerte, viel zu magere, viel zu zarte Menschlein mit dem viel zu kräftigen Rotschopf, das man ihr, nachdem der Franzose es in ihren schmalen Unterleib hineingepfählt hatte, zwei Monate zu früh aus dem Körper schneiden musste, um beider Fortleben, das des noch viel zu kleinen Kindes und das der völlig verängstigten Mutter, sicherzustellen.

Was soll ich tun? fragt Engel, nimmt den Säugling entgegen und hält ihn von sich gestreckt wie ein Ding. Was weiß ich, sagt Juli gereizt, herumgehen, schaukeln, singen, lass dir was einfallen, fügt sie hinzu und wischt mit einem Lappen über die Kacheln, du bist doch Künstler. Engel zieht Philippe an seine Brust, beugt sein loses Körperchen nach links, dann nach rechts, hebt den Rücken, stützt die Beinchen, schiebt umständlich den linken Arm unter den Po, sieht über den rechten das Köpfchen kippen, will alles mit beiden Armen auffangen und lässt das Baby dabei fast fallen. Mensch, Leo, pass doch auf, sagt Juli, das ist ein Kind und kein Kerl. Aber heidschi bumbeidschi bum bum, beginnt Engel zu singen, um seine Beschämung zu überspielen; wie gut seine Schwester ihn doch kennt.

Als er vor einigen Tagen, auf der Flucht vor dem Chaos der letzten Jahre in Wien, einem von marzipanfarbenen Kaiserburgen, verträumten Mozartgassen und grünblauen Donauarmen flankierten Moloch aus Einsamkeit, Wahnsinn und Tod, in der Hoffnung, bei seiner Schwester in Grasse vorübergehend ein neues Zuhause zu finden, übermüdet und abgerissen vor ihrer Tür stand, rollte sie nur mit ihren großen Kobaltaugen und seufzte: Noch ein Kind! Dann knuffte sie ihren Bruder neckisch in die Seite, in der Art, wie Engel es früher immer bei ihr getan hatte, wenn sie, fast weinend und mit einem ungläubigen Warum? auf den Lippen, auf eine von seinen frei erfundenen, dramaturgisch wirksam in eine entsprechende Spielsituation platzierten Hiobsbotschaften hereingefallen war, die meistens vom Unfalltod der Eltern, von einem unmittelbar drohenden Weltkrieg oder von einer düsteren und entbehrungsvollen Zukunft kündeten, die sie, die Geschwister, von nun an als letzte Überlebende einer globalen Katastrophe vollkommen auf sich gestellt in einer verseuchten, von gefährlichen Tieren besiedelten Welt bestehen müssten.

Früher hatte das gegenseitige Knuffen und Kitzeln Julis Beklommenheit schnell in Übermut und die Angst- in Lachtränen verwandelt, die Bande zwischen den Geschwistern noch gestärkt und das so brüsk unterbrochene Spiel wieder zurück in jenen rauschhaften, zeit- und grenzenlosen Zustand des Staunens und der Abenteuerlust versetzt, wie nur Kinder ihn erfahren können, die sich eine für Erwachsene unbetretbare Phantasiewelt erschaffen. Bei Engels Ankunft aber folgte der vertrauten und verbindenden Geste ein Moment der Sprachlosigkeit und Befremdung: Juli schob ihre Hände in die Hosentaschen und lächelte befangen, Engel räusperte sich mehrmals; ihm war, als hätte sich eine seiner kindlichen Weltuntergangsprophezeiungen tatsächlich erfüllt.

Willkommen zu Hause, sagte Juli schließlich, nahm seine Hand und führte ihn ins Wohnzimmer, wo Cyril gerade, seltsame Laute kollernd, den schreienden Philippe im Arm wiegte. Mon frère! sagte sie, mein Bruder, und schob Engel in die Mitte des Zimmers, und er glaubte, in ihren Augen einen Funken Stolz aufblitzen zu sehen. Cyril streckte ihm seinen langen Arm hin, sagte aus zwei Meter Höhe herab Salut! und, mit einem Seitenblick zu Juli, noch ein paar weitere vernuschelte Worte, die Engel aber trotz seiner unzureichenden Französischkenntnisse seltsamerweise verstand. Genau, der Verrückte bin ich, der bei eurer Hochzeit in der Irrenanstalt war, sagte er grinsend, schüttelte lange die sommersprossige, rot behaarte Hand und fand den Mann seiner Schwester unerhört geil.

Juli hatte bereits angefangen, das zukünftige Kinderzimmer für ihren Bruder freizuräumen, als Cyril sich ihr in den Weg stellte, sie zur Tür drängte und Engel dabei das Baby in den Arm legte. Der stand wie versteinert da, lauschte den zänkischen Stimmen aus der Küche und verspürte beim Anblick des sich hilflos in seinen Armen windenden Säuglings eine tiefe Nähe, als wäre er in diesem Moment selbst dieses Kind, das man wegen eines unerklärlichen Vergehens zu Tode oder vielmehr zu dem Gefühl, auf Lebenszeit innerlich tot zu sein, verurteilt hatte, einer Strafe, von der er sich nun, als Erwachsener – das wurde ihm in dem Moment bewusst, da Philippe für ein paar Sekunden zu schreien aufhörte und ihn mit seinen großen, unverständigen Augen anblickte – einzig und allein selbst würde freisprechen können, indem er seine Geschichte mit all ihren Versäumnissen und Verfehlungen niederschrieb. Während Engel dies dachte, wiegte er Philippe eckig hin und her, der, als er das unter derart verqueren Gedanken zuckende Gesicht seines Onkels sah, augenblicklich wieder zu brüllen begann.

Minuten vergingen. Irgendwann hörte Engel Juli auf Deutsch Verdammter Sturkopf! rufen, löste sich aus seiner Erstarrung, rannte in die Küche, sah den Franzosen feuerrot und mit erhobener Faust, gab der Schwester das Baby zurück und verkündete, am nächsten Tag lieber doch weiterfahren zu wollen. Kommt gar nicht in Frage, erwiderte Juli, reichte Cyril das Kind, packte Engel an der Hand und führte ihn in die Dachkammer, wo er seine Schwester dankbar in die Arme zog; er hatte in Wien alles aufgegeben, die Wohnung, das Studium, die beruflichen Zukunftspläne, seine Freundin Feline und die Hoffnung, dass er in dieser Stadt zwischen all den Ambulanzzimmern, Psychiatriewachsälen und nikotingelben Krankenhausraucherzimmern, in denen er einen Großteil der letzten drei Jahre verbracht hatte, doch noch einen Ort finden könnte, an dem ein Heimkommen und Ankommen, ein Zuhause und somit endlich so etwas wie Zukunft möglich wäre.

Mach dir nichts draus, sagte Juli, löste sich sanft aus seiner Umarmung und knuffte ihn in die Seite, Cyril ist nur eifersüchtig auf dich. Mit Recht, erwiderte Engel, grinste und puffte zurück. Dann zerrten sie kichernd eine ausrangierte Matratze aus dem Gerümpel hervor, auf die Engel sich mit einem Juchzer plumpsen ließ; er hätte, wäre er von Juli nicht soeben in ihre kleine Familie aufgenommen worden, nicht mehr gewusst, wohin.

Nachdem er die Dachkammer wohnlich eingerichtet hatte, kaufte er sich mit dem feierlichen Gefühl einer bevorstehenden großen und wichtigen Aufgabe eine Schreibkladde, in die er heute die ersten Sätze der Chronik seiner verunglückten Biographie zu Papier gebracht hat, verschwommene Erinnerungen und halbgare, vielleicht sogar unwahre Bekenntnisse aus dem Gefühlsleben des Kindes, das er einmal gewesen war und das, denkt er, auch zwei Jahrzehnte später noch immer nicht erwachsen geworden ist, denn die Hingabe und Liebe, mit der Juli für ihr Baby sorgt, während er sich, in seiner Dachkammer hockend, nur mit sich selbst beschäftigt und Cyril in der Apotheke seine Assistentin verführt, erfüllt ihn mit Scham und einem tief empfundenen, vielleicht schon immer an ihm zehrenden Neid.

Aber heidschi bumbeidschi, singt er und kost dem Baby das Bäuchlein und küsst ihm das Köpfchen, es is ja dein Muatter ausganga … Was knödelst du da für ein Trauerlied, sagt Juli, gießt einen Tee auf und rührt in der Kanne, sing was Lustiges, Alle meine Entchen oder den Butzemann, und sie schwingt den Löffel und singt: Es tanzt ein Bi-Ba-Butzemann, singt es mit seltsam klirrender Stimme und macht dabei ein paar stampfende Schritte um den Tisch, so dass die Teekanne auf dem Wärmestövchen zu wackeln beginnt.

Sie is ja ausganga und kimmt neamer hoam, schmettert Engel, wirbelt den Säugling in die Höhe, lässt ihn fallen, fängt ihn sofort wieder auf und wirft ihn wieder hoch; Philippe hört auf zu heulen und juchzt. Du machst ihm Angst, sagt Juli barsch und kommt auf Engel zu, greift aber, weil der zurückweicht, ins Leere und knallt gegen die Tischkante; der Tee schwappt über, die Kerzenflamme erlischt. Ich mache *ihm* Angst? ruft Engel und streckt Juli das Baby hin. *Dir* mache ich Angst! Drohend baut er sich vor ihr auf. Du hast Angst, er könnte was abkriegen von mir, sagt er – und reibt seine

Wange an Philippes Köpfchen –, Angst, ich könnte meinen Pestatem in ihn hineinhauchen – und er küsst das Kind auf den Mund –, Angst, er könnte – und er hebt, als auf einmal Cyril in der Tür steht, theatralisch die Stimme – hopsgehen in den Armen deines verrückten Bruders!

Hat jemand meinen Schlüssel gesehen? sagt Cyril auf Französisch und kommt in die Küche. Juli schaut ihn abschätzig an, nimmt Engel das Kind ab, legt ihren Mund auf seine Stirn, summt den Butzemann und geht in der Küche herum. Halt ihn nur gut fest, ruft Engel und bläst verächtlich die Luft aus den Backen. Merde, flucht Cyril, schlägt mit der Faust auf den Tisch und beginnt in Schalen und Körbchen zu kramen. Drück ihn nur fest an dein Herz, sagt Engel und rennt Juli hinterher, press ihn tief hinein in euer kleines, beschissenes Familienglück – und er streift Cyril, der am Boden herumkriecht, mit einem geringschätzigen und geilen Blick –, es könnte nämlich sein – und er packt Juli an der Schulter und wirbelt sie herum –, dass dein Engelchen da sonst genau so ein Psychokrüppel wird wie sein Onkel!

Lass das, sagt Juli und stößt ihn weg. Engel lacht bitter auf, krümmt den Zeigerfinger vor Philippes Gesicht und sagt: In unserer Familie ist eben der Wurm! Juli schaut ihn mit tränenblindem Blick lange an. Wenn du glaubst, im Leben zu kurz gekommen zu sein, sagt sie schließlich, gilt das noch lange nicht auch für mich. Dann lässt sie ihn stehen und geht aus der Küche. Auch dich wird es nicht verschonen! ruft Engel ihr mit zitternder Stimme hinterher und hätte in diesem Moment wohl sein Leben dafür gegeben, noch einmal Kind sein und alles anders, alles besser machen zu können. Hast *du* den Apothekenschlüssel? sagt Cyril und packt Engel am Arm. Sie liebt dich nicht, deshalb fickst du Yvonne! erwidert der auf Deutsch, reißt sich los und rennt hinaus in die Nacht.

In den dunklen Gassen der Stadt sieht niemand seine Tränen. Die Läden sind geschlossen, die Lampen gelb und ohne Helligkeit, die Katzen kauern, die Hunde wühlen im Müll, die Luft ist lau und voller Düfte; auf der Rue des Enfants riecht es nach dem fauligen Obst, das die Händler am Abend in die Rinnsteine werfen, in der Rue des Chats nach den Destillationslaugen aus den Parfumfabrikhallen von Fragonard, im Impasse du Théâtre nach Scheiße, auf der Place des Aires tatsächlich nach frischer, von den Berghängen herabströmender Luft und an der Ecke zum Boulevard George V nach Apotheke, doch das kann ja gar nicht sein, denkt er und wischt sich, als er die stark befahrene Straße kreuzt, verschämt übers Gesicht.

Sein Auto parkt eingekeilt zwischen Stoßstangen, Begrenzungssteinen und einer verrotteten Vespa. Er zwängt sich durch die Tür, schnäuzt sich in ein herumliegendes Taschentuch, sitzt für Minuten einfach nur da und horcht atemlos in dieses scheußliche Schuldgefühl, das ihn nun drängt, auf der Stelle umzukehren, in die Wohnung zurückzulaufen und Juli um Verzeihung für sein Verhalten zu bitten, ein altes und brandiges Gefühl, das jenem sehr ähnelt, das er damals in der Nacht empfand, als sie die Mutter abholten. Doch statt auszusteigen und umzukehren, startet er den Motor und setzt zurück. Es rumst, er fährt vor, es kracht, nach einer halben Stunde Fahrt über Schnellstraßen, Verteilerkreisel, trostlose Vorstadtboulevards und die übervölkerte Strandpromenade von Cannes ist er am Meer.

Die kleine Bucht liegt in rauschender, mondheller Schwärze. Es riecht nach Salz, Tang und wildem Thymian von den

Felsen, der Wind kommt vom Wasser und ist warm und sanft, der Strahl eines Leuchtturms durchkreist im Osten den Himmel, in der Ferne funkeln die Lichter eines Frachters, dahinter verschmilzt die Nacht mit dem Meer. Engel klettert den Trampelpfad zwischen den Felsen hinab, rutscht aus, schlägt sich das Knie auf, flucht, spürt das Blut in die Wunde sickern und genießt das Brennen, das endlich das Schuldgefühl betäubt. Im Sand zieht er sich die Schuhe aus und später, vorne am Meer, die Kleider.

Nackt steht er im Wind, lässt das Wasser seine Knöchel umspülen und schaut in die wogende, horizontlose Weite. Der Frachter verschwindet im Westen, nimmt Kurs auf Marseille, oder weiter, Barcelona, Gibraltar, England, Amerika. Eine Wolke schiebt sich vor den Mond, das Meer wird glanzlos und finster, die Weite bedrückend; nur die kleine Bucht mit ihrem weißen, mulmigen Sand schimmert noch fahl im undurchdringbaren Schwarz. Auf der Straße oben am Hang nähert sich das Motorengeräusch eines Autos, wird lauter, kurz huscht ein Lichtreflex über die Felsen, dann ist es wieder still und Engel allein mit der Nacht, dem Mond und dem Meer.

Er gräbt die Fersen in den Grund. Die Wellen spülen den Schlamm von seinen Füßen, schwemmen den Sand unter den Sohlen weg, tragen den Boden hinaus in die Brandung. Lange steht er so da, starrt in die Nacht, sinkt in den Sand, lässt die Wogen kommen und gehen; das Schuldgefühl, die Erinnerungen und der bittere Nachgeschmack seiner Worte, all das Quälende und Bedrückende der letzten Stunden strömt langsam ins Meer. Irgendwann ist er ganz leer, ganz leicht, fast glücklich.

Dann riecht es, obwohl der Wind von Süden her weht, von

Algerien oder Tunesien, nach dem Schlafzimmer der Mutter. Er beginnt augenblicklich zu frieren. Die Gänsehaut erobert von den Waden her seinen ganzen Körper. Schlotternd schlingt er die Arme um seine Schultern, presst die Schenkel aneinander, krallt die Zehen in den Sand, steht steif und verkrümmt im Wind und dreht sich nicht um, als er spürt, wie jemand von hinten die Hand auf seine Schulter legt.

Du k-k-kannst nichts dafür, sagt er und kann vor Kälte kaum seinen Kiefer beherrschen, du willst b-b-bestimmt nur das B-B-Beste für d-d-dein Kind, aber g-g-glaube mir, als dein B-B-Bruder weiß ich – und er und wünscht sich im gleichen Moment eine große Woge, die seine Worte verschluckt und ihn verstummen lässt –, dass Philippe in G-G-Gefahr ist, d-d-dass er v-v-vielleicht sogar bald sterben wird mit diesem Namen, d-d-dieser Herkunft, wir Engel – und er hört langsam auf zu zittern und bibbern – haben nämlich keine Liebe, sagt er, dreht sich um und zieht Juli in seine Arme, und ich merke, wie ich beim Schreiben dieser Zeilen bis unter die Haarspitzen erröte, denn in Wahrheit habe ich damals, in der Bucht am Cap Roux, Juli natürlich nicht in meine Arme geschlossen, genauso wenig wie ich zuvor gesagt habe, dass Engel nicht lieben können und Philippe in Lebensgefahr schwebt, gedacht habe ich das wohl, diese und noch viel bitterere, viel gemeinere und ungerechtere Gedanken habe ich gewälzt und dabei aufs Übelste meine Herkunft und meine von mir selbst veruntreute Kindheit verflucht, für deren Versäumnisse und unumkehrbare Verkettungen in Wahrheit ja niemand etwas kann, nicht die Mutter, nicht Juli und am wenigsten Philippe, das Kind, in dem ich, als ich es damals in Grasse das erste Mal sah, den Jungen wiederzuerkennen glaubte, der ich selbst einmal war, dieses unbedarfte und noch gänzlich ungebrochene, noch das Leben mit offenen Armen empfangende Kind, für das ich all das hier niederschreibe, als gälte es, Abbitte zu leisten, ein Vergehen wiedergutzumachen, die Verse eines alten Liedes umzuschreiben, in dem die Mutter fortgeht und ihr Kind alleine zurücklässt, so dass es am Ende als Engel mit einer Laterne in der Hand auf einem weißen Schimmel in den Himmel fährt, eine zugegebenermaßen kindische und kitschige Geschichte, ein Weihnachts- und Wiegenlied mit dem Namen und dem Nachgeschmack von Babysabber und Haferschleim, das mir nicht mehr aus dem Kopf geht, das ich deshalb wieder und wieder wie ein Idiot vor mich hin summen und singen muss, weil der kleine Junge, der unwillkürlich mit angesehen hat, wie seine bewusstlose Mutter ins Krankenhaus abtransportiert wurde, in meiner Erinnerung noch immer auf ihre Rückkehr wartet, drei endlose, am Fenster und in der Hofeinfahrt abgesessene Tage lang schon, während deren er, wie immer, wenn die Mutter einmal wieder zur Kur oder in einer ihrer Kliniken war, kaum etwas isst, in der Angst, ihre Rückkehr zu verpassen, kaum schläft und klaglos die Kopfnüsse der Großmutter erduldet, die ihm den Löffel in den Mund schiebt, ihn vom Fenster wegzieht und sagt: Davon kommt sie auch nicht schneller heim, woraufhin er das ganze Haus mit selbst gebastelten und mit seinem Namen beschrifteten Wegweisern beklebt, die, von der Haustür ausgehend, die Mutter bei ihrer Rückkunft in einem geschickt ausgeklügelten Labyrinth aus Umwegen und Abkürzungen in seine Dachkammer lotsen sollen, zum Gute-Nacht-Lied an sein Bett, in dem er am Abend des dritten Tages, an dem sie, wie die Großmutter gesagt hat, endlich wieder nach Hause kommen soll, mit klopfendem Herzen in die hereinbrechende Dämmerung horcht, um ja nicht das Geräusch der Haustür zu verpassen, das aber, als er es nach quälend langen Stunden endlich hört, seltsam fern und verzerrt, wie ein bereits aus dem Reich des Schlafes herüberschallendes Traumecho klingt, genau wie das darauf folgende Rumpeln des Rollenkoffers auf den Fliesen, die Schritte in Diele, Esszimmer und Küche, die knappen Worte des Vaters und die erst leise, unterdrückte, plötzlich den Vater anschreiende, dann aber jäh zusammenbrechende und in ein langes Schluchzen zerfließende Stimme der Mutter, die also nun tatsächlich nach Hause gekommen ist, sich aber – wie konnte das nur passieren? – in seinem doch so gewissenhaft angelegten und am Nachmittag so oft Probe gegangenen Labyrinth verlaufen zu haben scheint und nun nicht in sein Zimmer findet, in dem er schon gegen den übermächtigen, ihn unaufhaltsam in die Kissen hinabziehenden Schlaf ankämpft, die Augen aufreißt, sich in die Flanken zwickt, mit der Hand ins Gesicht schlägt und in der Hoffnung, die Mutter würde irgendwann doch noch zu ihm heraufkommen, in die Wohnung lauscht, in der nun eine beklemmende Stille eingetreten ist, eine Gespenster-, eine Grabesstille, in deren tauber und einsamer Umklammerung er mit einem Gefühl grenzenloser Enttäuschung versinkt, und so umarmt Engel, viele Jahre später, als Erwachsener, der in jener Spätsommernacht in der Bucht am Cap Roux steht und sich umdreht, weil er die Nähe eines Menschen hinter sich zu spüren glaubt, in Wahrheit eben nicht seine Schwester Juli, sondern schlichtweg die Kälte, Leere und Dunkelheit der Nacht.

Ich bin's nur, sage ich, nehme die Hände von den Tasten, versuche ein entschuldigendes Lächeln und blicke Engel lange ins enttäuschte, vor Kälte verkrampfte Gesicht; schließlich strecke ich ihm meine Hand hin. Verräter, sagt er daraufhin und stößt mich weg, du weißt doch genau, dass die Mutter immer, wenn sie nach Hause kam, zuerst in dein Zimmer gegangen ist, sich an dein Bett gesetzt und dir einen Kuss auf die Stirn gedrückt hat, während du dich schlafend gestellt und den Moment abgewartet hast, in dem sie dir die Bettdecke bis zum Hals zog, so dass du ihre Hand packtest und die Augen aufschlugst und sie glücklich anlachtest und in der nächsten Minute auch schon eingeschlafen warst.

Dann dreht er sich um und rennt ins Meer. Wie seine nackte, im Mondlicht leuchtende Gestalt ins Wasser stürzt, untertaucht, wieder emporschnellt, wie ein Lichtreflex des Mondes auf den Wellen zittert, kleiner und matter wird, bald nur noch ein schwach glimmender Punkt in der Ferne ist und schließlich im Meer erlischt, wäre es die anmutige, vielleicht sogar anrührende Szene eines Abschieds, eines Verschwindens, des einsamen, nur vom Mond und den Sternen bezeugten, nur vom ewigen Branden der Wogen beklagten Freitodes eines zutiefst unglücklichen, am Leben gescheiterten Menschen, doch darüber schreibe ich nicht.

Ich sitze da und warte ab. Ich weiß, dass er wiederkommen wird; man stirbt unter Umständen, wenn man eine Packung Rattengift schluckt; mit großer Wahrscheinlichkeit, wenn man sich eine Kugel in den Kopf jagt, und ganz sicher, wenn man sich vor einen fahrenden Zug wirft – all das habe ich nie getan, habe es nicht einmal in Erwägung gezogen. Ich bin damals, in dieser lauen Spätsommernacht am Cap Roux, lediglich ein paar Meter ins Meer hinausgeschwommen. Das Wasser war seicht und warm; Juli und ich fuhren in den folgenden Septemberwochen noch oft zum Baden in die Bucht. Philippe war immer dabei; ich trug ihn nackt ins Wasser und ließ ihn vorsichtig auf den Wellen schaukeln. Er quietschte vor

Wonne, und seine Augen nahmen den türkisgrünen Schimmer des Meeresgrundes an. In den Felsritzen fing ich winzige Krebse und setzte sie ihm auf die Hand. Ich erinnere mich, wie er sich einmal einen Krebs in den Mund steckte und mich schelmisch anlächelte. Juli und ich haben, trotz eingehender Inspektionen, das Tier in seinem Mund nicht mehr gefunden. Um sein Strandbettchen herum legte ich einen Zauberkreis aus Muscheln. Am Meer schrie er fast nie, schlief viel oder brabbelte vor sich hin.

Sonntags war meistens Cyril dabei. Er trug ausgeleierte Boxershorts, in die ich, wenn ich beim Schnorcheln hinter ihm schwamm, hineinlugte. Am Strand las er Zeitung, rauchte, schnitt Melonen auf oder spielte selbstvergessen mit dem Kleinen. Manchmal schlief er ein, lag ausgestreckt und mit Schweißperlen bedeckt in der Sonne und wurde rot. Ich glotzte ihn unverhohlen an; mit meiner schwarzen Sonnenbrille, wusste ich, sah es aus, als würde ich lesen oder aufs Meer schauen. Zwischen den Klippen zur nächsten Bucht, wo man wegen der scharfkantigen Felsen nur mit Schuhen oder aber schwimmend hingelangte, holte ich mir einen runter. Ich weinte dabei ein bisschen; die Eifersucht auf Julis Familienglück schnitt mir tief in die Brust. Dann saß ich da und starrte aufs Meer, bis die Flut kam und mich zurück zu den anderen trieb. Cyril tobte vor Wut, Philippe schrie, Juli sah mich kopfschüttelnd an: Sie hatten eine Stunde auf mich gewartet, zum Abendessen waren Freunde eingeladen.

Da ist Engel ja wieder. Er steht vor mir, als wäre er nicht aus dem Wasser gestiegen, sondern vom Himmel gestürzt, sternglänzend, mondübergossen, dramatisch, unirdisch, abgehoben, wie eine tragische Opernfigur. Wieso bist du wiedergekommen? frage ich. Wieso bist du noch da? erwidert er und setzt sich neben mich in den Sand. Wir schweigen eine Weile. Draußen auf dem Meer fährt ein Schiff von Ost nach West. Das ist wirklich die Hölle mit dir, sage ich, als die Lichter im Dunkeln verschwinden. Engel zuckt mit den Achseln. Ich glaube, ein Grinsen über sein Gesicht huschen zu sehen, und würde ihn gerne in die Seite knuffen, in der Art, wie ich es früher immer bei Juli getan habe, um sie nach meinen Schreckensgeschichten wieder aufzuheitern. Doch ich kann mich nicht bewegen; obwohl er so dicht neben mir sitzt, obwohl ich seinen von der Anstrengung des Schwimmens noch immer verhetzten Atem höre und ihn sogar riechen zu können glaube – ein Geruch nach Salz, nach Tang und nasser Haut, ein herber, frischer, ein gar nicht engelhafter, ein sehr erdiger und sogar erregender Geruch –, obwohl ich also, indem ich mein Gewicht ein wenig nach links verlagere, schon seine Schulter berühre und aus den Augenwinkeln sehe, dass sich durch meine Nähe auch bei Engel etwas sehr Irdisches regt, obwohl es also in diesem Moment so einfach wäre, das zu tun, was man mit einem jungen, nackten Kerl, Engel hin oder her, in einer einsamen, mondbeschienenen Meeresbucht an der Côte d'Azur eben tut, bleibt er für mich unerreichbar, unwirklich und fremd. Er stellt das Bein hoch, ich kreuze meine Arme über dem Schoß; so sitzen wir da und beobachten die Brandung, schweigend, schüchtern, verschämt über unser verkorkstes Leben gebeugt, unfähig, uns zu berühren.

Ich muss weiterschreiben, was ich heute angefangen habe, sagt er und weicht ein wenig zur Seite. In der Lücke, die nun wieder dort klafft, wo unsere Schultern sich kurz berührten, spüre ich den Wind. Ich muss alles aufschreiben, sagt er, von Anfang an, sonst werde ich verrückt.

Ich will etwas antworten, etwas Aufmunterndes oder Bestärkendes, etwas, das ihm vielleicht helfen könnte, den richtigen Ansatz zu finden, die passenden Worte, den angemessenen Zeitpunkt, wo Erinnerung oder das Schreiben über Erinnerungen einsetzen und für die Gegenwart wichtig werden könnte, nicht nur auf dem Papier, sondern tatsächlich, im richtigen Leben. Vielleicht würde ich ihm dann vorschlagen, doch besser mit seiner jüngsten Vergangenheit zu beginnen, dort, wo seine Geschichte vorerst aufgehört hat, in Wien, bei Tiago, in der Stricherwohnung, wo es mitten im Gewirr der Stimmen in seinem Kopf auf einmal dunkel wurde um ihn und totenstill, weil er so viele Beruhigungstabletten geschluckt hatte, dass ein Pfleger ihm später, als er auf der Intensivstation des Wilhelminenspitals aufwachte, mit einem Augenzwinkern sagte, er habe einen zuverlässigen Schutzengel.

Ja, vielleicht würde ich sogar so weit gehen, ihm zu raten, das alles Vergangenheit sein zu lassen, Zeit, die man durchlebt oder durchlitten und im gleichen Augenblick schon abgelegt hat wie eine alte Haut, würde ihm also nahelegen, beim Schreiben doch besser im Augenblick zu bleiben, näher an der Welt, an der Wirklichkeit und Wahrheit, am *Leben,* und ich schaue ihn kurz an und sehe sein Gesicht hart und verdüstert. Doch weil ich das Gefühl habe, dass kein Wort der Welt jemals würde ausdrücken können, was ich mit *Leben* eigentlich meine, sage ich nichts und schaue weiterhin aufs Wasser. Ein Schiff fährt von West nach Ost. Die Wellen spülen das Land ins Meer. Wir graben die Füße in den Sand. Fahren wir nach Hause, sagt Engel, oder was soll das hier sonst noch werden?

Auf dem Heimweg schweigen wir. Die Strandpromenade von Cannes ist jetzt fast menschenleer, die Boulevards noch trostloser als zuvor, in den Verteilerkreiseln nimmt Engel die Kurven so rasant, dass die Reifen quietschen und es mich abwechselnd gegen die Beifahrertür oder seine Schulter wirft. Dann sind wir auf der Schnellstraße. Die Nacht über den Hängen des Esterel ist zersprengt von den Lichtern der Villen, Straßen und kleinen Dörfer, über Mougins zerschneiden die Scheinwerfer eines Stadions die Dunkelheit, und der Mond steckt krumm wie ein verbogenes Messer im wunden Himmel und spendet kein Licht. Nach einer Kurve und einem Tunnel sehe ich die Altstadt von Grasse wie eine Fata Morgana auf dem Felsen flimmern. Leben muss doch mehr sein als das, sage ich, doch Engel schaut nur stur auf die Straße, tritt das Gaspedal durch und tut, als hätte er mich nicht gehört.

Wir parken in einem Hinterhof, knallen mit den Autotüren, gehen wortlos hintereinanderher durch verwinkelte Gassen und schummrige Durchbrüche, über versteckte Plätze mit einer Bank, einer gusseisernen Laterne und einem Mandelbaum in der Mitte, über vermüllte Hinterhöfe, Aussichtsterrassen und unzählige Treppen. Der Abstand zwischen uns wird von Gasse zu Gasse größer. Überall huschen magere Katzen in Kellerlöcher und Nischen, mit ihren großen, gelben Augen glotzen sie mich aus ihren Verstecken heraus an. Sie wissen Bescheid, denke ich und erschaudere.

An der Place aux Bains schlägt mir eine Haschisch-Wolke entgegen; ein paar arabische Halbstarke lungern auf den Stufen herum und mustern uns prüfend, als wir näher kommen. Einer von ihnen steht auf und steckt die Hände in die Hosentaschen; jetzt zückt er sein Messer, denke ich und spüre bei der Vorstellung, Engel würde nun von der Bande ausgeraubt, zusammengeschlagen und niedergestochen, eine perverse

Genugtuung, hätte mich das Schicksal doch auf diese Weise von ihm erlöst. Doch er geht ungerührt an der Gruppe vorbei und verschwindet um eine Ecke. Der Araber nickt mir zu und sagt Bonsoir. Ich nicke zurück; als ich ebenfalls um die Ecke biege, sehe ich Engel im Hauseingang stehen und warten, zögere kurz und folge ihm dann doch ins Haus, ich habe ja sonst keine andere Wahl.

Im ersten Stock kramt er den Schlüssel aus der Tasche, schließt die Wohnungstür auf und bedeutet mir, leise zu sein. Es riecht nach Abendessen, verkackten Windeln und dem alten Dielenboden, der trotz meiner Vorsicht an einer Stelle laut knarrt; Engel dreht sich um und wirft mir einen bösen Blick zu. Aus dem Schlafzimmer dringt verhaltenes Stöhnen. Er bleibt stehen und drückt vorsichtig die Tür auf. Laternenlicht fällt von der Straße ins Zimmer. Erst erkenne ich nur flackernde, ineinanderverschlungene Schemen, dann Juli und Cyril beim Sex. Sie sitzt auf ihm, in der Hocke gegrätscht, ihr langes, blondes Haar wogt hin und her, ihre Hände sind in die seinen verschränkt. Neben dem Bett steht, von Schatten verhüllt, die Wiege.

Meinst du mit Leben mehr als *das*? fragt Engel und deutet mit dem Kinn auf die Liebenden. Dann packt er mich am Kragen und zieht mich in die Küche. Ich wehre mich nicht, erwidere nichts, lasse mich von ihm schleifen wie ein Sack; fast bin ich froh, dass Engel nun das Ruder an sich reißt und den Fortgang dieser Geschichte bestimmt.

Er stößt mich gegen den Kühlschrank, fasst mir um die Gurgel, reißt an meinem Gürtel und zerrt mir die Hose auf die Schenkel. Sicherlich mehr als *das*, sagt er und packt meinen Schwanz. Dann nimmt er ein Messer von der Anrichte und schneidet hinein. Der Schmerz ist wie ein Aufatmen, ein

Entkrampfen, eine lang ersehnte Erlösung. Ich gebe keinen Laut von mir, stehe starr und stumm, zucke nicht einmal zurück, spüre, wie mir das Blut über die Beine rinnt. Als ich wieder aufblicke, grinst Engel mich kalt und verloren an.

Aus dem Schlafzimmer höre ich das Paar laut aufstöhnen und dann, nach einigen Sekunden Stille, das anschwellende Schreien des Säuglings. Engel presst mir ein Handtuch in den Schoß, wäscht das Messer in der Spüle ab, steckt es in den Holzblock zurück, kommt ganz nah, tastet meine Hosentaschen ab, zieht den Apothekenschlüssel heraus und geht aus der Küche; im Schlafzimmer verstummt das Schreien des Babys. Entfernt höre ich das Knarren der Stiege im Treppenhaus, dann ein Glucksen oder Brabbeln aus dem Schlafzimmer, dann gar nichts mehr. Minutenlang stehe ich da, reglos, ohne Gedanken, in die Stille geschnürt, auf das Pochen der Wunde fixiert und auf eine seltsame Art erleichtert, fast glücklich, dass *ich* nun auch ein Teil von Engels Geschichte bin.

Nach einer Weile höre ich die Wohnungstür; er kommt wieder, mit Pflastern, Mullbinden und einer Tube Salbe. So machst du das doch immer, oder? sagt er und grinst. Aus den Hosentaschen holt er Medikamentenschachteln und hält sie mir hin; Lorazepam, Diazepam, Flunitrazepam, die Wirkstoffnamen auf den Packungen sind mir vertraut wie die Namen guter Freunde, habe ich doch in den letzten Jahren nichts anderes gerufen als sie. Ich nehme aus jeder Packung eine Tablette, schlucke sie und bilde mir ein, dass der Schmerz – oder das, was meine und Engels Geschichte für kurze Zeit verband – schlagartig aufhört. Der Schnitt ist nicht tief, nur ein Kratzer; er desinfiziert ihn, entfernt das angetrocknete Blut, schmiert Salbe darauf und umwickelt alles mit mehreren Lagen Mull.

So groß war er noch nie, sagt er, als er fertig ist, und ich lächele müde. Dann wirft er die blutigen Tücher in den Müll, zieht mir vorsichtig die Hose hoch und führt mich aus der Küche; ich zittere und kann kaum laufen. Er geht in die Hocke und fordert mich auf, mich in seine Arme fallen zu lassen. Ich schüttele den Kopf, doch da hebt er mich schon hoch und schleppt mich über den Flur. Im Schlafzimmer höre ich Juli den Butzemann summen. Gute Nacht, sage ich und stoße mit dem Fuß die Tür ein wenig auf. Juli blickt mich verwundert an; sie ist nackt und hält den Säugling im Arm. Cyril, im Hintergrund, schläft. Gu-Gute Nacht Leo, sagt sie, ich dachte, du bist schon längst im Bett. War noch spazieren, ein bisschen allein sein, erwidere ich und zwinkere ihr zu. Sie lächelt, wie sie als Kind immer gelächelt hat, wenn alles wieder gut war.

Engel trägt mich aus der Wohnung und die Treppe hinauf. In der Dachkammer hilft er mir aus meinen Kleidern und legt mich ins Bett. Ich drehe mich von ihm weg, ziehe die Beine an und umfasse meine Knie; erst als er sich zu mir setzt und mich in seine Arme holt, höre ich allmählich auf zu zittern. Er wiegt mich ein bisschen hin und her. Aber heidschi bumbeidschi, summt er dabei, aber heidschi bumbeidschi bum bum.

Am Ende der Stille war ein weißes, kaltes Licht. Kurz verspürte ich den Drang, etwas auszuhusten, mit aller Kraft aus mir herauszuwürgen, ein Gefühl, wie wenn man sich übergeben muss und nicht kann: Man presst gegen einen übermächtigen, in der Kehle festsitzenden Fremdkörper an, der

Schweiß bricht aus, Tränen schießen in die Augen, der Kiefer knackt, die Zunge krampft, der ganze Körper verkantet sich; es ist, als müsste man an sich selbst ersticken, als wäre das Ich ein Klumpen Beton im Leib, der einen langsam zermalmt, ohne dass man jemals dabei stirbt. Denn am Ende dieses Erstickens steht nicht der Tod, sondern ein helles Licht in unschätzbarer Ferne: das Leben?

Es war eher ein überstrahlter Fleck, ein gleißendes Loch im unendlichen Dunkel, das mich bisher umgeben hatte und das mit dieser Art Helligkeit eine Einschränkung und ein Ende bekam. Ich bewegte mich schnell darauf zu. Als ich durch das Loch hindurchglitt, sah ich zuerst nur Geflimmer, dann, daraus emporsteigend, blasse, sich langsam verdichtende Farben und ineinanderfließende Schemen, schließlich eine große, über mich gebeugte Gestalt. Kurz glaubte ich, die Mutter säße an meinem Bett und lächelte auf mich herab, und ein warmes Glücksgefühl durchflutete mich. Doch als sich die Farben und Formen endgültig zusammengezogen hatten, erkannte ich in der Gestalt an meinem Bett nicht die Mutter, sondern meine Freundin Feline. In diesem Moment wurde mir klar, dass ich wirklich da war, in Wien, im Krankenhaus, am Leben.

Ich sehe, wie Engel zu schreiben aufhört, den Kopf hebt und in die Ferne blickt, über das von einem wolkenlosen Oktoberhimmel kathedralenartig überwölbte Plateau de Caussols, einer unweit von Grasse in den französischen Südalpen gelegenen Hochebene, wo sie – Engel, Juli, Cyril und Philippe in seinem Tragegurt – heute eine ausgedehnte Wanderung über das hügelige, an manchen Stellen aber von jäh in die Tiefe abstürzenden Felsschrunden durchfurchte und nur von ein paar Schafherden besiedelte Hochland unternommen haben und nun schon seit mehreren Stunden im Schatten eines Kiefernhains rasten und picknicken. Juli, in einem kurzen weißen Sommerkleid, windelt Philippe auf der Picknickdecke und singt dabei ein Kinderlied, Cyril, seine Baseballkappe tief ins Gesicht gezogen, schläft gegen einen Felsbrocken gelehnt, und Engel, der bis eben in seine Aufzeichnungen vertieft war, legt den Stift beiseite und betrachtet nachdenklich die Landschaft.

Das Plateau de Caussols ist, wie das gesamte Grasser Hinterland mit seinen karstigen Gipfeln und grünen, fruchtschweren Senken, den ausgedehnten Kiefernwäldern, ausgedörrten Bergweiden und von Gebirgsbächen zu breiten Geröllfeldern ausgewaschenen Hochtälern, Cyrils Reich, Cyrils Land, seine Heimat: eine sonnenverbrannte und gleichzeitig samenverschleudernde Gebirgslandschaft, in der Cyril in einem kleinen Dorf im Tal der Siagne seine Kindheit verbracht hat, eine, wie Engel sich vorstellt, wohlbehütete und sogar glückliche, an selbstvergessenen Kinderspielen und endlosen, im Schatten der Gassen verträumten Stunden überreiche Kindheit, auf die Engel nicht ohne Neid und Bitterkeit blickt, denn er selbst hat in den letzten Tagen beim Versuch, seine eigenen Kindheitserinnerungen zu Papier zu bringen, unentwegt mit dem Schmerz in seiner Brust gerungen, Unmengen von Beruhigungstabletten geschluckt und sich dabei heimlich hinausgesehnt in die sommersatte Natur bzw. hinein in Cyrils sommersprossige südfranzösische Arme, so dass er schließlich entnervt seine Schreiberei abgebrochen hat.

Vielleicht würde er Cyril eines Tages doch noch herumkriegen, denkt er und mustert, während er wieder diese räuberische Lust verspürt, den Mann seiner Schwester, der ihm mit angewinkelten Beinen tiefe Einblicke ins Innere seiner kurzen Hosen gewährt; immerhin hatte er ihn heute Morgen schon gegen seinen Willen zu dem Ausflug verführen können. Juli war für die Wanderung sofort zu begeistern gewesen; erst kürzlich hatte sie sich bei Cyril, der seine Wochenenden statt mit Babyschaukeln und Babywickeln lieber mit seinen Basketballfreunden verbrachte, über ihr eintöniges Dasein *comme vache à lait*, als Melkkuh, wie sie zänkisch sagte, beschwert.

Cyril wehrte den Vorschlag, wandern zu gehen, vehement ab. Philippe sei für Ausflüge ins Gebirge noch zu klein. Doch Juli ließ nun nicht mehr locker. Sie legte Cyril den Säugling in den Arm, hakte sich bei ihrem Bruder unter, wiegte ihre Brüste in den Händen und sagte auf Französisch so etwas wie: Dann gehe ich mit Leo und lass dir meine Euter da. Engel, prall vor Stolz und Übermut, ging zu Cyril, nahm ihm Philippe wieder ab und sagte frech und in fehlerhaftem Französisch: Den trage ich, und wenn's sein muss, über alle Berge. Juli grinste, Engel koste theatralisch das Kind, Cyril blickte säuerlich in die Runde, holte sich seinen Sohn zurück und sagte: Nein, *ich* werde ihn tragen. Die Geschwister knufften sich triumphierend in die Rippen, und Engel spürte wieder die alte Vertrautheit aufflackern, die ihm schon früher das Gefühl gegeben hatte, in der Schwester einen Freund fürs Leben zu haben.

Bis zu ihrer Hochzeit war Juli der einzige Mensch gewesen, auf den er sich in den letzten Jahren verlassen konnte. Juli war in den nächsten Zug nach Wien gestiegen, wenn Engel sein Elend ins Telefon geheult hatte. Juli hatte mit ihm seine drei Kartons Besitz durch die Stadt geschleppt, wenn er wieder einmal beschlossen hatte, mit dem Umzug in eine andere, bessere Wohnung auch ein anderes und besseres Leben zu beginnen. Und Juli war es, die neben seinem Bett saß und ihm die verbundene Hand hielt, als er einmal, von Beruhigungsspritzen niedergestreckt, in der geschlossenen Psychiatrie aufwachte, nachdem er am Abend zuvor ein Fenster in seiner Wohnung eingeschlagen hatte, eines selbstverliebten Regiestudenten wegen, der ihn nach ein paar gemeinsamen Nächten ohne Erklärung sitzengelassen hatte. So ein Arsch ist eines Engels nicht wert, sagte sie und hob tadelnd den Finger, worauf er mit schwerer Zunge lallte: Kommt auf den Arsch an, und sie brachen in schallendes Gelächter aus.

Juli, glaubt Engel heute, war vielleicht der Grund, warum er trotz allem doch immer irgendwie weitergemacht hat. Seine Verzweiflung und seine Zerstörungswut schienen für sie völlig normal. Vielleicht, dachte er manchmal in jener Zeit, war sie ähnlich gefährdet wie er; sie war noch jung, gerade neunzehn geworden, genauso alt, wie er selbst gewesen war, als er, an jenem Abend im Mai, weggegangen war über den Fluss und sein Leben verloren hatte. Sie waren Geschwister; sie hatten die gleiche Kindheit, dasselbe Elternhaus, dieselbe Mutter; warum sollte Juli leben können und er nicht?

Während Juli in der Küche das Picknick vorbereitete, packte Engel in der Dachkammer seinen Rucksack und stopfte, nach kurzem Zögern, die Schreibkladde hinein, aus der er die Seiten mit den Kindheitserinnerungen herausriss, um stattdessen, wie er sich nun für den Tag vornahm, seine jüngste Vergangenheit, die Wiener Schreckensjahre, zu Papier zu bringen, genauer gesagt, den Moment, in dem er nach der Katastrophennacht in Tiagos Wohnung auf der Intensivstation des Wilhelminenspitals erwachte und zuerst in das kalte Licht einer Neonöhre und dann, noch halb blind von den Nachwirkungen der Tablettenvergiftung, ins Gesicht seiner Freundin Feline blinzelte.

Doch die während des Picknicks niedergeschriebenen Zeilen drohen ins Leere zu laufen. In den letzten Minuten ist er mit seinen Gedanken weit abgeschweift und hat sich, statt sich auf die Szene im Spital zu konzentrieren, wie so oft in letzter Zeit in erotischen Phantasien verloren, in denen er seinen stockheterosexuellen und womöglich sogar homophoben Schwager verführt, diesen tumben Provinzapotheker, für den er nicht nur heimliches Begehren, sondern auch eine unterschwellige Feindschaft hegt, weil er ihm seine Schwester weggenommen hat, indem er sie vor anderthalb Jahren einfach geschwängert, vom Fleck weg geheiratet und kurzerhand ihren Namen seiner faulen, vernuschelten Sprache angeglichen hat. Er spricht Juli französisch aus, also Schülie, was Juli gleichgültig hinnimmt, Engel aber stets zu bissigen Kommentaren anstachelt.

Sie heißt J-u-l-i, wie der deutsche Sommermonat, verteidigte er sie am Abend zuvor, als Cyril während des Essens beiläufig bemerkte, dass aus der Apotheke Medikamente verschwunden seien. Er blickte dabei erst Engel, dann Juli kämpferisch an und sagte schließlich im Befehlston ihren Namen. Auch der alte, fußlahme Mouftard, den Engel immer zum Essen aus seiner Wohnung im zweiten Stock abholen musste, musterte seine Schwiegertochter mit glasigen, in einer schleichenden Demenz versumpfenden Augen.

Juli reagierte nicht, schob Philippe einen Löffel Brei in den Mund und schnitt dem Greis das Fleisch auf seinem Teller klein. Engel guckte schafsdumm und kaute unbeirrt auf seinem Rosmarinhuhn herum. Ich glaube, es war Yvonne, sagte sie schließlich in das angespannte Schweigen und schaufelte

Cyril eine Portion Gemüse auf den Teller. Von dem folgenden Streitgespräch verstand Engel nicht viel; Juli – das zumindest glaubte er herauszuhören – verdächtigte Yvonne, mit Drogenhandel ihr Gehalt aufzubessern; sie habe die Apothekenhelferin einmal an der Place aux Bains beobachtet, einem Ort im Herzen der Altstadt, wo normalerweise nur Leute verkehren, die Drogen, Diebesgut oder ihren eigenen Körper verkaufen.

Cyril verteidigte seine Assistentin mit verdächtig leidenschaftlicher Inbrunst. Er redet, als wäre er mit *ihr* verheiratet, sagte Engel und deutete mit der Spitze seines Messers auf Cyril, der ihn wütend anfunkelte und sich in Anwesenheit des Babys eine Zigarette anzündete, die ihm Juli vom Mund wegschlug, so dass Engel vor Schreck ein Stück Huhn im Hals stecken blieb. Er begann umständlich zu husten, stand auf, entschuldigte sich und verließ die Küche.

An der Garderobe kramte er den entwendeten Apothekenschlüssel aus seiner Hose und schob ihn in einen von Cyrils Schuhen, die unter dem Schlüsselbrett standen. Im Bad wusch er sich das Hühnerfett von den Händen. Dann stand er minutenlang da, lauschte dem Gezänk aus der Küche, betrachtete sich im Spiegel und hasste den, der ihm da entgegenblickte, unbeirrbar schön, unrettbar kaputt, mit stolzem Kinn und kalten, gewissenlosen Augen.

In den ersten Monaten in Wien, als er noch bei Feline wohnte, hatte er jedes Mal, bevor er das Haus verließ, in dieses ewig jungenhafte, trotz all seiner Eskapaden und Tablettenexzesse ewig frisch und gesund wirkende Gesicht Blässe und Kränklichkeit hineingemalt, indem er seine Wangen mit Felines Puder überpinselte und seine nicht vorhandenen Augenringe mit ihren Kajalstiften so geschickt nachzog, dass er tatsächlich elend und bedauernswert wirkte und mit seinen exzentrischen Kleidern, den angehungerten hohlen Wangen und dem leidend zu Boden geschlagenen Blick aussah wie ein Junkie. Doch da ihn nie jemand darauf ansprach oder ihm Hilfe anbot, wurde ihm die Maskerade bald lästig; mehr aus Gleichgültigkeit als aus Enttäuschung hatte er fortan sein schönes Gesicht mit der kranken und hässlichen Seele dahinter wieder ewig jung, frisch und gesund aussehen lassen. Dieser Mensch, der ihm da ungerührt aus dem Spiegel entgegenblickte, während hinter der Wand Juli mit ihrem Mann über seinen Diebstahl stritt, war ein leeres Gefäß ohne Boden, eine schmucke Vase mit einem gut verborgenen, aber elementaren Makel, war Tand, Plunder und Müll.

Engel wandte sich angeekelt vom Spiegel ab, ging aufs Klo und kackte. Als er zurück in die Küche kam, kippte Juli gerade das Rosmarinhuhn in den Abfall. Cyril stand mit hochrotem Kopf daneben und schwang die Faust durch die Luft. Wenn er es war, bring ich ihn um, schrie er auf Französisch, und Engel verstand genau, wen er damit meinte. Cyril stieß ihn beiseite und stürmte aus der Küche. Juli nahm den schreienden Philippe aus dem Kindersitz, schaukelte ihn und ging in der Küche herum. Engel setzte sich auf einen Stuhl und kruspelte benommen ein Stück Brotrinde zwischen den Fingern.

Rede gefälligst mit uns, wenn du was brauchst, sagte Juli und blieb vor ihm stehen. Du musst hier nichts klauen. Ich bin deine Schwester. Und er ist mein Mann. Er würde das verstehen. Er ist in Ordnung. Er ist vielleicht ein bisschen … Sie zögerte, suchte nach Worten, rief dann: Ach, Scheiße, Leo!, drehte sich weg und schaute aus dem Fenster. Engel rollte aus dem Brotteig kleine Kügelchen und schnippte sie über den Tisch. Er liebt dich nicht, sagte er. Juli stand noch eine Weile erstarrt da, dann ging sie wortlos aus der Küche.

Ich sehe, wie Engel den Blick aus der Weite zurückholt, nach der Schreibkladde greift, zurückblättert und sich das Geschriebene noch einmal durchliest. *Stille,* liest er, *übergeben, ersticken, weißes, kaltes Licht, nicht der Tod,* liest er, *sondern das Leben,* und in all dem tönt mein höhnisches Gelächter, in all das rufe ich *Schwachsinn!* und *Lüge!* hinein, nicht das Leben, schreibe ich, sondern eine Wüste ist in ihm, eine Totenlandschaft, Scheiße ist in mir, zischt Engel und rammt seinen Bleistift in die von duftenden Kiefernnadeln bedeckte Erde und blickt auf und sieht seine im Schatten der Bäume schlafende Familie, sieht auf der Decke die erschöpfte Mutter und in ihrem Arm den brabbelnden Säugling und gegenüber am Stein den schnarchenden Mann, sieht die gegrätschten Schenkel und die sonnenverbrannten Knie und die Sommersprossen auf den Armen und das rote Kraushaar am Bein und über all dem das goldene Licht und das grüne Land und den hohen, meerbespiegelten Himmel und reißt den Stift aus dem Boden und schmiert Worte aus Dreck und Würmerblut aufs Papier:

Tatsache ist, schreibt er, dass ich nach meinem bösen Erwachen im Wilhelminenspital und einem kurzen Gespräch mit einer gleichgültigen, nikotingelben Ärztin vom sozialpsychiatrischen Dienst, die mir ein paar Medikamente verschrieb, in Felines Wohnung zurückkehrte, die mir noch größer und leerer vorkam als vorher. Ich schlief auf derselben Matratze, auf der ich wenige Tage zuvor Volker verlassen hatte. Oder hatte Volker mich verlassen? Die Stuckschlangen hingen wieder reglos an der Decke über dem Bett und beobachteten mich, doch in den Nächten fielen sie herab und würgten mich aus dem Schlaf. Ich erwachte schweißgebadet, lag da und starrte in die Dunkelheit, die, obwohl der Morgen kam, immer dichter und schwärzer zu werden schien, wie schon damals in den Nächten meiner Kindheit, erinnerte ich mich, in denen ich oft genauso dagelegen hatte, schlaflos, reglos, in die Finsternis betoniert wie in ein Gipsbett, wartend, dass jemand zu mir käme und mich erlöste. Ich wehrte mich nicht gegen dieses Gefühl, ich weinte nicht dabei, ich wusste nur, dass ich diesen Zustand um jeden Preis aushalten musste und dabei unter keinen Umständen wieder einschlafen durfte, denn einzuschlafen hieße, mich diesem Grauen schutzlos auszuliefern. Einzuschlafen, so glaubte ich damals, hieß sterben.

Irgendwann kam dann doch mein Vater ins Zimmer, um mich für die Schule zu wecken. Dankbar stand ich auf; ich glaube, als Kind froh, vielleicht sogar glücklich gewesen zu sein, in die Schule gehen zu müssen. Die Schule war stets das Gegenteil dieser Nächte: Sie war hell, bunt, voller Lärm und Gelächter, lebensprall, angefüllt mit Abenteuern, Entdeckungen – und Menschen. Ich hatte Freunde und Verliebtheiten, Feinde und Prügeleien, als Papierkügelchen durchs Klassenzimmer geschnippte Liebesbriefe, unter Bänken hindurchgereichte Lynchkommandos, Furzkissen oder Kaugummi auf dem Stuhl, vergammelte Stullen unterm Tisch, einmal die Füllerspitze meines Banknachbarn tief im Handrücken, gute und schlechte Noten, gute und schlechte Lehrer, gute und schlechte Laune: Ich hatte in der Schule das, was alle haben.

Erst viel später ragte das Grauen der Nächte auch in den Tag hinein. Aber da war die Schulzeit schon vorbei, und das Leben hatte begonnen. Ich lag nicht mehr in der holzgetäfelten Dachkammer meines Elternhauses, sondern in einem hohen, von Stuckschlangen argwöhnisch bewachten Zimmer im Wiener Alsergrund, durch dessen schmutzige Doppelfenster irgendwann das Morgenlicht fiel. Im Innenhof schlug die Tür, Schlüssel klirrten an Fahrradschlössern, auf dem Dach gurrten die Tauben, manchmal schien sogar die Sonne herein, doch der Tag blieb schwarz und erfüllt von diesem namenlosen Grauen, dem ich nur den Stachel ziehen konnte, indem ich mich ununterbrochen betäubte.

Während ich so die Tage im Bett verbrachte, kochte Feline für mich, kaufte ein, backte manchmal sogar einen Kuchen; ich aß meistens nur Krümel und dazu ein paar Tavor. Sie besorgte mir einen Kleiderschrank und stellte Skulpturen aus ihrer Werkstatt in Zimmerecken und auf Fensterbänke. Nun beäugten mich nachts auch Holzmasken, aus Strohhalmen zusammengesteckte Tiere, Glasscherbenmobiles und zwei aus einem Gipsabdruck von Felines Brüsten gegossene Gummibälle, die ich, im Bett liegend, aus Langweile gegen die Decke pritschte.

Irgendwann gingen meine Tabletten zur Neige. Ich wurde unruhig und aggressiv, konnte nachts nicht mehr schlafen und knallte Feline, die mich stündlich fragte, ob sie mir helfen könne, die Tür vor der Nase zu. Sie ging aus dem Haus und kam mit einer Handvoll Medikamente wieder. Beim sozialpsychiatrischen Dienst kriegst du alles, sagte sie, und ihre grünen Augen glimmten. Sie meldete mich an der Akademie krank, kontaktierte meine Kommilitonen und kopierte für mich Seminarmitschriften, die ich nie las. Manchmal hatte ich klare Stunden voll Licht und Luft. Dann saßen wir am Küchentisch, tranken Sekt oder Gin, rauchten und kicherten über die Einwegpantoffeln aus rosa Plastik, die man mir auf der Intensivstation des Wilhelminenspitals gegeben hatte und mit denen ich nach meiner Entlassung bei strömendem Regen durch halb Wien gelatscht war.

Doch schon am nächsten Morgen erwachte ich wieder mit dem Gefühl, mein Leben verloren zu haben. Ich ging, aufgeputscht von Felines Gute-Laune-Tabletten, doch zur Akademie. Dort saß ich in Seminaren und Werkstätten, prahlte mit meinem Wissen, protzte mit meinen Visionen, verriss ungnädig die der anderen, legte den Professoren Drehbücher und Fotoserien auf den Tisch, lauschte ihren Anekdoten über Billy Wilder und Max Reinhardt, schrieb selbst ihre chauvinistischsten Witze noch mit, las in der Bibliothek gierig die einschlägige Literatur und übte im Stadtpark, umschnattert von Enten und alten Tanten, mit einer Reihe von Schauspielschülern und dem goldenen Johann-Strauß-Denkmal als Stand-In, Kameraschwenk, Schuss-Gegenschuss und die Vermeidung des Achsensprungs, eine Fähigkeit, die an der Filmakademie lebensnotwendig war.

In den Pausen hockte ich in der Kantine herum, rauchte wie alle, trank Unmengen Kaffee wie alle und diskutierte wie alle über David Lynchs neuen Film, den ich noch nicht gesehen hatte, über Kracauers Filmtheorie, von der ich nur das Vorwort kannte, und über die Rolle des Kinos im Dritten Reich, wobei ich stets *ganz deiner Meinung* war. Dazwischen inhalierte ich, wie alle, die verrauchte Luft in den herrschaftlichen, geschichtsträchtigen Räumen, stopfte, wie alle, hastig Müsliriegel in mich hinein und fühlte mich bei all dem, wie alle, einer ausgesuchten Künstlerelite zugehörig, in die man große Hoffnungen und großes Geld investierte.

Engel setzt ab und blickt von seinem Blatt auf, über die schlafende Familie und die sonnenflirrenden Wiesen hinweg in den Horizont, der sich über den Bergen in der Ferne gewittrig bewölkt; er hat das Gefühl, irgendjemand beobachte ihn.

Erschrocken nehme ich die Hände von den Tasten; trotz der großen zeitlichen und räumlichen Distanz zwischen Engel und mir, trotz der sechs ereignisreichen Jahre, die nun schon zwischen heute und dem Tag auf dem Plateau de Caussols liegen, spüre ich seine Anspannung und sein ängstlich-misstrauisches Lauern, dieses ununterbrochene Auf-der-Hut-Sein vor den Erinnerungen, der Wahrheit, der eigenen, unberechenbaren Geschichte, vor mir: Tatsache nämlich ist, schreibe ich weiter und merke, wie Engel unterm Klappern meiner Tastatur zusammenzuckt, dass ihn all das Studentische mit einem Mal nichts mehr anging. Der Film und seine Möglichkeiten lagen ihm genauso fern wie die Menschen, die daran arbeiteten. Er saß teilnahmslos in den Seminaren, kritzelte Luftschlangen aufs Papier, glotzte die Regiestudenten mit ihren sorgfältig verwuschelten Haaren, gezüchteten Dreitagebärten und abgerissenen T-Shirts an und wollte, statt über Film zu diskutieren, nur noch mit ihnen ficken. In den Pausen ging er statt in die dunkle Kantine lieber in den Park oder trank im Beisl an der Ecke zwei Gläser Wein, verstand beim Lesen der Drehbücher, die ihm seine Kommilitonen gaben, kein einziges Wort, hatte selbst zu seinen eigenen Ideen keine Meinung mehr und würgte in den Vorlesungen statt an trocknen Müsliriegeln an seinen ungleich trockneren Tavor.

Er blieb fortan wieder im Bett. Feline setzte sich zu ihm und fragte: Ist der schwarze Engel wieder da? Dann erzählte sie ihm Schauergeschichten von ihren Streifzügen über den Zentralfriedhof oder sang ihm das Heidschi-bumbeidschi-

Lied vor, das angeblich von ihrer Urgroßmutter, einer böhmischen Bäuerin, stammte. Als Engel einmal bei der zweiten Strophe, *Aber heidschi bumbeidschi in Himml/da fährt di a schneeweißer Schimml/drauf sitzt a kloans Engal mit oaner Latern,* unvermittelt zu heulen begann, streichelte sie ihm übers Haar, drückte ihn in ihr weiches, ein wenig nach Dispersionsfarbe riechendes Fett und sagte: Du bist der Bruder, den ich mir immer gewünscht habe.

Manchmal ging sie abends wortlos weg und kam erst im Morgengrauen wieder. Dann war sie nicht ansprechbar, sperrte sich in ihrem Zimmer ein und kam ganze Tage nicht mehr daraus hervor. Engel fühlte sich von ihr verlassen und verraten, ausgeschlossen aus ihrem Leben und von ihren Geheimnissen, fortgeschickt aus ihrer Fürsorge, die er so sehr brauchte, um jeden Tag aufstehen, zur Akademie gehen, studieren und wieder nach Hause kommen, um weiterleben zu können. Einmal fand er in der Badewanne ihre Kleidung. Sie war feucht, von undefinierbarem Schmutz verklebt und roch nach Erbrochenem. In der Küche standen Tüten voller Lebensmittel, zum Teil waren sie umgekippt oder aufgerissen, der Inhalt lag auf dem Boden verstreut, vieles war bereits aufgegessen oder angebissen und weggeworfen. Er fragte sich, woher mitten in der Nacht all die Mengen an Lebensmitteln kamen, und suchte in den Tüten nach einer Quittung, fand aber nur den Werbeprospekt einer Supermarktkette, in den ein Haufen Käse eingewickelt war. Stündlich klopfte er an Felines Tür, schlich aber, weil es dahinter beängstigend still war, jedes Mal ratlos in die Küche zurück, wo er benommen in dem Chaos der Essenreste und aufgerissenen Tüten umherging und hier an einem Stück Schokolade, dort an einem Wurstzipfel knabberte – es schien ihm die einzige Möglichkeit, mit Feline Kontakt aufzunehmen. Dann hielt er das Warten nicht mehr aus, wurde wütend, schaufelte die Lebensmittel in den Müll, nahm sich vor, Feline zur Rede zu stellen und stürmte in ihr Zimmer.

Sie schlief wie eine Tote. Auf dem Boden lagen Medikamentenschachteln, das gleiche Zeug, das auch er nahm. Waren es am Ende sogar seine Tabletten? Im Zimmer hing ein schaler, säuerlicher Geruch. Wie sie dort lag auf ihrem Bett, weiß, reglos und riesig, das teigige, kajalverschmierte Gesicht in die Kissen gedrückt, mit Speichel am Kinn und zerwühlten Haaren, erschien ihm die sonst so lebenslustige Freundin wie eine leblose, zu menschlicher Form aufgeblasene Hülle, ein Haufen nutzloses, ranzig müffelndes, vor sich hingammelndes Fett. Er spürte den Drang, sie zu berühren, in ihr Gesicht zu greifen, gewaltsam ihre Augen aufzureißen, so, wie er damals die bewusstlose Mutter hatte zwingen wollen, ihre Augen zu öffnen, damit sie merkte, dass er, das Kind, doch noch gekommen war.

Als er nun mit spitzen Fingern und angehaltenem Atem Felines Lider auseinanderzog, sah er nur das Weiß ihrer Augäpfel, blutunterlaufen, bewegungslos, ohne Bewusstsein, ohne Erkennen, ohne Blick. Er wandte sich angewidert ab, sammelte die Tablettenstreifen vom Boden auf, drückte ein paar Pillen heraus, schluckte sie, ging ins Bad und setzte sich auf den Wannenrand. Eine Art Unterdruck entstand in seinem Kopf, seine Haut begann zu kribbeln, als wären seine Glieder eingeschlafen, alles Leben wich aus seinem Körper. Er schob den Ärmel seines Pullovers hoch und betrachtete seinen Arm, dessen taube, fühllose Haut er nun gleich, wie ich weiß, mit der sorgsam aus dem Rasierer ausgebauten und mit Jod desinfizierten Klinge zerschneiden würde, ein Akt, der sich von nun an unzählige Male wiederholen und ihm fast zur Gewohnheit, zu einer Art Routinemaßnahme werden sollte, um sich aus Situationen wie dieser zu befreien, Situationen, in denen er sich wie entmenscht, seelenlos, sich selbst und den Menschen gegenüber völlig entfremdet und wesensfern fühlte, in denen sein Leben, wie damals am Ufer des Mains, zum Stillstand, an eine Art toten Punkt, zu einem unerklärlichen und wie von äußerer Gewalt herbeigeführten Ende gekommen schien, das er nur noch durchbrechen konnte, indem er mit Messern, Rasierklingen oder Glasscherben das kalt gestockte Blut in seinem Körper wieder zum Fließen brachte, wobei ihm jedes Mal, wenn er die Klinge vom Handgelenk bis zum Ellbogen hinauf, von der Achsel zur Ellenbeuge hinab oder in einem strichcodeartigen Muster mehrmals über die adrige Haut des Handgelenks zog, zumute war, als schnitte er in ein Stück Butter oder Margarine. Erst wenn das Fleisch weißlich auseinanderklaffte und, mit einigen Sekunden Verzögerung, das Blut, dickflüssig und leuchtend rot, fast schön, pathetisch wie Theaterblut, ins Waschbecken zu tropfen begann, löste sich der Taubheitszustand auf und wich einem atemberaubenden Schmerz, der ihn wenige Augenblicke später mit einem surrealen, ins überlebensgroß Verzerrte, gleichsam Hypertrophe hinausweisenden Glücksgefühl erfüllte.

Ich sehe, wie Engel den Blick von den schwarz und regenschwanger gegen die Berggipfel drängenden Gewitterwolken abwendet und seinen linken Arm betrachtet, der von einem Gitternetz aus Narben bedeckt ist. Im Winter, weiß ich, sind sie kaum zu sehen, doch im Sommer, wenn wie jetzt seine Haut von der Sonne gebräunt ist, leuchten sie weiß. In letzter Zeit habe ich öfter gehört, wie ihn jemand danach fragt. Dann denkt er sich irgendeine Geschichte dazu aus. Einmal, erinnere ich mich, hat er erzählt, er sei mit dem Fahrrad und der Faust voraus in ein Schaufenster gefahren. Ein andermal hat jemand in einer Schlägerei mit einem abgebrochenen Flaschenhals auf ihn eingestochen. Oder er musste sich nach einem Autounfall wegen lebensgefährlicher Verbrennungen einer komplizierten Hauttransplantation unterziehen, bei der ihm die Chirurgen aus Hautstücken von den Waden und Hinterbacken seiner Geschwister eine Art Flickenteppich für seinen verkohlten Arm zusammennähten. Nur manchmal, wenn er keine Lust hat, Geschichten zu erfinden, sagt er die Wahrheit. Dann schauen ihn die Leute mal mitleidig, mal abgestoßen an; ein Psycho, mögen sie denken, einer mit Problemen, und sie lassen ihn stehen.

Während ich dies niederschreibe, landet ein Schmetterling auf Engels Hand, die nun schon seit einer ganzen Weile reglos über seinen Aufzeichnungen ruht. Das Insekt, ein Schwalbenschwanz, schlägt ein paarmal mit den Flügeln, dann verharrt es auf seinem Finger. Um ihn herum liegen Juli, Cyril und das Baby in tiefem Schlaf. Der Wind hat sich gelegt. Weißer Dunst verhüllt den Himmel, die Sonne scheint schräg, ihre Strahlen durchschneiden wie Lanzen die stehende Luft und stechen auf der Haut. Für einen Moment wird es unerträglich heiß. Für einen Moment scheint die Zeit stillzustehen. Für einen Moment herrscht um uns beide, Engel und mich, eine Art Gleichzeitigkeit oder vielmehr Zeitgleichheit, trotz der Jahre, die zwischen uns liegen, trotz der Tatsache, dass er, Engel, dort unter der Kiefer auf dem Plateau de Caussols, *meine* Vergangenheit ist, und ich, hier in meinem Schreibzimmer in Köln, *seine* Gegenwart bin: Für einen Moment gibt es um uns herum tatsächlich diesen leeren, weißen, spiegelnden Raum, von dem er unentwegt spricht.

Ich halte im Schreiben inne und lausche; in Wahrheit, sagt er, gehören all diese Lügen genauso wenig zu mir wie die so genannte wahre Geschichte, wie es zu all diesen Narben kam. Was meinst du damit? frage ich. Er zögert. Obwohl ich mich an die Umstände fast jedes einzelnen Schnitts genau erinnere, sagt er, an den Ort, an die Zeit –, seine Stimme wird, während er spricht, gehetzt und gepresst –, ob vorher jemand mich verlassen hat oder ich jemanden weggejagt habe – er holt Luft und betrachtet gedankenverloren den Schmetterling auf seiner Hand –, obwohl ich also die Geschichte jedes einzelnen Schnitts in aller Ausführlichkeit erzählen könnte, so, wie du es hier gerade getan hast, fährt er dann wieder ruhiger fort, stammt keine dieser Narben aus meinem tatsächlichen Leben.

Die letzten Worte, so ist mir, hat er mehr zu sich selbst gesagt. Im Zwielicht des heraufziehenden Gewitters sieht er auf einmal alt und erschöpft aus, sein Gesicht wirkt durchsichtig, fast porös und scheint nun von ebenso vielen Narben gezeichnet wie sein Arm. Woher stammen sie sonst? frage ich ihn.

All diese Geschichten stimmen, sagt er, doch keine ist wahr. Ich sehe meinen Arm an, sehe ihn weiß im Winter, braun im Sommer, mal mit vielen Mustern, mal mit wenigen, erzähle ihre Geschichten und empfinde dabei nichts als Beliebigkeit. Er schweigt eine Weile. Aber vielleicht weißt *du* ja, woher sie stammen, sagt er dann, blickt mich herausfordernd an und bläst dem Schmetterling auf seinem Finger gegen die Flügel. Er fliegt davon.

Die Sonne verschwindet hinter den Wolken. Der goldene

Glanz über der Landschaft erlischt. In der Ferne grummelt ein erster Donner, und mich überkommt das Gefühl, als läge alles, was ich bisher geschrieben habe, in Schutt und Asche, als bräche mir in diesem Moment der Boden unter den Füßen weg oder dieser Text unter den Fingern. Zurück zu *deiner* Geschichte, sagt Engel, grinst verloren, zückt seinen Stift und schreibt:

Tatsache ist, dass ich zwei Tage nach der Sache mit Feline erneut im Wilhelminenspital erwachte. Am Morgen zuvor war ich in meinem Bett hochgeschreckt und hatte angeekelt das Gerümpel um mich herum betrachtet, diesen ganzen wertlosen Kunstkram, mit dem Feline mir im Laufe der Monate ein Kinderzimmer eingerichtet hatte. Ich sprang auf, packte meine Kleidung in einen Rucksack und klopfte an ihre Werkstatttür. Sie saß inmitten ihres Plunders und bog an einem Draht herum. Ich ... ich muss zu Tiago zurück, stammelte ich; schon seit einiger Zeit ließ mich der Gedanke nicht mehr los, dass diese alptraumhafte Nacht in der Simmeringer Wohnung in Wirklichkeit ein auf Unsicherheit und falscher Scham beruhendes gegenseitiges Missverständnis gewesen war, das sich sofort in Leidenschaft, ja, sogar Liebe auflösen würde, wenn ich Tiago, sobald er die Tür öffnete, einfach nur wortlos in die Arme schlösse. Es musste ihm etwas an mir liegen; immerhin, so dachte ich, hatte er mir das Leben gerettet.

Vielleicht hat er damals im Spital angerufen und nach mir gefragt, sagte ich. Feline hob den Kopf und sah mich eine Weile ausdruckslos an. Er hat meine Nummer, erwiderte sie und wandte sich wieder ihrer Arbeit zu. Da wusste ich, dass sie mir die ganze Zeit etwas vorgemacht hatte. Tiago hatte bestimmt längst angerufen, und sie hatte es mir nur nicht gesagt. Vielleicht wollte sie sogar, dass es mir weiterhin schlecht ging; solange ich betäubt in ihrem Bett lag, hatte sie einen Grund, mich zu umsorgen, und brauchte sich nicht um sich selbst zu kümmern. Ich traute ihr nicht mehr, und mir wurde in diesem Moment bewusst, dass ich ihr von Anfang an nicht getraut hatte, ja, mehr noch, dass es sogar gefährlich und leichtsinnig war, diesem verlogenen, sich hinter heimlich angefressenen Fettmassen verbergenden Menschen ein Freund sein zu wollen.

Wieso sollte Tiago *dich* anrufen? sagte ich, du bist doch für ihn nur irgendeine Kundin. Feline nahm eine Zange, quetschte aus dem Draht ein Kreuz und streckte es mir entgegen, in der Art, wie es in Draculafilmen die Sterblichen tun, um sich vor den Vampiren zu schützen. Hau ab, sagte sie und drehte sich weg, und mir war, als hätte ich ein Rascheln gehört. Fluchtartig verließ ich die Wohnung; ich wusste, dass es falsch war zu gehen, und genau aus diesem Grund ging ich.

Im Hof der Simmeringer Wohnbunkerstadt fragten mich die Bomberjackengören nach einem Tschik. Ich erinnerte mich an das verprügelte Mädchen und gab ihnen vorsichtshalber meine ganze Zigarettenpackung. Hast an Zwanz'ger, schnorrte die eine mich an, während die andere mir nuttenmäulig ihren Zigarettenrauch ins Gesicht blies. Ein verzitterter Schrei peitschte durch den Hof und wurde von den Wänden zurückgeworfen. Alles erschien mit einem Mal taub und wie hinter Glas, ich bewegte mich abgehackt, fast roboterhaft, und das Gesicht der Göre verzerrte sich zur Fratze.

Ich packte sie am Kragen, schleuderte sie gegen die Wand und drückte ihr die Kehle zu. Hast *du* überhaupt scho Hoar auf der Fut? hörte ich mich wie aus der Ferne sagen; der Schrei hallte in den Betonschluchten noch immer nach, und erst ganz zuletzt, kurz vorm Verklingen, erkannte ich in ihm meine eigene Stimme. Die Tür ging auf, eine Frau mit einem Einkaufstrolley kam aus dem Haus, blieb stehen und musterte mich abfällig; die Mädchen kicherten, als ich beiden zwanzig Schilling in die Hand drückte. Bevor die Tür ins Schloss fallen konnte, stürzte ich in den Hausflur. Dort kramte ich die Tavorschachtel aus meinem Rucksack. Draußen glaubte ich die Gören noch immer gickern zu hören.

Minutenlang kauerte ich auf dem Treppenabsatz und starrte gegen die Briefkästen; Brendl, las ich, Blaschke, Wontilla, Hlawatsch und, zwischen Pretterhofer und Ponski: Cabira, Tiagos Nachname. Da stand ich auf, stieg die Treppen hoch und klingelte an der Tür. Als niemand öffnete, setzte ich mich auf meinen Rucksack und wartete. Im Flur stank es nach Verwesung, hinter der Nebentür redete die verrückte Russin mit sich selbst, und in ihrer Wohnung kläffte, seitdem ich geklingelt hatte, ununterbrochen ein Hund. Nach einer Weile stieg ich die Treppe wieder hinab, schob, um mich nicht auszusperren, herumliegende Werbeprospekte unter die Haustür, kaufte mir im Beisl an der Ecke eine Flasche Wein, stieg die Stufen wieder hinauf, setzte mich vor die Tür und trank. Menschen liefen treppauf, treppab durchs Haus, Pensionistinnen mit Hüten und verhärmten Gesichtern, vermummte muslimische Frauen mit prallen Einkaufstüten, durch die Gänge stürmende Kinder und graue, schmalbrüstige Männer mit Aktentaschen, die mir misstrauische Blicke aus einer fremden, feindselig verschlossenen Welt zuwarfen.

Als es dunkel wurde, begann ich, gegen Tiagos Tür zu treten. Nebenan kläffte der Köter, die Russin keifte; du Scheißkerl, mach auf! hörte ich mich schreien. Da knallte eine Sperrkette und knarrte eine Tür, ein paar Konsonanten krachten in den Flur, dann wankte die Russin aus ihrer Wohnung. Sie war zwei Meter groß, hatte Waden wie Eimer und schwarze, wahnsinnige Augen. Ihr Kopf war kahl geschoren und schorfig, überm monströsen Leib trug sie einen schäbigen Kittel, ihre aufgedunsenen Füße steckten in Lumpen. In ihrer Wohnung sah ich den Müll in meterhohen Haufen und Schichten. Auf der Schwelle saß Kläff, das Hündchen, mit einem Stück Fleisch im Maul, und mir war, als grinste es mich an. Wo ist Tiago, lallte ich und deutete zur Tür; erst jetzt merkte ich, dass ich völlig betrunken war. Die Russin bleckte schwarze, faulige Zähne. Polizia, sagte sie und beschrieb mit der Hand eine wegwerfende Geste; der Leichengestank wehte herüber, ich wich zurück und knallte gegen die Tür. Dort sah ich das Polizeisiegel überm Schloss, packte meinen Rucksack und rannte davon.

Im Hof kotzte ich hinter die Mülltonnen. Es war Winter geworden und bitterkalt. Eisregen hatte eingesetzt. Im Beisl an der Ecke wollte ich etwas Warmes trinken, doch es hatte schon geschlossen. Eine Weile stand ich wie gelähmt im Regen, dann ging ich zur U-Bahn, fuhr zur Reichsbrücke, umklammerte das eisige Geländer und schaute auf den schwarzen, sich lautlos durch die Nacht wälzenden Strom. Ich kann mich nicht mehr erinnern, wann ich gesprungen bin; wenn ich heute daran denke, sehe ich mich nie übers Geländer hinwegsetzen, sondern immer nur davor stehen, aufrecht, das Gesicht trotzig gegen den Wind gestemmt, den Rucksack geschultert wie zu einer Reise. Doch ein Autofahrer musste es gesehen haben. In Höhe des Alberner Hafens, beim Friedhof der Namenlosen, zogen mich Polizisten auf einem Schnellboot aus der Donau. Willst an Preis g'winnen? sagte einer der Gendarmen; ich war schon immer ein guter Schwimmer gewesen.

Dieses Mal brachte mich die nikotingelbe Ärztin vom sozialpsychiatrischen Dienst nach meiner Entlassung aus dem Wilhelminenspital nach Steinhof, in Wiens berüchtigte, in alten Otto-Wagner-Bauten untergebrachte und stets von Krähenschwärmen umkreiste Psychiatrie, wo man zur dunkelsten Zeit des letzten Jahrhunderts solchen wie mir nicht drei Mahlzeiten am Tag, ein Doppelzimmer und Antidepressiva, sondern die Giftspritze gegeben hatte.

Im *Kurier*, dem Revolverblatt, dessen neueste Ausgabe täglich im Aufenthaltsraum der Station lag, wo sie mir zufällig in die Hände geriet, wurden Feline K. als Fressmonster und der Brasilianer Tiago C. als Profieinbrecher bezeichnet. Beiden wurde angelastet, zusammen eine Reihe von Supermarkteinbrüchen begangen zu haben, bei denen von Tiago C. große Mengen an Zigaretten und Spirituosen entwendet und von Feline K., so das Blatt wörtlich, Teile des Lebensmittelbestandes aufgefressen worden seien. Die Täterin, eine Borderline-Kranke, habe es dabei vor allem auf die Kühl- und Süßigkeitenregale abgesehen. Die Kriminalpolizei konnte Tiago C. nach einer Razzia in einem Mietshaus in Simmering stellen. Bei den Verhören habe er gestanden und seine Komplizin Feline K. belastet, die am Vortag in ihrer Wohnung verhaftet worden sei. Dem Brasilianer, der sich zudem als Stricher und Drogendealer verdingt habe, drohe die Abschiebung, das Fressmonster sei der forensischen Psychiatrie übergeben worden.

Mit einem scheußlichen Ziehen in der Herzgegend, das sich langsam zu einem Stechen und Klopfen steigerte, legte ich die Zeitung weg; jetzt war mir alles klar: die dubiose, stets verheimlichte Verbundenheit zwischen Feline und Tiago, die Nächte, in denen sie nicht nach Hause gekommen war, ihre eisige Reaktion auf meinen Entschluss, zu Tiago zurückzukehren, und mein unterschwelliges Misstrauen, das mir auch in den vertrautesten Momenten stets das beunruhigende Gefühl gegeben hatte, den Menschen, der sich in diesem lauten, lebensprallen Körper verbarg, im Grunde überhaupt nicht zu kennen.

Ich stand auf, ging ins Schwesternzimmer, beteuerte unter Tränen, dass ich ES einfach nicht mehr aushielte, und bat um ein starkes Schlafmittel, das ich nach langer Diskussion mit dem Dienstarzt auch bekam. Ich schlief damit fast einen ganzen Tag; als ich erwachte, ging ich wieder ins Schwesternzimmer und bat erneut um das Mittel. Diesmal diskutierte der Dienstarzt nicht lange, sondern gab mir eine gelbe Tablette, die ich von nun an dreimal am Tag nehmen musste und die nach Seife schmeckte, wenn man sie, wegen der Mundtrockenheit und der Schluckbeschwerden, die das Medikament mit sich brachte, zu lange auf der Zunge behielt.

Fortan lallte ich beim Sprechen, speichelte beim Essen und pisste mich im Gehen an, weil ich den Blasendruck nicht mehr spürte. Die Zeitung mit dem Fressmonster-Artikel lag noch einige Wochen auf dem Zeitschriftenstapel im Aufenthaltsraum, ich sah sie jedes Mal beim Gang in den Speisesaal, dann war sie eines Tages plötzlich verschwunden, und mit ihr auch der quälende Gedanke an das, was geschehen war. Schmerz spürte ich keinen mehr, nur eine unabstellbar im Kopf dröhnende, in der Brust pochende und in den Beinen kribbelnde Unruhe, die mich durch die Korridore der Station trieb. Der Schlaf kam pünktlich und zuverlässig mit den seifig schmeckenden Tabletten, er machte die Tage kurz und die Nächte traumlos und tot; aus den zwei Wochen, die ich ursprünglich in Steinhof bleiben sollte, wurden neun Monate.

In den nächsten drei Jahren, in denen ich mein Studium fortsetzte und in Wien von Wohnung zu Wohnung oder von Liebschaft zu Liebschaft zog, kehrte ich immer wieder dorthin zurück, meistens nach Trennungen und darauf folgenden Tablettenvergiftungen, oft mit aufgeschnittenen Armen oder fremden Stimmen im Schädel und manchmal auch, um ein Dach überm Kopf, ein Bett zum Schlafen und regelmäßig etwas zu essen zu haben, und weil es einen besseren Ort zu dieser Zeit einfach nicht gab.

Feline sah ich erst Jahre später wieder, nach meiner letzten Entlassung aus Steinhof. Sie stand am Ausgang der Klinik und erwartete mich. Nach Haus'? fragte sie und zwinkerte mir zu; sie hatte, wie sie behauptete, in den letzten Wochen vergeblich nach mir gesucht und schließlich in der Akademie angerufen, wo man ihr bereitwillig Auskunft gab. Ich hatte gerade keine eigene Bleibe und ging dankbar mit ihr zu meinem Auto. Auf dem Weg in ihre Wohnung erzählte sie mir, dass sie in einer Klinik in den Bergen eine zweijährige Therapie durchgestanden hätte. Sie habe dort fast vierzig Kilo abgenommen, sagte sie stolz, doch sie bewegte sich schwerfälliger als vorher, gebrochen, wie mir schien, und ihr Körper raschelte nicht mehr.

Sie trug jetzt Farben, ihre Wohnung aber war noch immer kahl und kalt. Wir wollten unser Wiedersehen feiern und uns wie früher zusammen mit Gin und Sekt betrinken. Es ging nicht. Die Gesprächspausen wurden länger, die Blicke starrer und die Gläser nicht leer, und als ich die alte Geschichte von den rosa Einwegpantoffeln zum Besten gab, eine Anekdote, bei der wir früher immer von Lachanfällen geschüttelt worden waren, schaute sie mich ungläubig an und sagte: Tatsächlich?

Ich trank mein Glas in einem Zug aus und schlug vor, zu Bett zu gehen. Beim Zähneputzen fragte ich in das unangenehm laute Schubbern der Bürsten, ob sie ihre Abschlussarbeit an der Kunstakademie, die Installation auf dem Zentralfriedhof, noch fertigstellen wolle. Sie spuckte energisch den Schaum aus und sagte, ganz ohne Wiener Akzent: Tote interessieren mich nicht mehr.

Vielleicht hatte sie deshalb an diesem Abend kein Wort über ihren Bruder verloren; dass Volker sich im Frühjahr das Leben genommen hatte, wusste ich von meinem Vater, der die Todesanzeige in der Zeitung gelesen und der Familie Kaiser telefonisch kondoliert hatte. Volker hatte sich in München, wo er Medizin studierte, vor einen Zug geworfen. Es habe, so der Getränkehändler, keinen Abschiedsbrief gegeben, keinen Hilferuf und zuvor keine Anzeichen, dass es ihm schlecht gegangen wäre.

In dieser Nacht lag ich schlaflos im Stuckschlangenzimmer, auf der Matratze, auf der ich mich damals für immer von Volker abgewandt hatte, und versuchte, mir sein zur Wand gedrehtes Gesicht vorzustellen, dieses gutmütige, viel zu ehrliche Gesicht, das ich nicht mehr gesehen, das ich mir seitdem immer nur vorgestellt hatte, wie es neben mir auf der Matratze leise und diskret, fast rücksichtsvoll weint.

Irgendwann streckte ich die Hand aus und berührte mit den Fingerspitzen die Wand. Die Bewegung war mühelos, fast lapidar. Hätte ich am Ende mit dieser einfachen Berührung seinen Tod verhindern können? dachte ich und bohrte so lange einen Fingernagel in den Putz, bis er abblätterte; dumm gelaufen, sagte die Stuckschlange, löste sich von der Decke, plumpste mir auf die Brust und begann, mich zu würgen. Da sprang ich auf, packte meinen Rucksack, rannte aus der Wohnung zu meinem Auto, warf meine Sachen auf die Rückbank, startete den Motor, fuhr ein letztes Mal durch das menschenleere, majestätisch illuminierte Wien und trat kurz hinter der Stadtgrenze das Gaspedal durch.

Engel hört auf zu schreiben und legt den Stift weg. Der Himmel über dem Plateau hat sich mittlerweile ganz zugezogen, kühler Wind ist aufgekommen und zerrt an den Seiten des Hefts. Juli, auf der Picknickdecke, hat, vielleicht im Halbschlaf, ihre Jacke über Philippe gebreitet. Sie selbst liegt mit angezogenen Knien und offenen Armen wie ein Schutzwall um ihr Baby. Cyril an seinem Stein reckt sich im Schlaf, wischt sich mit dem Handrücken einen Speicheltropfen aus dem Mundwinkel, erwacht aber nicht, sondern streckt nur die Beine aus.

Was ist? frage ich Engel, warum schreibst du nicht weiter? Er blickt mich nicht an; traurig, fast bedauernd, wie mir scheint, betrachtet er Cyril. Dann reißt er aus seiner Kladde die soeben beschriebenen Seiten heraus und hält sie in die Luft. Der Wind fährt hinein und erzeugt ein Knattern. Tu es nicht, sage ich, schreib weiter, oder eine Katastrophe passiert.

Engel deutet zum Horizont; die Wolken, mit schwarzen, ausgezackten Bäuchen, schieben sich wie Scherenschnittmuster übereinander. Ein zweiter Donner grollt. *Dir* oder *mir*? sagt er provozierend und verengt seine Augen zu Schlitzen. *Ihm*, erwidere ich und zeige auf den schlafenden Philippe, also schreib weiter! Der Wind knattert wieder in den Blättern. Wozu? Es ist deine Geschichte, erwidert Engel und lässt die Blätter los. Der Wind wirbelt sie hoch in die Luft.

Einen Augenblick lang geschieht alles wie in Zeitlupe: Philippe erwacht, sieht die Blätter über sich durch die Luft schießen, quiekt und strampelt mit den Beinen. Juli schlägt die Augen auf, erblickt ihr Baby und lächelt. Ein Blatt bleibt im Geäst der Kiefer stecken, unter der Cyril schläft, wird dann wieder vom Wind erfasst und segelt in Zickzackbewegungen zu Boden; da springe ich vom Schreibtisch auf und stürze hinüber, durch alle Worte, alle Zeit, alle Erinnerungen, stürze aufs Plateau de Caussols, zu Engel in die Geschichte, mitten hinein in mein Leben.

Kurz bevor das Papier auf Cyrils Bauch landet, fange ich es ab. *... fange ich es ab,* lese ich darauf die letzten von Engel geschriebenen Worte. Ich blicke zur Seite, doch der Platz, wo Engel soeben noch gesessen hat, ist leer; *... ist leer,* lese ich auf dem Papier. Ich zerknülle das Blatt und beuge mich über Cyrils Gesicht. Aus den Augenwinkeln sehe ich Juli auf der Picknickdecke den Säugling schultern. Vorsichtig, fast ohne Berührung, eher in der Art einer Buchseite, die beim Umblättern die vorige streift, lege ich meinen Mund auf Cyrils Lippen. Der öffnet die Augen; in seinen vom Schlaf geweiteten Pupillen erkenne ich, auf dem Tränenfilm zitternd und von der Krümmung verzerrt, mein Spiegelbild. In diesem Augenblick, da er aus seinen Träumen emportaucht und noch gar nicht begreift, was ihm geschieht, in diesem Bruchteil einer Sekunde, in der noch alles möglich zu sein scheint, wäre ich gerne für immer geblieben.

Ich bin's, Yvonne, flüstere ich. Da packt mich Cyril am Kragen und stößt mich weg. Ich falle nach hinten und lande auf dem Rücken; über mir bohrt sich ein dreizackförmiger Wolkenfetzen in den Himmel, und ich glaube, einen ersten Regentropfen auf der Haut zu spüren. Kurz darauf sehe ich Cyrils Gesicht über mir. Er zischt etwas auf Französisch, es klingt wie: Ich bring dich um! Ich drehe den Kopf zur Seite, beobachte die Gewitterwolken und spüre eine bezwingende Trägheit in mir aufsteigen. Von fern höre ich Cyril fluchen, höre Geschirrgeklapper, Julis gereizte Stimme Was ist denn los? rufen, einmal einen kurzen Knall, höre Philippe, wie er zu schreien beginnt, und zuletzt einen Donnerschlag.

Schon als Kind, erinnere ich mich, meistens nach der Schule und dem Mittagessen, bei dem immer alle durcheinanderredeten und doch keiner zu Wort kam, übermannte mich diese Art Lähmung oder Lebensmüdigkeit oft mit einer solchen Gewalt, dass ich es gerade noch schaffte, vom Tisch aufzustehen, mich in mein Dachzimmer hinaufzuschleppen und aufs Bett zu werfen. Dann lag ich da, lauschte den Geräuschen und Stimmen, die aus dem unteren Stockwerk heraufdrangen, starrte durch die Dachluke in den meist farblosen mainfränkischen Himmel und dachte mir schreckliche Geschichten aus, in denen immer jemand starb, manchmal auch ich.

Von oben sah ich, wie sich bei meinem Begräbnis eine Menge Menschen um mein Grab scharten. In der ersten Reihe standen meine Eltern, meine Geschwister, Herr Dannert, mein Volksschullehrer, ein paar Klassenkameraden und Björn, der blonde Ingenieurssohn aus der Storchenauer Fabriksiedlung, mit dem ich damals oft spielte. Als mein Sarg in das Grab hinabgelassen wurde, hob er den Kopf, schaute zu mir herauf und zwinkerte mir zu, wie manchmal in unseren Spielen. In diesem Moment war ich glücklich, und es hatte einen Sinn, tot zu sein. In diesem Moment waren der Schmerz und das Leben eins.

Widerwillig löse ich mich aus meiner Erstarrung; gerade hastet Cyril mit Philippe im Tragegurt an mir vorbei. Ich stehe auf, gehe zu Juli, bücke mich und greife nach einer herumliegenden Dose. Was hat er? frage ich, doch Juli schnaubt nur: Was weiß ich! Gemeinsam verstauen wir die Picknickreste im Rucksack. Ich sehe, wie sie dabei mit den Tränen kämpft, und verspüre ein perverses Gefühl des Triumphes, ähnlich wie ich es früher immer empfand, wenn ich ihr in meinen Tagträumen die im Wohnzimmer aufgebahrten Leichen unserer Eltern zeigte oder aus der Vogelperspektive beobachtete, wie die Mutter, während sie das Schäufelchen Erde auf meinen Sarg warf, weinend zusammenbrach.

Ich habe ihn mit Yvonne gesehen, sage ich, schabe die Melonenreste zusammen und weiß nicht, wohin damit. Juli schaut mich einen Moment fassungslos an, dann schlägt sie mir den Müll aus der Hand, stößt mich von der Picknickdecke und reißt sie hoch. Plastikflaschen, Schüsseln und Essenreste fallen zu Boden. Sie stopft die Decke in den Rucksack, wirft mir das Bündel vor die Brust und läuft los. An einem Felsbrocken sehe ich eins von Engels Blättern flattern; der Wind peitscht darauf ein, der Stein hält dagegen, keiner von beiden lässt es frei.

Bald haben wir Cyril eingeholt. Philippe, im Tragegurt, brüllt. Juli will ihn beruhigen und fingert an den Riemen herum, doch Cyril schiebt die Arme unter das Kind und läuft einfach weiter. Du kotzt mich an! ruft Juli ihm hinterher, stampft wütend auf, folgt ihm aber dann doch. Ein Blitz spaltet den Himmel, die Wolken phosphoreszieren. Obwohl ich auf den Donner gewartet, ja, sogar bis zehn gezählt habe, zucke ich zusammen, als die Luftschichten gegeneinanderkrachen. Cyril und Juli verschwinden hinter einer Geröllhalde. Als ich selbst um den Felsabbruch biegen will, halte ich inne; in weniger als zwanzig Meter Entfernung steht ein

Steinbock, das Tier meines Sternzeichens, auf einem Vorsprung. Witternd hält er die Nüstern in die Luft und schaut zu mir herüber; mir ist, als bohrte sich sein starrer, ausdrucksloser Blick tief in meine Brust, als könnten seine Augen die Leere sehen, die darin klafft; Tiere, sagt man, haben keine Seele. Da senkt er den Kopf, knickt den Huf ein und richtet, wie zum Angriff, die Hörner gegen mich. Ich drücke die Knie durch, halte den Atem an und fixiere seine Augen. Du begehst einen großen Fehler, sagt der Steinbock, schüttelt sich, setzt über die Kante und verschwindet zwischen den Felsen. Verwirrt blicke ich zum Picknickplatz zurück, in der Hoffnung, Engel noch immer unter der Kiefer sitzen und an meiner Geschichte schreiben zu sehen. Doch dort zucken nur die Blitze vor einem gelbschwarzen, auf die Erde stürzenden Himmel.

Wir gehen steil bergab, der Weg ist steinig und über weite Strecken kaum erkennbar, vielleicht eine Abkürzung, denke ich und klettere unsicheren Fußes den Hang hinab. Als es zu regnen beginnt, bleibt Juli stehen, zieht die Picknickdecke aus meinem Rucksack, rennt zu Cyril und versucht, die Decke um das Kind zu wickeln, doch er nimmt sie ihr weg und macht es selbst.

Da sehe ich, wie er stürzt; er rutscht aus, strauchelt, sucht mit den Händen Halt an einem Felsen, umklammert aber dann den Säugling und reißt ihn hoch. Im nächsten Moment liegt er am Boden, mit grotesk verdrehten Beinen, am Knie blutend, das Baby in die Luft gestemmt. Juli nimmt es ihm weg. Ich eile zur Unglücksstelle, wo mich Cyrils vernichtender Blick trifft. Steh auf, wir müssen weiter, sagt Juli und zerrt an seinem T-Shirt. In ihrem nassen weißen Sommerkleid, das ihr wie eine zweite Haut am Körper klebt, wirkt sie schutzlos, fast nackt. Cyril versucht, sich aufzurichten, schafft es, sich auf das linke Bein zu stellen, doch als er das rechte belastet, brüllt er auf und sinkt zurück. Dann fingert er sein Mobiltelefon aus der Hose. Merde! ruft er und schleudert den Apparat ins Gebüsch; anscheinend gibt es hier oben keinen Empfang, und ich merke, wie ich mich darüber freue.

Steh auf, verdammt, sagt Juli; ihre Stimme ist jetzt schneidend, ihr Blick panisch und voll kalter Wut. Da packt mich Cyril am Arm, zieht mich zu sich herunter, holt einen Kompass aus seiner Hosentasche und drückt ihn mir in die Hand. Ich verstehe nur Bruchteile von dem, was er sagt; sein Atem riecht nach Zigaretten, Knoblauch und muffiger Angst: immer nach Süden … *jusqu'à la rivière,* dann den Bach entlang nach Osten – hat er *est* oder *ouest* gesagt? –, an der Brücke rechts … die Straße runter … *vers Cresp,* sagt er, und ich erinnere mich an den Namen auf dem Ortsschild des Dorfes, in dem wir geparkt haben. Verstanden? fragt er auf eine Art und Weise, dass ich nur nicken kann.

Dann löst er den Tragegurt von seiner Brust und schnallt ihn mir um; seine Handgriffe sind brutal, er zurrt die Riemen zu fest, ich kriege kaum Luft. Mit mechanischen Bewegungen, wie unter Schock, wickelt Juli Philippe aus der Decke und setzt ihn in den Gurt; er ist warm und riecht gut. Sein Gesicht ist vom Schreien ganz violett. Halt ihn so, sagt Juli, legt meine Arme um ihn und fummelt die Decke um seinen Kopf, so dass nur noch Mund und Nase herausschauen. Ich will ihr beruhigend die Hand auf den Arm legen, doch sie wendet sich ab und geht los. Nach ein paar Metern blicke ich noch einmal zurück; überm Gebirge herrscht finstere Nacht, eine geschlossene Wand aus Regenschleiern geht auf das Land nieder, Blitze durchzucken sekundenlang das Firmament und färben es grün. Engel ist nirgends zu sehen, und Cyril schaut uns mit stierem Blick hinterher; sollen sie doch beide, denke ich, auf ihrem Scheißplateau verrecken.

Mehr rutschend als gehend folgen wir einem steilen Pfad, der zwischen Felsen, Büschen und sich langsam in Sturzbäche verwandelnden Rinnen in eine richtungslose Tiefe abfällt. Philippe schreit so laut neben meinem Ohr, dass ich den Donner nur noch als Hintergrundgrollen wahrnehme. Der Regen wird nicht stärker; eine Weile scheint es, als wären wir gleich schnell wie das Gewitter. Nur der Wind peitscht mir in solch heftigen Böen in den Rücken, dass ich Mühe habe, auf den glitschigen Steinen das Gleichgewicht zu halten. Der Weg führt nun wieder leicht bergauf; dann, am Kamm, stürzt er vor meinen Füßen fast senkrecht in eine Schlucht ab. Ein paar Steine poltern über die Kante hinweg. Juli bleibt neben mir stehen, sagt: Nach Süden, und blickt mich kalt an. Ich ziehe den Kompass aus meiner Hosentasche und drehe ihn so lange in der Hand, bis die Spitze der Nadel über dem N zur Ruhe kommt; Süden, das ist der sichere Tod wenige Meter vor unseren Füßen.

Du lügst, sagt Juli plötzlich und schlägt mir den Kompass aus der Hand, du hast mich schon als Kind immer belogen. Ihr Gesicht ist hart, bleich und erschrocken, das Gesicht einer Fremden, denke ich und zucke zusammen. Ich habe lange gebraucht, sagt sie, um zu verstehen, dass nicht *meine* Eltern tot sind, sondern *deine*. Ihre Augen sind jetzt verschleiert von Tränen. Oder ist es nur der Regen, der ihr übers Gesicht perlt? Nicht *mir* drohen ständig diese Katastrophen, sagt sie, sondern *dir*. Nicht *ich* lebe in dieser Monsterwelt, sondern *du*. Wegen dir ... Sie bricht ab und schaut einen Moment lang in den Abgrund, als suchte sie dort nach Worten. Wenn du,

Leo, nicht lieben kannst, heißt das noch lange nicht, dass es keine Liebe gibt. Erst durch Cyril weiß ich das. Er hat nichts mit Yvonne. Ihre Stimme ist jetzt ruhig und entschieden, und diese Entschiedenheit empfinde ich als lebensbedrohlich. Das hier, sagt sie und deutet dabei vage auf ihr Kind, ist *mein* Glück, *mein* Leben, also fass es nicht an!

Sie will mir Philippe abnehmen, doch ich weiche zurück; jetzt glaube ich, alles zu verstehen: warum sie sich mit neunzehn Jahren von einem dahergelaufenen Franzosen in einer Meeresbucht hat schwängern lassen; warum sie in so jungen Jahren unbedingt dieses Baby haben wollte; warum sie dafür, gegen den Willen der Eltern, in ein Land gezogen ist, dessen Sprache sie kaum sprach, in eine Gegend, die sie nur aus dem Urlaub und vom St.-Tropez-Klatsch der Boulevardmagazine kannte. All das, wird mir nun bewusst, ist für sie lediglich ein Pflaster auf den eigenen Wunden, ein Bollwerk gegen die eigene Vergangenheit und ein Pfand für eine bessere Zukunft, eine Art Schutzschild gegen den zerstörerischen Zugriff auf ihr Leben durch mich, ihren Bruder, der ihr seit Kindertagen eingeredet hat, dass das Leben nichts als Leid, Tod und Verderben sei.

Wir müssen weiter, sage ich und deute mit dem Kinn in die Richtung des Schluchtverlaufs, nach Osten; ich bin mir ganz sicher, dass wir dort bald auf den Bach und die Straße nach Cresp stoßen werden. Juli packt Philippe und versucht, ihn aus dem Tragegurt zu ziehen. Sein Brüllen wächst an. Ich stoße sie weg; einen Moment lang ringen wir an der Fallkante des Abgrunds um das Kind. Da spüre ich einen Schlag auf die Stirn, dann auf den Hinterkopf. Es beginnt zu hageln; binnen Sekunden ist die Erde bedeckt von kieselsteingroßen Eisbrocken. Ich reiße mich von Juli los, drücke den Säugling tief in die Decke und beginne zu rennen; im Getöse des Hagels höre ich sein Gebrüll an meiner Brust und hinter mir immer wieder Julis Schreie: Gib mir mein Kind!

Ich glaube, am Kopf zu bluten; trotz des niederprasselnden Eises spüre ich etwas Heißes und Klebriges auf der Stirn, doch ich kann es nicht wegwischen, meine Arme umklammern den Jungen. Der Weg führt nun oberhalb der Schlucht entlang, immer abwärts, immer zwischen Geröll hindurch, immer dem Tal entgegen, immer nach Hause. Es ist schlagartig bitterkalt geworden. Die Gegend kommt mir irgendwie bekannt und vertraut vor; ich glaube, es ist das Land, in das ich früher mit Juli geflüchtet bin, vor dem Tod der Eltern, vor dem drohenden Weltuntergang, vor meinem eigenen ungreifbaren Schmerz. Es ist eine feindliche, unwegsame Steinwüste, von Schluchten zerfurcht, von Blitz, Donnerschlag und Hagel zerfetzt, von Sturzwassern durchschäumt, eine mystische, mitleidlose, aus düsteren Kindheitsphantasien erstandene Welt am Abgrund, in der Symbole zu gelebter Wirklichkeit werden, gefallene Engel am Wegesrand kauern und Steinböcke Orakel aussprechen.

Ist Juli noch hinter mir? Vertraut sie mir noch? Oder hat sie mich längst verlassen und ist zurückgekehrt zu Cyril? Ich wage es nicht, mich umzudrehen. Im Laufen greife ich hinter mich, doch spüre ich zwischen den Fingern nichts als das vom Himmel stürzende Eis. Irgendwann bekomme ich doch noch ihre kleine, kalte Hand zu fassen. Ich werde ganz ruhig, leicht und froh; jetzt, da sie wieder bei mir ist, habe ich nur noch ein Ziel: sie und Philippe unversehrt nach Hause zu bringen.

Dort ist ja schon der Bach; schäumend gurgelt er zwischen den Steinen. Die Schlucht mündet in ein breiteres Tal, der Hang flacht ab und weicht einem kiesigen Flussbett, einige hundert Meter weiter sehe ich einen steinernen Viadukt den Gebirgsbach überspannen. Der Hagel geht in Regen über, und mir scheint, der Himmel über uns reiße auf. Die Blitze zucken nun am südlichen Horizont, jenseits der Berge, über dem Meer.

Philippe hat zu schreien aufgehört. Vorsichtig lüfte ich die Decke um seinen Kopf. Er ist trocken und warm. Seine Augen sind geschlossen, das kleine Gesicht ist ein wenig blass, sein winziger Mund steht leicht offen, Spucke fließt heraus; er schläft tief, erschöpft von der Angst und den eigenen Schreien. Nach wenigen Minuten erreichen wir die Brücke, ein trutziges, hochaufragendes Wehr gegen Erinnerungen und überkommene Kindheitsalpträume. Ich ziehe Juli die steile Böschung hinauf, dann lasse ich ihre Hand los. Mir ist noch immer schwindelig von dieser rutschigen, unter den Füßen wegbröckelnden Welt, die wir soeben verlassen haben. Kaum sind wir ein paar Schritte auf der Straße gegangen, höre ich hinter mir ein Dröhnen: Ein Auto kommt die Serpentinen herunter und biegt auf die Brücke; es fährt Richtung Cresp. Ich will Juli in die Seite knuffen, sie aber weicht mir aus, dreht sich weg und blickt bang auf den Abhang zurück, aus dem dampfend der Nebel steigt.

An die darauf folgenden Tage kann ich mich heute, sechs Jahre später, kaum noch erinnern; ich verbrachte sie in Betäubung und Tablettenschlaf. Von Yvonne, der Apothekenhelferin, hatte ich mir ein starkes Schlafmittel besorgt. Sie wollte vierhundert Franc für eine Schachtel und ließ nicht mit sich handeln. Ich nahm das Geld aus Julis Handtasche, die immer auf der Kommode neben der Garderobe stand; ich hätte sie wohl gefragt, aber immer, wenn ich an ihre Tür klopfte, war da nichts als eisiges Schweigen.

Nur einmal hörte ich ein langgezogenes, an- und abschwellendes Wimmern. Minutenlang stand ich da, mit der Klinke in der Hand und dem Wissen um meine unauslöschbare Schuld. Wie oft ich in meinem Leben schon so vor Schlafzimmertüren gestanden habe, dachte ich, ließ die Klinke los und ging in mein Zimmer. Einmal traf ich im Stiegenhaus den alten Mouftard, der, beide Hände ums Geländer gekrallt, in tatterigen Zentimeterschrittchen die Treppe hinabkroch. Als ich ihm helfen wollte, schlug er mich weg. Der trübe Schleier der Demenz auf seinen Augen war verschwunden, sein Blick war wach und voller Abscheu.

Ich schrieb nicht mehr, verdöste die Tage im Bett, schlief oder starrte an die Kreuze der Dachbalken, in denen grau und tot das Dämmerlicht hing. Nur manchmal, wenn es aufhörte zu regnen, ging ich hinaus. Es war Herbst geworden. Das Gewitter hatte kalte Luft und schlechtes Wetter gebracht. Die Wolken hingen tief, Nebel verhüllte das Land, man sah weder die umliegenden Berge im Norden der Stadt noch im Süden das Meer. Spätnachmittags aber riss manchmal der Himmel auf, die Sonne brach durch den Dunst und tauchte alles in weißes Licht. Es wurde wieder warm, und ein irisierendes Glitzern und Funkeln lag über den dampfenden Hügeln. In den Olivenhainen wurden bereits die ersten Erntenetze ausgelegt. Kurz vor Sonnenuntergang leuchteten sie blutrot auf der regenschwarzen Erde.

Für wenige Augenblicke kehrte der Spätsommer zurück mit dem milden, vom Meer her wehenden Wind und dem goldgelben Licht, dem farbenprächtigen Glanz von Reife und Ernte, dem tiefen Blau des Himmels, dem Silberstreif des Meeres am Horizont und dieser rauschhaften, erinnerungstrunkenen Wehmut, die ich manchmal während meiner Spaziergänge durch die Olivengärten der Oberstadt empfand und die mich dieses Gefühl, an mir selbst ersticken zu müssen, vor dem ich von Wien nach Südfrankreich geflohen war, für kurze Momente vergessen ließ.

Nun aber lag ein Schleier über allem, eine Schwermut und Vergeblichkeit, die sich in den Farben niederschlug, die blasser geworden waren, durchlässig und weniger tief. Die Erde faulte, die Laubfeuer brannten, der Glanz des Sommers verging, und in der Stille des regenschweren Blattwerks erhob sich nach Sonnenuntergang das kalte Brausen des Mistrals; unaufhaltsam wurde es Winter.

Die Autopsie ergab, dass Philippe erstickt oder, genauer gesagt, an einer Atemlähmung gestorben war. Zwar hatte man Fussel der Picknickdecke in seiner Lunge gefunden, doch die Ärzte waren der Ansicht, dass der Tod des Säuglings nicht auf den Luftmangel unter der Decke allein, sondern auf das unglückliche Zusammenwirken von schlechter Haltung im Tragegurt, der physischen und psychischen Belastung durch die Strapazen des beschwerlichen Abstiegs mit einer angeborenen Atemschwäche zurückzuführen sei. Obwohl zur Klärung der Ursachen eigens ein Spezialist aus Marseille anreiste, blieb Philippes Versterben letztendlich mysteriös.

Nachdem sein Leichnam von der Pathologie endlich freigegeben worden war, sollte die Beerdigung auf dem städtischen Friedhof von Grasse stattfinden. Meine Familie hatte ihr Kommen angekündigt. Doch noch am Vortag, als ich mich morgens ins Badezimmer schlich, hörte ich Cyril und Juli in der Küche streiten. Cyril, glaubte ich aus dem gedämpften, von langen Pausen unterbrochenen Stimmgewirr herauszuhören, hätte sich gewünscht, dass sein Sohn dort begraben würde, wo er gestorben war: auf dem Plateau de Caussols, in

Cyrils geliebter Heimaterde, aus deren Schrunden man ihn in der Unglücksnacht, halb erfroren, vom Hagel blutig geschlagen und vor Schmerzen fast wahnsinnig, mit dem Helikopter hatte bergen müssen.

Als ich in mein Zimmer zurückging, rannte Juli weinend an mir vorbei. Ich verkroch mich im Bett, nahm zwei Tabletten und hoffte, der Schlaf würde alles vergessen machen. Doch da hörte ich schon Cyril die Treppe heraufhumpeln. Er kam ins Zimmer, packte mich am Kragen und schlug mit der Krücke auf mich ein. Ich war's nicht, heulte ich und zog mir die Bettdecke über den Kopf. Sein zweifach gebrochenes Bein hinderte ihn nicht daran, mich mit Tritten auf die Straße zu stoßen. Meine Sachen folgten wenig später durch ein Treppenhausfenster. Im ersten Stock, hinter der Wohnzimmergardine, glaubte ich Julis Silhouette zu sehen, doch vielleicht war es auch nur der Schatten des Gummibaums, der dort stand.

An der Place aux Bains kaufte ich einen jungen Araber, der in einem finsteren, nach Pisse stinkenden Treppendurchgang für mich die Hose herunterließ. Am Boden lagen zerbrochene Flaschen, irgendwo tropfte eine Regenrinne, aus den Kellerlöchern glotzten die Katzen. *Der Heidschi bumbeidschi is kumma/und hat ma mein Biable weggnumma,* sang eine Stimme in meinem Kopf, als ich mein Gesicht in seinem Schoß vergrub. Nach wenigen Minuten zog er die Hose wieder hoch und zündete sich eine Zigarette an. *Er hat ma's weggnumma und hat's neamer bracht ...* Ich wollte ihn noch umarmen, aber das war wohl für hundertfünfzig Franc – oder war es seines Gottes wegen? – nicht drin.

Der plötzliche Kindstod, sagt man, ereile, wenn er denn in seltenen Fällen zuschlägt, Säuglinge im Alter von einem bis sechs Monaten. Er tritt durch einen unvermittelten Atemstillstand ohne erkennbare äußere Einwirkungen ein, leise, schmerzlos und gänzlich undramatisch, meistens im Schlaf. Seine Folgen, heißt es, sind für das Leben der betroffenen Familie verheerend, seine Ursachen jedoch noch immer weitgehend ungeklärt. Die einen halten eine gewisse Fahrlässigkeit in der Kindespflege – schlechte Luftzufuhr und Lagerung des Kindes, verrauchte oder überheizte Räume – für einen möglichen Grund, andere wiederum sagen, der Tod entsteige im Kleide beflissener Fürsorge und aufopferungsvoller Obhut, schleichend und ansteckend, gleich dem fauligen Atem einer tuberkulösen Lunge, den Liedern einer Mutter mit leerem Blick.

Mein Auto parkte wie immer eingekeilt auf dem Boulevard George V. Kurz bevor ich einstieg, war mir, als röche es nach Apotheke, doch ich habe gelernt, meiner Geschichte zu misstrauen; es könnte also auch, wie in der Altstadt von Grasse an fast jeder Straßenecke, einfach nur der Geruch von Seifenlauge gewesen sein. Ich warf meinen Rucksack auf die Rückbank und fuhr los. In irgendeine Richtung. Denn alle sind gleich.

5. Boris

Ewig der Damm. Ewig der schnurgerade Weg. Ewig das Surren der Fahrradreifen auf dem Asphalt, das Sausen des Fahrtwindes in ihren Ohren und das hohe, kahle, unveränderliche Blau des Himmels über ihren Köpfen. Ewig das Glutloch der Sonne, das Hitzeflirren über den Feldern und die Grausamkeit des Hochsommers, mittags ab zwölf, wenn die Schmiere aus Schweiß, Staub und Sonnencreme von ihren Gesichtern auf die Fahrradlenker zu tropfen beginnt und jede Umdrehung der Pedale ihnen mit einem Stich in die Waden und weiter hinauf in die müden Schenkel und das wund gescheuerte Gesäß steigt, wenn ihnen vor Durst die Zunge am Gaumen klebt und der Magensaft vor Hunger die Gurgeln säuert, wenn sie nicht mehr weiterkönnen, nicht mehr weiterwollen und doch mit zusammengebissenen Zähnen und stur in die Mittagsglut gestemmten Stirnen weiterstrampeln, stets vorbei am mickrigen Schlagschatten der Pappelhaine, vorbei auch an den von Brennnesseln überwucherten Schattenquadraten unter den Mauern der aufgelassenen Gehöfte, vorbei an den sumpfigen Auwäldern mit ihrem blutrünstigen Stechgeziefer und vorbei sogar an den meist mit Bänken und Tischen unter hohen Bäumen gelegenen, von lärmenden Ausflüglern belagerten Picknickplätzen am Wegesrand, immer vorbei an ihrem Hunger, ihrem Durst und dem bald schon zu Tode gestrampelten Wunsch nach ungestörter Zweisamkeit, immer dem einen, fernen Rastplatz entgegen, wo sie endlich essen, trinken, sich ausruhen, im Fluss baden und miteinander schlafen wollen, ewig den Damm entlang und aneinander vorbei.

Das Tal der Loire ist in diesem Abschnitt eine breite Ebene, mit grau in der Hitze dorrenden Wäldern im Süden und endlosen Maisfeldern im Westen, deren Blätter staubfarben in die Sonne ragen und nur an manchen Stellen, wo eine Sprinkleranlage am Weg steht, fruchtschwer im künstlichen Regen wogen. Dort springen sie von den Rädern, stellen sich auf den nassen, nach Sommergewitter duftenden Asphalt, strecken die Hände in die Luft und kichern wie Kinder in Erwartung eines großen Spaßes. Wenn dann der Sprinklerstrahl heranzischelt, recken sie die Gesichter hinein, reißen die Münder auf und züngeln, für wenige Sekunden überwölbt von einem winzigen Regenbogen, nach den kühlen, im Sonnenlicht glitzernden Tropfen.

Einmal, in einem besonders ergiebigen Schauer, beugen sie sich lachend zueinander, nehmen einer des anderen Gesicht in die Hände und lecken sich gegenseitig das Wasser von den Lippen, die nach Salz schmecken, nach Sonnencreme, nach den scharfen Pfefferminzpastillen, die sie fortwährend lutschen, um den Mund feucht zu halten, und nach dem lange schon nicht mehr getrunkenen Atem des Freundes, ein Geschmack, der sie an vergangene Tage erinnert und mit Bedauern erfüllt. Da fallen sie voneinander ab, schwingen sich wieder auf die Räder und fahren hinaus in die sonnenverbrannten Felder, wo sie unter ihren feuchten Kleidern und der Erinnerung an den erlösenden Kuss im künstlichen Regen noch mehr schwitzen als zuvor.

Ewig der Damm, der schnurgerade Weg, ewig weit weg der

Fluss, verborgen hinter Nationalstraßentrassen und Seitenarmen, deren ausgetrocknete Sandbetten wüstenhaft das Land durchziehen. Nur manchmal kommt er ganz nah heran, wälzt sich breit und von Sandbänken und Inseln gesäumt in die glühende Ebene und erfüllt die Luft mit jenem unverwechselbaren Geruch nach Fisch, Fäulnis und süßem, nährstoffreichem Wasser, der allen Flüssen anhaftet, in denen noch ein bisschen Leben zu finden ist. Die Nationalstraßen weichen zurück, Dörfer und Städtchen drängen sich an die Ufer, mittelalterliche Bogenbrücken überspannen den Fluss, der Himmel wetteifert mit der Farbe des Wassers und dem Sonnenglitzern auf den Stromschnellen, und er deutet in die Luft und ruft: Schau doch!, und der Freund nickt und winkt ab. Dann biegt die Straße weg, der Fluss verschwindet wieder hinter den Dämmen, Trassen und Seitenarmwüsten, und sie sinken zurück in ihr Strampeln und Starren und Schweigen und Schwitzen.

Ewig diese Distanz, sein Frust, sein Unerfülltsein, sein Misstrauen und die Angst, Boris könnte ihn jederzeit verlassen, seine sinnlosen Trennungsgedanken und sein Sehnen nach einem fernen, unbestimmten Horizont, an dem nach einer Woche, in der sie, wie er ausgerechnet hat, unter sengender Augustsonne täglich siebzig Kilometer hinter sich bringen müssen, das Meer auftauchen wird, wo alles anders, alles besser werden muss mit Boris und ihm, auch wenn er nicht weiß, was da besser werden soll und ob es mit einem wie ihm überhaupt jemals anders und besser werden kann, spätestens das Meer, hat er sich ausgerechnet, muss die Distanz endlich in Nähe und Liebe verwandeln, das Meer, denkt er jede Minute und tritt verbissen in die Pedale, ist das Ziel.

Engel fährt stets voraus, Boris hinterher, in einigem Abstand, der bald zwei- oder dreihundert Meter beträgt, weil Boris, im Gegensatz zu ihm, der nur stur auf die Straße stiert und dabei die Umdrehungen des Tretlagers zählt, die Blumen am Wegesrand, die Vögel in den Büschen und die sommertrunken von Blüte zu Blüte torkelnden Hummeln betrachtet und dabei immer weiter zurückfällt, so dass Engel, wenn er endlich doch irgendwann von der Straße auf- und über die Schulter zurückschaut, den Freund nicht mehr sieht, den er die ganze Zeit in seinem Windschatten radeln glaubte, ein Irrtum, wie sich nun herausstellt, der ihn mit einem vagen Gefühl von Nähe und Geborgenheit betrog. Erschrocken springt er vom Rad, stellt sich in den krüppeligen Schatten eines Brombeerstrauches oder Holunders und wartet bange Minuten darauf, dass Boris hinter einer Biegung oder am Scheitelpunkt einer Steigung wieder auftaucht.

Doch dann, am Mittag des vierten Tages, im Zentrum von Tours, an der dritten Loirebrücke, wo sie laut Radwanderkarte links abbiegen müssen, bleibt Boris verschwunden. Schon einige Kilometer vorher hatte sich die Großstadt mit Gewerbegebieten, Betonwohnburgen und von Baggern aufgewühltem Brachland angekündigt. Der Radweg endete in einem Kreisverkehr und ging auf den Standstreifen der Nationalstraße über, dann endete auch der Standstreifen, die Nationalstraße wurde vierspurig, der Verkehr noch dichter und jedes Zurückschauen für Engel, der wie immer vorausfuhr, zu einem lebensgefährlichen Manöver; als Boris ihm, kurz vor der Stadtgrenze, eine Weginformation zubrüllte, geriet er beim Schulterblick ins Schlingern und fast unter die Räder eines Sattelschleppers. Da winkte er Boris ein Zeichen zu, das WEITER oder GERADEAUS oder HABE VERSTANDEN bedeuten sollte, zog die Schirmmütze tief ins Gesicht, die

Schultern hoch bis zu den Ohren und zum Schutz vor den Abgasen den Kragen seines T-Shirts über die Nase, schaltete in den schnellsten Gang und begann, ungeduldig die Auffahrten zu den Brücken zu zählen, unter denen sich die Loire nun rechter Hand in einem engen, von Mauern eingefassten Schotterbett hindurchzwängte.

Die dritte Brücke, an der Engel jäh abbremst, führt laut Straßenbeschilderung ins Zentrum von Tours. Dort, haben sie besprochen, als sie, viele Kilometer vor der Stadt, das letzte Mal nebeneinander herfuhren, muss Wasser und Brot besorgt werden, das Wasser ist ihnen während der beschwerlichen Steigung hinter Amboise ausgegangen, und das Brot haben sie, bis auf einen trockenen Kanten, schon beim Frühstück verzehrt. Ich kann mir aber, denkt Engel und springt vom Rad, weder Wasser noch Brot kaufen, ohne Wasser und Brot, denkt er, werde ich schon bald vor die Hunde gehen, werde jämmerlich im Rinnstein verrecken oder am Straßenrand hocken und die Hand ausstrecken nach ein bisschen Wasser und Brot, weil Boris, der nach fünf, nach zehn und selbst nach fünfzehn Minuten noch immer nicht auftaucht, die Wertsachen mit sich führt: Bargeld, Kreditkarten, Pässe und sinnigerweise auch beide Handys liegen in Boris' Lenkertasche.

In Boris' Lenkertasche, denkt Engel und betrachtet wie betäubt die Sonnenreflexe auf den Stoßstangen der Autos, liegt mein ganzes Hab und Gut, alles, was ich habe und bin, denkt er, liegt in Boris' Lenkertasche, meine ganze Zukunft in dieser Lenkertasche, mein ganzes Leben in Boris' Hand, und er schwingt sich aufs Rad und fährt auf der falschen Straßenseite bis zur letzten Brücke zurück, dann in Schlangenlinien zwischen den Stoßstangen und Außenspiegeln hindurch bis zur übernächsten, dann auf dem Grünstreifen durch Rabatten und Gänseblümchen wieder zurück zu dem rußschwarzen Viadukt, das doch, denkt er, zählt man die Autobahnbrücke nicht mit, die dritte Brücke an der Uferstraße sein muss, an der sie, laut Fahrradkarte, die ebenfalls auf Boris' Lenkertasche befestigt ist, links abbiegen müssen ins Zentrum von Tours.

Dort, denkt er, wollen sie Wasser und Brot kaufen, Geld abheben und sich im Schatten einer Caféterrasse eine kalte Limonade und eins von diesen köstlichen Küchlein gönnen, nach denen Boris mittlerweile schon so süchtig ist, dass er an keiner Pâtisserie mehr vorbeikommt. Im Zentrum von Tours, denkt er und sinkt kraftlos auf die Querstange seines Fahrrads, wollte er endlich die Distanz überwinden, seine Versäumnisse der letzten Jahre wiedergutreden und sich entschuldigen für all die theatralischen Fluchtversuche, nervenden Trennungsszenen und tagelangen Redeboykotte, mit denen er Boris nach kleinen Alltagssünden wie unabgeräumtem Geschirr, ungegossenen Blumen und unachtsam brennen gelassenen Lampen für dessen Zornausbrüche bestraft, entschuldigen vor allem für seine zwanghaften und von Boris nur zähneknirschend hingenommenen Seitensprünge mit ihren verpassten Liebes-, Reue- und Treuebekundungen, die er sich stets noch im Bett des Liebhabers im Kopf zurechtlegt und dann, zurück in den Armen des Freundes, doch nie ausspricht oder auszusprechen nicht mehr für nötig hält, weil er zu wissen glaubt, dass Boris ihm, kaum dreht sich sein Wohnungsschlüssel in der Tür, seine Fremdgeherei schon längst verziehen hat, so wie er ihm auch seine Fluchtversuche, Trennungsszenen und Redeboykotte immer und immer wieder verzeiht oder zu verzeihen scheint und er ihm also deshalb hier, im Zentrum von Tours, nun endlich sagen will, dass er ihn, Boris, trotz aller Streitereien im Grunde seines Herzens doch liebe bzw. in Zukunft irgendwie anders, irgendwie besser, jedenfalls mit mehr Herzenswärme und Mitgefühl und Aufmerksamkeit zu lieben versuchen werde.

Doch zu all dem, denkt er, wird es jetzt nicht mehr kommen, für all das, denkt er, ist es jetzt endgültig zu spät, denn im Zentrum von Tours, kurz vor der dritten Brücke, an der sie hätten nach links abbiegen sollen auf ihrem gemeinsamen Weg zum Meer, ist Boris, denkt er und denkt es so lange, bis das Dröhnen des Verkehrs nur noch diesen einen unfassbaren Gedanken durch seinen Kopf wälzt, mit meinem gesamten Leben in der Lenkertasche endgültig auf und davon.

Nach einem Mann auf einem Fahrrad, sehr groß, sehr blond, sehr schön, fragt Engel an der Auffahrt zur zweiten Brücke den Gemüsehändler, der Kartoffeln in Papiertüten schaufelt und mit den Schultern zuckt. Ein Mann, sehr schön, auf einem Fahrrad, ruft er an der vierten Brücke in die Tür der Pâtisserie, wo Boris vielleicht noch schnell ein Küchlein gekauft hat. Ein sehr schöner Mann, keucht er schließlich, zurück an der dritten Brücke, dem jungen Polizisten ins Ohr, der wegen eines Unfalls den Verkehr umleitet, Engel angrinst und sagt: Danke, Sie auch.

Ein Fahrradfahrer, ein schlanker, ranker, römerköpfiger, kurvt von rechts heran und reißt ihn fast vom Sattel. Engel flucht dem Kerl hinterher. Hinterher, denkt er, so einem also ist Boris, der Hund, blindlings hinterher, einfach abgebogen, wie auch er, Engel, nicht im Zentrum von Tours, aber im Zentrum von Köln, manchmal auf dem Weg vom Kneipendienst einfach abbiegt und einem Typen hinterherfährt, einem schlanken, ranken, römerköpfigen, so lange durchs Zentrum von Köln hinterherfährt, bis er ihn an einer Kreuzung aus den Augen verliert oder der Begehrte irgendwo anhält, sein Rad ankettet und in einem Haus verschwindet, in das er ihm folgen möchte, hinein in seine Wohnung, seine Küche, sein Bett, einfach hinterher und hinein in ein neues, anderes, vielleicht besseres Leben, in eine neue, andere, bessere, von ihm, Engel, mit weniger Fluchtversuchen und Trennungsszenen und Redeboykotten, dafür mit mehr Herzenswärme und Mitgefühl und Aufmerksamkeit gelebte so genannte Liebesbeziehung, in der ich *Liebe*, denkt er, dieses heikle, unhaltbare, immer nur im Konjunktiv, also in der Möglichkeitsform zu denkende, zu schreibende, zu fühlende Wort frei aussprechen und nicht nur aussprechen, sondern tatsächlich auch leben könnte als Folge und Ausdruck einer selbsterklärenden, sich selbst ernährenden Liebesbeziehung, in der ich Herzenswärme nicht empfände, sondern *empfinde*, Mitgefühl nicht hätte, sondern *habe*, Aufmerksamkeit nicht entgegenbrächte, sondern *-bringe*, in der ich sogar das Geschirr *abräume* und die Lichter hinter mir *ausknipse* und die Blumen *gieße*, nicht gösse.

Hast du die Blumen gegossen, fragt Boris, wenn er nach einem langen Arbeitstag mit Konferenzen, Elternkrieg und Klassengrillen spätabends in der Tür zu Engels Zimmer steht. Mist, die Blumen, sagt Engel und schaut Boris schuldbewusst an. Er hat das Geschirr abgeräumt, ein Abendessen gekocht, die Lichter hinter sich ausgeknipst, den Rest der Zeit über seinem Schreibkram gehockt und dabei die Blumen vergessen.

Ich habe, denkt Engel und starrt dem Kerl auf dem Rad hinterher, einfach kein Händchen für Blumen, kein, wie man sagt, Händchen für Lebewesen im Allgemeinen, nicht einmal, denkt er, für die primitivsten, die ohne Gedanken und Gefühle, die nur aus Wasser, Zellulose und Chlorophyll bestehen und deshalb von meinen Händen doch weder Halt noch Zärtlichkeit noch Trost noch all die anderen komplexen und komplizierten Zuwendungen verlangen, für die mir, denkt er, im Umgang mit den komplexesten und kompliziertesten Lebewesen, den Menschen, die Hände gebunden sind oder die Hände einfach fehlen.

Denn wo Hände zum Boris-Halten und Boris-Streicheln und Boris-Trösten und Für-Boris-das-Geschirr-Abräumen und Lichtausknipsen und Blumengießen sein sollten – und er hebt seine geschwollenen, von der Sonne verbrannten und von Kettenschmiere geschwärzten Hände –, sind in Wahrheit nichts als Missgebilde, Krüppelklumpen, taube, unbrauchbare Stumpen, und er schaut wieder die Straße hinunter ins Zentrum von Tours, dort, denkt er und ballt die Hände zu Fäusten, kettet der Typ gerade sein Fahrrad an eine Laterne und geht in ein Haus, in das Boris ihm folgt, endlich weg, mag er denken, von den verkrüppelten Händen des Freundes, endlich weg aus dieser verkrüppelten und verstümmelten Beziehung, endlich weg von Engel und dem Kerl hinterher in seine Wohnung, seine Küche, sein Bett, einfach hinterher und hinein in ein neues, anderes, besseres Leben mit einer neuen, anderen, besseren Liebe, für die ich, denkt er und spürt, wie ihm dabei vor Wut die Tränen in die Augen schießen, einfach kein Händchen habe, weder für die Menschen- noch für die Blumenliebe, also das simple Gießen von ein bisschen Wasser in die Erde der Yuccapalmen und Gummibäume und Benjaminis, die überall in der Wohnung stehen und unter Boris' Händen sprießen und schießen, so wie auch er, Engel, in Boris' Händen aufblüht, nicht nur mein Schwanz, denkt er, sondern mein Inneres und Innerstes, denn Boris hegt und pflegt alles und jedes an mir und in mir, und trotzdem gehe ich, obwohl er mich doch immer auf Händen trägt und schon unzählige Male aus den Intensivstationen heraus-, von den Brücken herunter- und aus den tiefsten Tälern der Verzweiflung wieder hinauf ins Leben getragen hat, in seinen Händen buchstäblich zu Boden, so wie die Blätter der Yuccapalmen und Gummibäume und Benjaminis in *meinen* Händen bisher noch immer zu Boden gegangen sind.

Wir müssen, sagt er und folgt Boris aus dem Arbeitszimmer in die Küche und aus der Küche ins Wohnzimmer, wir müssen etwas ändern in unserer Beziehung, anders miteinander umgehen, sagt er, besser aufeinander aufpassen, und er sieht, wie die ausgedörrte Erde des Gummibaums das Wasser trinkt, das Boris ihr gibt. Wir sollten eine Reise machen, fleht er, ans Meer fahren, in Zukunft, denkt er und streckt dem Freund die verkrüppelten Hände hin, alles anders und besser machen. Da packt Boris ihn am Arm, beugt ihn über den vertrockneten Benjamini und sagt: Die Blumen, Engel, nur die Blumen, nur das. Dann schiebt er ihn zur Seite, schnappt die Gießkanne und geht ins Bad, wo Engel das Wasser aus dem Hahn in die Kanne rauschen hört.

Kannst du nicht zählen, keucht Boris, kurvt heran und springt vom Rad, das hier – und er deutet mit der Hand zum Fluss – ist die vierte Brücke! Engel guckt den Freund bedripst an. Sein Gesicht ist schweißüberströmt, mit blauviolettem, von einem Höchstmaß an Stress kündendem Stirnkeil, seltsam weißen Lippen und Augen, in denen Engel Angst und Vorwurf zu sehen glaubt. Er kennt diesen Blick, der anfangs, als sie sich kennenlernten, so klar, so hell und lebensbejahend ihm, Engel, Mut gemacht hat und der sich jetzt, in der Leere meines Innern, denkt er, verhärtet und verdunkelt hat, einer Leere, von der Boris, bevor ich in sein Leben kam, nichts wusste und vielleicht auch nie etwas wissen wollte, nie weiß ich, hört er Boris in Gedanken sagen, ob du, wenn ich von der Schule nach Hause komme, im Bett eines fremden Kerls, im Schlaftablettenkoma auf der Couch, in einer Blutlache am Boden oder tot auf dem Grund des Rheins liegst.

Das ist die dritte Brücke, sagt Engel und nimmt die Sonnenbrille ab. Seine Stimme klingt gepresst, noch immer liegt dieses vernichtende Gefühl der Verlassenheit, das ihn auf der Suche nach dem Freund eine halbe Stunde lang panisch die Uferstraße rauf- und runtergejagt hat, wie ein Panzer um seine Brust. Die Autobahnbrücke zählt nicht, fügt er trotzig hinzu. Welche Autobahnbrücke? fragt Boris. Eine Weile stehen sie so da, lauschen ins Getöse des Verkehrs, atmen mit verhetzten Lungen die Abgasluft und starren vor sich hin.

Du weinst ja, sagt Boris und streicht ihm mit der schmutzigen Hand über die Wange. Das ist Schweiß, erwidert Engel, wischt Boris' Hand weg und schwingt sich, weil ihm nichts Besseres einfällt, wieder aufs Rad; immerhin bin ich wegen dir durch die halbe Stadt gestrampelt. Wegen mir, wiederholt Boris, und Engel weiß nicht, ob das als Zustimmung oder Frage gemeint ist.

Er schaut über Boris' Schulter hinweg auf den Fluss, in dem sich grau und glanzlos der Großstadthimmel spiegelt. Da fasst Boris ihn beim Kinn, dreht sein Gesicht zu sich und kommt so nah, dass Engel die Sonnenmilch auf seiner Haut riechen kann, den Pfefferminzatem und den schalen und bitteren Geruch all der stumm heruntergewürgten Zweifel, Sorgen und Verletzungen der letzten Jahre. Zurückschauen, Engel, sagt

Boris und verstärkt den Griff um sein Kinn, einfach ab und zu zurückschauen, dann können wir uns nicht verlieren!

Engel dreht sich weg, setzt sich die Sonnenbrille wieder auf und deutet den Boulevard hinunter. In der nächsten Pâtisserie, sagt er, gebe ich dir so viel Kuchen aus, wie du essen kannst. Dann werde ich aber, erwidert Boris und grinst, so schwer sein, dass du in Zukunft hinter mir fahren und mich anschieben musst! Hinter dir fahren? Engel saugt die gasige Luft in seine Lungen; zum ersten Mal nach dieser endlosen halben Stunde, die, denkt er, vielleicht die einsamste meines bisherigen Lebens war, wagt er es, wieder richtig zu atmen. Niemals! lacht er und spürt, als Boris ihm gegen die Schulter pufft, wie der Panzer von seiner Brust springt.

Im Zentrum von Tours, vor der Caféterrasse einer Pâtisserie, hört er, wie Boris ihm von hinten etwas zuruft. Er will sich umdrehen, sieht aber im gleichen Moment aus den Augenwinkeln den Sattelschlepper, der ihn zu überrollen droht, und winkt Boris ein Zeichen zu, das WEITER oder GERADEAUS oder auch HABE VERSTANDEN bedeuten soll. Dann zieht er sich die Schirmmütze tief ins Gesicht, die Schultern gegen den Lärm hoch bis zu den Ohren und zum Schutz vor den Abgasen des Lkw-Ungetüms den Kragen seines T-Shirts über die Nase und tritt in die Pedale. Zum Meer, heißt es abschließend im Reisetagebuch, sind es noch dreihundertzwanzig Kilometer.

Nachts, im Zelt, wenn vom Fluss herauf das tausendstimmige Konzert der Frösche tönt und Boris, eingekeilt zwischen Zeltstangen und Gepäckbergen, tief schläft, steckt Engel sich die Taschenlampe zwischen die Zähne, zückt den Stift und schreibt alles auf. Zeichnet Höllengemälde und Angstlandschaften in seine Kladde, bringt Dinge zu Papier, die während des Tages passiert, vor allem aber solche, die nicht passiert, die nur als Grübelei oder grimmige Phantasmagorie seinem von der Hitze weichgekochten Hirn entsprungen sind und die seltenen Augenblicke ihres Beieinanderseins in den Picknickpausen, beim Einkaufen oder während der kurzen Wortwechsel über anstehende Weg- und Übernachtungsprobleme mit seinem Schweigen, Achselzucken, Augenrollen, Gnädiggrinsen und Gesichtabwenden vergällt haben, Mienen und Gesten der Auflehnung und Verweigerung, die schon immer seine einzigen Waffen gegen die Lebenslust des Freundes, ja, gegen sein bloßes Menschsein waren, spitze, zielgenaue und stets im rechten Augenblick abgefeuerte Geschosse, die Boris tagtäglich durchlöchern und ihn gegenüber Engels Attacken immer dünnhäutiger, immer ungeduldiger und unduldsamer werden lassen und ihn langsam aushöhlen und zermürben, doch nur in dem Maße, dass er noch immer mit ihm Schritt halten, an seiner Seite gehen, seinen Mann stehen und ihm, Engel, Deckung geben kann gegen den Kugelhagel, den das Leben seinerseits auf mich abfeuert, schreibt Engel nachts, im Zelt, unterm Girren der Frösche und Schnarchen des Freundes in sein Reisetagebuch, und er hält inne und will die letzten Worte, die, muss er zugeben, in dieser drastischen Form nicht stimmen, wieder ausstreichen, doch da hört er die Mücke.

Sie sirrt irgendwo neben seinem Kopf im Zeltdach, taucht dann im Lichtkegel der Taschenlampe auf, zieht angriffslustig eine Kurve über der Tagebuchseite und dreht ab Richtung Boris. Engel leuchtet ihm ins Gesicht. Er sieht die fließenden Züge um sein Kinn, den vollen, leicht geöffneten Mund, auf der Oberlippe den stacheligen Bart, der ihre seltenen Küsse zersticht und ihn weg von Boris' Lippen auf die Brust und auf schnellstem Wege hinab in den Schoß treibt, wo sein Unbehagen der Liebe am wenigstens schadet; sieht die im Traum zuckenden Augenlider, die hohe Stirn und den Hinterkopf mit dem ausgeprägten Schädelknochen und dem weichen Stoppelhaar darauf, über das er, wenn er in Boris' Händen gekommen, von ihm abgefallen und zur Seite gerollt ist, mit monotoner Handbewegung noch einige Minuten lang streichelt, bis Boris schließlich schwer zu atmen beginnt und er, Engel, aus dem Bett schlüpft, um über den langen Flur mit den großformatigen Fotos ihrer gemeinsamen Reisen an den Wänden in sein Schlafzimmer zu schleichen, wo er sich vor dem Wandspiegel neben dem Bett, in dem er Boris und sich so gerne beobachtet, noch einmal lautlos, mit durchgedrückten Knien und fast ohne zu atmen anfasst und dann, nachdem er sorgfältig die Spuren von Spiegel und Boden gewischt hat, schnell nach der Schlaftablette greift, die schon am Bettrand bereitliegt und ihm endlich, nach all den vergeblichen Zärtlichkeiten, die lang ersehnte Entspannung bringt.

Er schlägt Boris' Schlafsack zurück, rammt sich den Taschenlampenstiel noch tiefer in die Gurgel, robbt heran und richtet den Lichtstrahl auf den nackten Leib, der ihm bronzefarben erscheint, makellos und so begehrenswert, dass es ihn würgt. Langsam leuchtet er die Haut ab, glaubt, am Arm den Schatten der Mücke zu sehen, hört ihr Geräusch jetzt ganz nah über der Brust, dann über dem Bauch, dann gar nicht mehr; als der Lichtkegel Boris' Schwanz streift, sieht Engel sie drauf sitzen und saugen.

Er beugt sich hinab und beobachtet, Aug in Aug mit dem blutgeilen Tier, den pumpenden, zuckenden Rüssel. Der gehört mir, sagt Engel zur Mücke und hebt, abseits im Dunkeln, ganz langsam die Hand. Mach hier mal nicht den Elefanten, sagt die Mücke und putzt sich den Rüssel; da packt er zu. Boris fährt stöhnend hoch, fällt aber sogleich zurück, dreht sich weg und schläft weiter. Engel spuckt die Taschenlampe aus und starrt ins Dunkel; in der Faust glaubt er den Herzschlag des Freundes zu spüren. Er lässt ihn los, rollt sich in seine Schlafnische zurück, schnappt nach der Lampe, betrachtet eine Weile den blutigen Mückenkadaver in seiner Hand, schmiert ihn schließlich quer über die Tagebuchseite, greift zum Stift und fährt fort:

Genau genommen beginnt die Geschichte unseres ewigen Hintereinanderher und Aneinandervorbei nicht erst an unserem Ausgangsort Orléans an der majestätischen und ungebändigten Loire, sondern schon viel früher, am verknechteten, in ein enges Schotterbett gepferchten Rhein in Köln, wo ich am Ende einer langen Autofahrt quer durch Frankreich und Belgien buchstäblich strandete, weil das Benzin zu Ende ging und ich für eine Weiterfahrt weder Geld noch Kraft, geschweige denn irgendwelche Ziele hatte.

Wenige Tage zuvor hatte mich Cyril, Julis Mann, vor die Tür gesetzt – verdientermaßen, fügt Engel hinzu und spürt wieder diesen Stich in der Brust, der ihm immer dann ins Herz fährt, wenn er daran zurückdenkt, wie sehr ihn damals Julis aufopferungsvolle Liebe zu Philippe, das unablässige Gewindel und Gewickel, Gesäuge und Gesuckel, Geküsse und Gekose, dieses ewige Dutzidu und Dadada gewurmt und mit diesem zehrenden Mangelgefühl erfüllt hat, das er sich in ähnlichen Tagebuchszenarien wie den hier zu Papier gebrachten schon immer von der Seele schreibt bzw. aus dem Leibe kotzt, so auch an jenem Oktobertag auf dem Plateau de Caussols, wo während des Picknicks ein Gewitter heraufzog, das Juli und Cyril, weil die mit dem Baby unter den Bäumen schliefen, zunächst nicht bemerkten, ihn, Engel, aber den Stift zücken und jene folgenschwere Geschichte in seine Kladde kritzeln ließ, in der Cyril beim Abstieg schwer verunglückt und der kleine Philippe im Hagelschlag stirbt, eine krude und gehässige Schmiererei, für die er, Engel, sich heute zutiefst schämt, die er aber damals, als der losbrechende Regen das Picknick jäh beendete, im Trubel des Aufbruchs zusammen mit den Dosen, Plastiktellern und Essbestecken achtlos in den Rucksack stopfte, wo sie beim Auspacken Juli in die Finger geriet, die über die Zeilen so schockiert war, dass sie tagelang das Gespräch verweigerte und sich mit ihrem Baby in ihr Zimmer einschloss, was Cyril ein willkommener Anlass war, den Schnorrer, Dieb, Herumschnüffler und Hetzschriftenschreiber endlich aus dem Haus zu werfen.

Hier also, schreibt Engel, in der äußersten Verlassenheit eines von der eigenen Familie in der Gosse Ausgesetzten, beginnt die Geschichte von Boris und mir, und er liest noch einmal zurück, liest: *in der äußersten Verlassenheit eines von der eigenen Familie in der Gosse Ausgesetzten,* erschaudert angesichts der Verquastheit seiner Worte, will sie schnell wieder ausstreichen, hört neben sich ein Geräusch, leuchtet zum Freund und sieht, wie der sich unterm Schlafsack am Schwanz kratzt. Jedem sein Schicksal, denkt er, schnickt den Mückenkadaver von der Tagebuchseite, blättert um und fährt fort:

Seit drei Tagen schon lebe ich mehr oder weniger auf der Straße, meistens auf der Hohen Straße oder der Schildergasse, dieser trostlosen Kölner Einkaufsmeile, wo ich mich den ganzen Tag von trostlosen, hinter dicken Wintermänteln und Daunenjacken verschanzten und mit scharfkantigen Tragetaschen, ausgestellten Ellenbogen und spitzen Zungen bewaffneten Menschen in die Warenhäuser hinein, quer durch die Kleiderstangenschluchten und Wühltischberge hindurch und, wenn ich endlich aufgehört habe zu frieren, wieder auf die von Eisregen und Matschschnee durchpeitschte Straße schieben lasse, um dort gackernden, mit McDonald's-Tüten bepackten Teenagern hinterherzulaufen, von denen ich weiß, dass sie, weil die über die Gürtel quellenden Speckrollen im Zaum zu halten sind, die Hälfte ihres Sparmenüs gleich in die nächste Mülltonne werfen, aus der ich mir dann ein in Ketchup und Mayonnaise schwimmendes Festmahl angele, das für die nächsten Stunden meinen knurrenden Magen füllt.

Die Nächte verbringe ich in Stehkneipen, in denen man nicht zwingend etwas trinken muss, oder in einem Vierundzwanzig-Stunden-Waschsalon am Rudolfplatz, wo es stets warm und trocken ist und nach frischer Bettwäsche zumindest duftet. Um nicht den Anschein eines Penners zu erwecken, hocke ich stets vor einer der laufenden Waschmaschinen, halte ein Buch in der Hand, in dem ich zu lesen vorgebe, und schaue ab und zu ungeduldig auf die Programmanzeige der Waschmaschine, so wie es alle Waschsalonkunden tun, die nach dem Schleudergang noch ins Kino, in die Kneipe oder zu Freund oder Freundin wollen.

In der Ecke steht ein Heißgetränkeautomat, in dessen Rückgabeschlitz ich manchmal vergessenes Kleingeld finde, das ich sammele, bis es für einen kräftigen, stark gezuckerten Kaffee reicht. Manchmal bitte ich auch, in der Hoffnung, mit nach Hause genommen zu werden, einen gut aussehenden

Studenten um eine Mark, die ich ihm in ein paar Minuten zurückzugeben verspreche, mein Kumpel, sage ich und versuche, an seinen Gesten und Blicken die sexuelle Neigung abzulesen, sei gerade mit meinem Portemonnaie ums Eck, Pizza holen. Dann vergehen die Minuten, ich schlürfe gierig den heißen Kaffee, der Student zerrt die Wäsche aus der Maschine, der Pizzaladen, sage ich und zucke mit den Achseln, ist wohl mal wieder völlig überlastet, geht schon klar, erwidert er, stopft den Wäscheklumpen in einen Sack und verschwindet; aus dem Spiegelbild meines Gesichts in der Waschsalonscheibe trifft mich, als ich ihm enttäuscht hinterherschaue, der hohle, hungrige Blick des Vampirs.

Ab Mitternacht, wenn kaum noch jemand zum Wäschewaschen kommt, lege ich mich auf eine der Bänke. Das Licht blendet, der Waschmittelgeruch ist scharf und erschwert das Atmen, Tabletten habe ich längst keine mehr, für Alkohol fehlt mir das Geld, ich könnte, denke ich, meinen Vater anrufen und ihn bitten, mir etwas zu schicken, oder meinen Bruder Robert, oder sogar Feline, die mich vielleicht nicht einmal fragen würde, warum, doch ich kann es nicht, will es nicht, niemand soll wissen, wo ich bin, jetzt, da ich, ohne Zuhause und Ziel, mit dieser zusammengeschusterten Biographie aus Lügengeschichten und Hochstapeleien, mit diesem falschen, aufgesetzten Pennerleben, schreibt Engel, niemand mehr sein will, und so glotze ich, von der einzigen noch laufenden Maschine in eine schlaflose Erschöpfungsagonie gebrummt, in das gleichförmige Linksherum und Rechtsherum der Waschtrommel, bis der Schleudergang einsetzt und das Geräusch sich wie das Kreischen einer Fräse in meinen Schädel frisst, so dass ich aufspringe und aus dem Waschsalon auf den Rudolfplatz und quer durch die nächtlich ausgestorbene Stadt hinunter zum Rheinufer laufe, wo der eisige Winterwind mein heißes Gesicht kühlt und der Anblick der trägen Wassermassen mich langsam wieder beruhigt.

Ich stütze mich auf das Geländer, vergrabe Kinn und Mund im Mantelkragen und betrachte die Lichtreflexe, die auf den Strudeln um die Pfeiler der Hohenzollernbrücke zittern, an deren Sockeln ich, wenn ich nur lange und tief genug tauchte, vielleicht noch einen von den in den Fluten mitgewälzten Steinen vom Ufer des Mains fände, jenen flachen, meist schwarzweiß gescheckten und von der Sonne gewärmten Kieseln, die ich als vier- oder fünfjähriger Junge – es muss, fügt er in Klammern hinzu, in einem anderen, besseren Leben gewesen sein – während der Spaziergänge, die meine Mutter mit meiner im Kinderwagen schlafenden Schwester und mir manchmal am Mainufer unternahm, von den Sandbänken auflas und der Mutter in den zur Schürze gerafften Rock legte, wo sie die von mir sorgsam nach Größe, Farbe und Form ausgewählten Steine sammelte, um einen nach dem anderen über das Wasser springen zu lassen, wobei ich immer dann, wenn der Stein dreimal auf der Wasseroberfläche aufsetzte, begeistert in die Hände klatschte und die Mutter zu mir herüberlachte, was mich mit einem süßen Kribbeln erfüllte, einem Gefühl, wie es die zischelnde Sodenthaler-Limonade in Mund und Hals erzeugte, die es an Festtagen statt des ewigen Mineralwassers zum Mittagessen gab, ein Gefühl, das, schreibt Engel und zögert, als sei er sich der Richtigkeit dieser Erinnerungen nicht mehr ganz sicher, vielleicht so etwas war wie Glück oder zumindest Kindheitsglück und die Spaziergänge am Main zu freudenvollen Ereignissen machte, bis zu jenem Tag, fährt er dann doch fort, an dem ich der Mutter einen besonders großen, flachen und schön geschecktenn Kiesel übergab und sie fragte, was mit dem Stein eigentlich passiere, wenn er im Wasser versunken sei.

Sie schaute lange auf den Fluss, drehte dabei den Stein in der Hand, ließ ihn schließlich mit drei außergewöhnlich weiten und hohen Sprüngen über das Wasser schnellen und sagte, als er nach dem vierten Sprung versank: Er stirbt. Erschrocken blickte ich auf die auslaufenden Wellenkreise und fragte: Warum? Die Mutter zwirbelte eine Locke über dem Ohr, schaute mich gedankenvoll an, schaute, verbessert sich Engel, eigentlich eher durch mich hindurch, ließ schließlich die Locke los, steckte sie hinters Ohr und sagte: Er stirbt, weil wir ihn aus seinem Leben an der Sonne herausgerissen und in ein anderes hineingeworfen haben, in dem er nicht atmen kann.

Sie richtete sich auf, so dass die Kiesel aus ihrem Rock zu Boden klirrten, klopfte sich den Staub von den Fingern, legte mir für ein paar Sekunden die warme Hand auf die Wange und wollte mich mit sich ziehen, zurück zum Kinderwagen, der im Schatten eines Baumes stand, doch ich riss mich los und drehte mich um, denn etwas bannte mich an das Ufer, ein leises Geräusch, ein kaum wahrnehmbares Grollen und Grummeln, das ich trotz des Vogelgezwitschers und des Windrauschens in den Bäumen aus der Tiefe des Flusses heraufdringen zu hören glaubte, und so stehe ich nun da und schaue auf den Fluss und lausche hinab in die Fluten, wo all die ertrunkenen Steine meiner Kindheit, schreibt Engel, in ihrem kalten und feuchten Grab langsam dem Meer entgegenwandern, und als ich wieder den Kopf hebe, ist die Morgendämmerung hereingebrochen, die ersten Menschen hasten die Uferpromenade entlang, über die Hohenzollernbrücke rattern die Nahverkehrszüge und karren die Pendler aus den Wohntürmen und Doppelhaushälften der Vorstädte in die Großraumbüros und Kanzleien und Konferenzsäle der Stadt, und ich blicke dem Mann mit dem grauen Trenchcoat, der Frau im Hermelinpelz und der wild durcheinanderplappernden Schülergruppe hinterher, fühle den Frost in meinen Gliedern, höre das Rumoren meines leeren Magens, rieche den stechenden Atem der Schlaflosigkeit, des Hungers und der Erschöpfung und schmecke auf der Zunge den schalen Geschmack der Sinnlosigkeit und Nichtigkeit all dieser Empfindungen, so dass ich angewidert in den Fluss spucke, mich vom Geländer abstoße und quer durch das Menschengewühl am Bahnhof und über die Domplatte auf die Hohe Straße renne, vorbei an den noch geschlossenen Warenhäusern zum Rudolfplatz zurück und vorm Heißgetränkeautomaten des Waschsalons direkt hinein in die Arme von Boris.

Engel hört neben sich wieder ein Geräusch, leuchtet mit der Taschenlampe zum Freund, sieht unterm Schlafsack die schubbernde Hand, packt sie, wartet, bis sie zu kratzen aufhört, fummelt sie aus der Decke und um die eigene linke herum, greift dann wieder zum Stift und fährt fort:

Willst du auch einen? fragt der kräftige, hochgewachsene Typ mit dem kurzen blonden Haar und hält mir den Kaffee hin. Reflexartig greife ich danach, ziehe aber meine Hand wieder zurück und sage: Tut mir leid, ich habe kein Geld. Hab es vergessen, füge ich schnell hinzu, als er die Stirn runzelt und ein roter Keil zwischen seinen Brauen aufflammt. Um von meiner Verlegenheit abzulenken, deute ich auf die Straße, als wollte ich damit sagen, dass ich in einem der Häuser dort wohne und nur eben schnell herübergekommen sei, um meine Wäsche zu holen.

Meine Wäsche holen! denke ich und schiele, während der Typ noch immer mit dem Kaffee dasteht und mich anlächelt oder jetzt eher schon angrinst, zu den Maschinentürmen, wo mir, verdammt, nur leere Waschtrommeln entgegengähnen, bis auf eine, rechts oben, die gerade zu schleudern beginnt. Ah, Schleudern, sagt er, drückt mir den Kaffee in die Hand, geht zur Maschine und stellt sich vor das rumpelnde Trommelloch, in dem meiner Hoffnung, ich könnte mit fremder Wäsche im Arm aus dieser Schwulität doch noch ungeschoren herauskommen, gerade der Garaus gemacht wird.

Ich hebe also, weil mir nichts Besseres einfällt, den Kaffeebecher hoch und sage: Danke, tut gut. Ich dachte, du könntest einen brauchen, sagt er und blickt mich aus wachen, wasserblauen Augen so durchdringend an, dass ich zusammenzucke. Hausarbeit in aller Herrgottsfrühe, fügt er hinzu, ist nicht jedermanns Sache. Er weiß Bescheid, denke ich und spüre, wie mir ein Gefühl der Ausweglosigkeit die Luft abdrückt, ein Gefühl, so bezwingend und unvermeidlich, dass ich in Gedanken schon auf ihn zustürze, ihn an der Schulter packe und ihm händeringend meine wahre Geschichte erzähle, in aller Ausführlichkeit und mit all ihren Irrungen und Wirrungen von dem Tag an, als ich, so könnte ich die Geschichte zu erzählen beginnen, wegging über den Fluss.

Ich bin also schon im Begriff, den Kaffee in die nächste Waschtrommel und mich diesem fremden Kerl an den Hals zu werfen, da sehe ich, in der hintersten Maschine, eine fertige Wäsche. Fertig! rufe ich, stürze hin, reiße die Tür auf, zerre das nasse Zeug heraus und lasse es auf einen der Tische plumpsen. Da warst du ja noch früher dran als ich, sagt er und blinzelt mir zu. Wenn ich nicht schlafen kann, erwidere ich und beginne, im Wäscheberg zu wühlen, wasche ich. Bettwäsche und Kochwäsche und Buntwäsche und Feinwäsche, sage ich und wühle verknäuelte Jeans, T-Shirts mit kindischen Aufdrucken, Mickey-Mouse-Socken und rosa Handtücher hervor, sogar die Wäsche meiner Freundinnen, füge ich schnell hinzu, als sich ein roter Büstenhalter um mein Handgelenk wickelt, ich schlafe nämlich – und ich schnappe nach dem Ding und schleudere es ein paarmal durch die Luft – so gut wie nie!

Er grinst jetzt nicht mehr; etwas Zweifelndes liegt in seinen Zügen. Dann bist du ja ein richtig guter Mensch, sagt er. Ja, ein Engel, erwidere ich und spüre, obwohl ich gar nicht gelogen habe, wie ich erröte. Einige Sekunden lang sind da nur das Rumpeln der Wäscheschleuder, mein nicht minder rumpelnder Herzschlag und sein Blick. Dann endet der Schleudergang, das Rumpeln wird zum Ruckeln, die Waschtrommel bleibt stehen, er dreht sich weg, klickt die Tür auf und zieht die Wäsche heraus, und ich stehe da mit dem Büstenhalter in den Händen und meinem in die Hose gerutschten Herzen und weiß nicht wohin mit meiner Verwirrung und ungestümen Hingezogenheit zu diesem Kerl, der morgens um sieben, zu einer Zeit, wenn andere noch schlafen oder schon arbeiten, seine Wäsche wäscht.

Benommen fische ich ein Nachthemd mit Bärchenmotiv aus dem Kleiderklumpen, schüttele es auf und lege es zusammen. Aus den Augenwinkeln sehe ich, wie er die Wäsche in eine Tasche packt, langsam, fast wie in Zeitlupe, als hätte diese alltägliche Geste eine größere, verborgene und für mich noch gänzlich unbegreifliche Bedeutung, so wie alles, erinnert sich Engel und schreibt es auf, eine fast schicksalhafte Bedeutung angenommen zu haben scheint, seitdem ich vor dem Kaffeeautomaten in diesen Menschen hineingelaufen bin und begriffen habe, dass Fortuna ihre Fäden wohl am liebsten an solch prosaischen Orten wie Waschsalons knüpft, und so steht er, als ich sämtliche Jeans und T-Shirts und Mickey-Mouse-Socken und rote Büstenhalter und dazu passende Miederhöschen aufgeschüttelt und aufgefaltet und aufeinandergeschichtet habe, noch immer vor der Maschine und stopft die letzten Socken in seine Tasche, und neben ihm steht eine junge Frau mit rundem Gesicht, sommersprossigen Wangen und hennarotem Haarzopf, steht also Fortuna höchstpersönlich, schaut mich skeptisch an, kommt auf mich zu und sagt: Aber das wäre doch nicht nötig gewesen.

Dann zückt sie ihr Portemonnaie, schiebt mir eine Münze zwischen die Finger, legt die Wäsche in einen Korb, geht zur Tür, sagt: Er muss ein Engel sein! und taucht ab in den Menschenstrom auf der Straße. Für einen Moment dringt das Gebrüll der Großstadt herein, gefolgt von einem Schwall frostiger Luft, dann fällt die Tür mit einem leisen Klicken ins Schloss. Ich zucke mit den Schultern und sage: Siehste.

Es ist jetzt so still, dass ich das Tropfen eines Wasserhahns an einem der Handwaschbecken höre, das Rauschen des Bluts in meinen Ohren und das Ticken der Wanduhr, auf der ich zehn endlose Sekunden zähle, bis ich mir einen Ruck gebe, zu ihm hinübergehe, ihm die Hand hinstrecke und sage: Ich heiße tatsächlich so, Leonard Engel, aber Engel reicht.

Er zögert, ein Grinsen zuckt um seine Mundwinkel, dann schlägt er ein. Boris, sagt er, Boris Mengeling, aber Boris reicht. MENGELing? frage ich und schüttele ein wenig zu lange seine große, trockene Hand, da bin ich ja sozusagen in dir drin. Oder ich an dir dran, sagt er und lässt meine Hand los. Dann schultert er seine Wäschetasche, geht zur Tür, zieht sie auf, macht einen Schritt hinaus, bleibt stehen, dreht sich wieder um und sagt, am Ende eines langen und ernsten Blicks, in dem irgendwann doch wieder dieses Lächeln aufblitzt, in das ich mich am Kaffeeautomaten des Waschsalons wohl verliebt haben muss: Kommst du?

Engel legt den Stift weg, betrachtet im Lampenschein eine Weile Boris' Hand und schnuppert daran. Er riecht Mückenspray, Zigarettenrauch, Erde und Staub vom Zeltaufbauen, noch immer einen Hauch von Sonnenmilch und dem Gummi der Lenkergriffe, ein wenig Kettenschmiere, ein wenig Bratfett von den Würstchen, die sie sich abends am Flussufer über dem Feuer gegrillt haben, und aus all diesen Gerüchen ihres täglichen Gestrampels einem fernen und womöglich unauffindbaren Ort der Liebe entgegen steigt der Gestank der Vergeblichkeit all seiner Lebens- und Liebesmühen, eine lastende Traurigkeit, dieses immergleiche, immer gegenwärtige Todgefühl, das, denkt er, die Mutter wohl gemeint haben muss, als sie damals am Fluss sagte, die Steine stürben in einer Welt, in der sie nicht atmen können, und damit vielleicht ihre eigene Welt meinte, in der sie keine Luft bekommt und bei lebendigem Leibe erstickt, so wie jeder einzelne seiner versunkenen Kindheitssteine vom Ufer des Mains, wo er damals, an jenem Maiabend nach seinem Abitur, an dem die Geschichte von Boris und ihm ja genau genommen schon beginnt, an der Seite von Marius zum ersten Mal dieses alles verschlingende Loch in der Brust gespürt hatte, das nun scheinbar ohne Grund wieder aufreißt, fährt er zu schreiben fort, als Boris an diesem grauen Kölner Wintermorgen die Tür zu seiner Wohnung aufschließt und mich auffordert, einzutreten in sein Leben.

Die Wohnung ist klein und eng, eine Studentenbude, die Küche rechts, ein Zimmer links, fensterlos der Flur, mit Teppichboden, Raufasertapeten, Ikeamöbeln und an den Wänden Drucken von Chagall und Miró. Hier also wohn ich, sagt Boris und grinst, als wäre die Winzigkeit seiner Wohnung ihm selbst Anlass zum Spott.

Schön, sage ich und zerre mir den Schal vom Hals, um das Würgegefühl loszuwerden, das mir in der Tür an die Gurgel gegangen ist. Dann schaue ich rechts in die Küche, links in das Zimmer und geradeaus in ein blitzblankes Bad, sehe hier den Tisch, an dem wir essen, dort das Bett, in dem wir schlafen und drüben das Klo, auf dem wir scheißen werden, sehe links Tiagos Stricherklitsche und rechts den Stuckschlangenpalast von Feline, hier Volkers Kiefernholzkinderzimmer, dort den Wachsaal der Psychiatrie, hüben das Marmorbad in Marius' Elternhaus, drüben die Grasser Abstellkammer mit der spinnwebenverklebten Aussicht aufs Meer und hinter all dem das holzvertäfelte Dachzimmer meiner im Mainfluss ersoffenen Kindertage.

Im grauen Zwielicht des Morgens erscheint mir Boris jetzt wie ein anderer, sein wasserheller Blick ist schwarz und hohl, der Körper verschlossen, die Haltung lauernd, und das Lächeln um den Mund, das mich soeben noch lockte, wirkt wie eine Maske, hinter der sich die böse Absicht, das vernichtende Wort, eine grausame Wahrheit verbirgt. Wo ich zuvor, im Waschsalon und auf dem kurzen Weg durch die Stadt, noch Anziehung und Zutrauen empfand, sind jetzt nur mehr Fremdheitsgefühle, herrschen Leere und Chaos und Kälte, und der Wunsch, endlich anzukommen, bei Boris zu Hause zu sein, schlägt um in den Gedanken an Flucht.

Willst du duschen? fragt Boris im Bad, doch ich schüttele den Kopf. Willst du etwas essen? fragt er in der Küche, doch ich winke ab. Willst du schlafen? fragt er im nachtblauen, von allerlei Pflanzen berankten Zimmer, und ich bleibe stehen und sage, während ich mich gleichzeitig an ihm vorbei und hinaus auf die Straße stürzen sehe: Schlafen, ja, neben dir.

Da macht er einen Schritt auf mich zu, legt mir die Hand auf die Schulter und kommt so nah, dass ich zum ersten Mal seinen Geruch riechen kann, einen sauberen, angenehm milden Geruch, einen Duft nach frühem Morgen und frischer Wäsche, nach Zahnpasta, Winterluft, würziger Haut und ruhigem, trockenem Schlaf, einen derart einnehmenden Geruch, dass ich im Glauben, nach drei Tagen und Nächten auf der Straße wie ein Penner zu stinken, zurückweiche, dabei über meine eigenen Füße stolpere und kurz vorm Sturz Halt an einer Kommode finde. Klauen ist zwecklos, sagt er und deutet auf die Ablage hinter meinem Rücken, wo ich auf einem Porzellanteller das Portemonnaie liegen sehe, ein Referendar – und er schaut mich dabei wieder so ernst und eindringlich an – hat kaum mehr als ein Bettler. Dann blitzt wieder das Lächeln auf, er sagt: Gib mir eine Sekunde, geht ins Bad und schließt die Tür.

Eine Weile stehe ich bewegungslos herum und lausche in die Wohnungsstille, in der ich erst das Plätschern von Boris' Pinkelstrahl, dann das Rauschen der Toilettenspülung, das Glucksen des Wasserhahns und zuletzt das schabende Geräusch eines sich eilig entkleidenden Körpers vernehme, und im Nachhall all dieser Geräusche einer sich nun unausweichlich anbahnenden Nähe, die vielleicht, denke ich, während ich den Porzellanteller von der Kommode nehme, ihn auf den Teppichboden lege, meine Kleider darüberwerfe und so lange hineintrete, bis es knackt, Liebe sein muss oder zumindest ein starkes menschliches Gefühl, spüre ich mich ertrinken, wie ein Stein auf den Grund eines Flusses sinken, weiß ich mich, als ich mich nackt aufs Bett lege und die Tellerscherbe in den Mund stecke, ersticken, verrecken, untergehen.

Das Bett duftet wie Boris: rein, frisch, wahr; als ich die Badezimmertür aufschwingen höre, beiße ich zu. Dann liege ich einen Augenblick nur da, schaue an die fleckige Decke und horche in den Aufruhr in meinem Mund. Im Augenwinkel sehe ich einen Schatten, sehe Boris in der Tür stehen, meinen nackten Körper betrachten und langsam näher kommen.

Ich weiß, dass nun alles seinen bekannten, schon viele Male durchlebten Lauf nehmen, dass er sich also neben mich legen, mir über die Schulter und den Hals streicheln, mich mit dem Bart kitzeln, meinen Mund suchen und schließlich mit seiner Zunge meine Lippen öffnen wird, weiß um den dann folgenden Aufschrei, das panische Abtasten der Wunde und das Warum? mit dem blechernen Klang des Vorwurfs darin, weiß um das Blut überall, die eilig zusammengesuchten Taschentücher, die provisorischen Verbände und das im offenen Fleisch brennende Jod, das Kopfschütteln, das Schweigen, die Scham, die Schuldgefühle, die plötzlich peinliche Nacktheit, das Warten auf den Rettungswagen, die gelangweilten Sanitäter mit ihren übernächtigten Gesichtern, ihrem Kaffee- und Zigarettenatem und dem vertrauten Duft nach Mullbinden und Medizin aus den aufklackenden Koffern, kenne schon ihre einsilbigen Fragen und bärbeißigen Befehle, den Stich in die Ellenbeuge und das erlösende Gefühl des in die Vene strömenden Valiums, die schaukelnde Fahrt ins Krankenhaus, das Kotzgefühl, die Leere im Kopf, das erschrockene Gesicht von Boris, der auf dem Nebensitz kauert, meine Hand hält, in eine Ecke starrt und mir irgendwann doch noch ein mattes, trotz allem aber kampfbereites Lächeln schenkt, das mich mit einem brüchigen Trostgefühl und der vagen Hoffnung auf eine bessere gemeinsame Zukunft erfüllt, einer noch bildlosen, vom Wundschmerz und der Valiumspritze verklärten Zuversicht, die mich gleichmütig all das ertragen lässt, was mich jedes Mal, schreibt Engel, wenn ich mit dilettantisch aufgeschlitzten Handgelenken, zerritzten Armen oder, wie damals nach unserer ersten Begegnung, mit zerschnittener Zunge in die Notaufnahme eines Krankenhauses gefahren werde, in immergleicher Abfolge erwartet: die endlosen Flure mit ihren nackten Neonleuchten an der Decke und den dumpf schlagenden Flügeltüren; die scharfen, wie Messerklingen in den Körper fahrenden Geräusche und Stimmen; die Überreizung, Überregung, den rasenden Schmerz und das Gefühl der Verlassenheit, das mich überfällt, weil Boris nicht mit ins Behandlungszimmer kommen darf; die mürrischen Krankenschwestern, ihre blöden Fragen und schnippischen Anweisungen; die Wundversorgung, die Betäubungsspritze, das trostlose Harren und Hocken und Vor-mich-Hinstarren und den Heulkrampf, der mich schüttelt, als endlich der Dienstarzt kommt, der seine wurschtigen Latexfinger in die Wunde legt, Das kann jetzt ein bisschen wehtun sagt und mir unter Würgekrämpfen, Bluthusten und gurgelnden Schreien mit zehn Nadelstichen die von der Krankenschwester brutal aus dem Mund gezerrte Zunge wieder zusammenflickt, die mir wie ein fremdes, gar nicht zu mir gehörendes Körperteil, ein totes Stück Fleisch erscheint, ein tauber Lappen, der mir nun zur Strafe für all meine Lügen, alle je gedachten, gesprochenen und niedergeschriebenen Worte ins Maul genäht wird, damit Sie, Herr Engel, sagt der Arzt, während die Krankenschwestern kichern, sollten Sie in Zukunft noch einmal das Wort *Liebe* in den Mund nehmen, jämmerlich daran ersticken, und er kappt mit der Schere den letzten Faden, lässt die Latexhandschuhe von den Fingern schnalzen und schaut mich dabei mit kalten, fischigen Augen an, so dass ich schaudernd den Kopf abwende und Boris, der jetzt nackt aus dem Bad ins Zimmer kommt, sich neben das Bett stellt, sich über mich beugt, mich anlächelt und sagt: Wer bist du nur, Fremder? einen Schwall schleimiges Blut ins liebeshungrig herankuschelnde Gesicht kotze.

Lecker Menschenblut, denkt da die Mücke im Zeltdach, mustert die schlafenden Leiber, zwängt sich durch ein Loch im Moskitonetz und schwebt herab. Der linke und kräftigere der beiden Körper ist warm, süß und saftig, er lockt mich, denkt die Mücke, mehr als der knochige rechte, dessen Gesicht mit zuckenden Augenlidern und blöde im Traum brabbelndem Mund auf einer Schreibkladde liegt. Doch wo sie auf dem linken auch landen will, auf den weichen Schläfen, den samtigen Wangen, am Hals mit der zuckenden Schlagader, auf den Händen, den Armen und sogar auf dem Zeh, der aus dem Schlafsack ragt, überall schlägt sie der beißende Gestank dieses widerlichen Zeugs in die Flucht, mit dem sich die Menschen hier von Kopf bis Fuß einbalsamieren und uns Mücken, denkt die Mücke, in unserem Hunger schon bitteres Kuh-, saures Pferde- oder sogar stinkendes Schweineblut saugen lassen, denn in der Not frisst der Teufel bekanntlich Fliegen, seufzt sie, landet erschöpft auf der kalten, um einen Bleistift geklammerten Hand und sticht mit langem Zahn in den vom Menschsein träumenden Engel.

Und dann, wird es später in dieser Geschichte heißen, am Abend des fünften Tages ihrer Reise, auf dem Zeltplatz am Ufer des Cher, eines Nebenflusses der Loire, der über viele

Kilometer tatsächlich neben dem Hauptstrom durch eine fruchtbare, lediglich von einzelnen Gehöften, verschlafenen Dörfern und am Wegesrand thronenden Jagschlössern besiedelte Ebene mäandert und sich dabei immer wieder so nah an den Ufergürtel der Loire heranschmiegt, dass Engel vom Radweg aus stellenweise beide Flüsse sehen kann, wie sie eine Weile mit ausgreifenden Seitenarmen nebeneinander her- und an einem Punkt, wo sich ihre Ufer schon fast berühren, wieder zurück in die Wälder und Weideländer strömen, und er also immer ungeduldiger die Mündung der beiden Flüsse erwartet, die ihm ein übermütiges Liebesspiel zu treiben und schier endlos ihre Vereinigung hinauszuzögern scheinen, die schließlich, nach einer Kurve, doch noch gelingt, inmitten eines derart friedvollen und paradiesgartenähnlichen Landstriches, dass sie ihr Tagesziel, die noch fünfzig Kilometer entfernte Stadt Saumur, aufgeben, vom Weg abbiegen und sich auf dem von beiden Flüssen umzingelten Zeltplatz niederlassen, wo endlich all die Anspannung der letzten Tage von ihnen abfällt, wo sie durchatmen, sich treiben, die Seele, wie man sagt, baumeln und den restlichen und noch einen weiteren Tag verstreichen lassen, an dem sie faul am Cher herumliegen, im Wasser planschen, an einer Staustufe inmitten einer johlenden Dorfkinderschar auf dem Hosenboden über das moosglatte Wehr rutschen, lachend in die Stromschnellen eintauchen und sich in die Flussmündung treiben lassen, dann eine Insel anschwimmen, sich auf eine Sandbank legen, einer dem andern das leicht modrig schmeckende Flusswasser vom Körper lecken und schließlich das erste Mal auf dieser Reise wieder miteinander schlafen, wobei sie sich weder von den neugierigen Blicken der Badenden noch von den gierig über sie herfallenden Bremsen stören lassen, wie damals in ihrem ersten gemeinsamen Sommer, an den Engel sich wieder erinnert fühlt, einem Sommer, in dem die Distanz noch so leicht zu überwinden und ihr Verlangen nacheinander noch so ungezügelt war, dass sie sich beim Sonnenbaden an den Kiesstränden des Rheinufers in den von Insekten wie von Spaziergängern gleichermaßen heimgesuchten Uferwald schlugen, wo sie ihre Leiber umschlangen, hungrige, vor Lust und Sonnenbrand schmerzende Leiber, auf denen sie abends, wenn sie erschöpft im Bett lagen, die Bremsenbuckel zählten, die Engel anschließend so lange mit Fenistil einbalsamierte, bis ihre Körper ganz klebrig waren von Erinnerungen und Zärtlichkeit, dann also, werde ich später in dieser Geschichte schreiben, am Abend des fünften Tages, als er, vorm Zelt sitzend, dem Freund wie damals die Salbe auf den zerstochenen Rücken klatscht und ihm dabei sagt, wie sehr es ihn freut und erleichtert, dass in den letzten zwei Tagen wieder ein wenig Vertrautheit zwischen ihnen eingekehrt ist, steht drüben am Wegesrand, inmitten ihres so bitter erkämpften Paradieses, dieser Kerl, ein schlanker, gelockter Radfahrer, ein Römerkopf.

Ob sie beim Zeltaufbauen helfen könnten, er habe sich bei einem Sturz die Hände verletzt, sagt er auf Französisch, ein Bayer oder Österreicher, wie Engel unschwer am Akzent hören kann. Er ist groß, breitschultrig und vom Fahrradfahren braun, fast schwarz gebrannt. Klar doch, erwidert Boris, grinst Engel achselzuckend an und springt auf ins Feindesland. Ich bin Boris, sagt er und schüttelt dem Eindringling, Hans mit Namen, Hans Neuenhofer, aus Schärding, Schärding am Inn, die Hand.

Engel sieht, wie Boris den Kerl von Kopf bis Fuß betrachtet, sieht, wie ihm die braune Haut gefällt, die Radlerhosenbeule, die ganze Schärdinger Landsbubenpracht, sieht in seinem

Blick den Jagdtrieb aufblitzen und dahinter etwas Dunkles, Einsames und Ruheloses, eine Art Hunger, dessen kaltes Flackern er in Boris' sonst so sanften Augen fürchtet, das ihn jedes Mal schreckt und verstört, denn ihm ist, als würde er dahinter den Freund nicht mehr erkennen, in Wahrheit an der Seite eines Fremden leben, einen anderen lieben als den, der nun beim Schärdinger steht, mit dem Feind charmiert und Engels Eifersucht schürt.

Als Boris ihn mit einem Zwinkern auffordert, doch auch herüberzukommen, schaut er demonstrativ zur Seite und zum Fluss, schaut, wie so oft, wenn ein Streit droht, weg aus ihrem Beisammensein, weg aus der Wirklichkeit und im Wunsch, dabei die Welten gegeneinander auswechseln zu können, zurück in die Erinnerung oder abseits in den Traum, wo der Moment, in dem das falsche Wort noch nicht gesagt, der unverzeihliche Schritt noch nicht getan ist, vielleicht noch eingeholt werden kann, ein Moment, in dem ihre Geschichte also wieder eine hoffnungsvolle und Glück versprechende, eine, wie ich später schreiben werde, Liebesgeschichte ist:

Die Sonne ist fast untergegangen, nur noch ein schmaler Rand glüht, von einem Wolkenfetzen in der Mitte zerteilt, über der Flussmündung. Die Luft ist windstill und schwül, Grillgestank liegt über dem Zeltplatz, am Stauwehr lärmen noch immer die Kinder, und im Waschhaus plärrt pausenlos eine Radiostimme. Engel nimmt alles wahr und sieht doch nichts, sein Körper fühlt sich kraftlos und unbeweglich, wie zerbrochen an, und unter der sonnenverbrannten Haut spürt er, gefangen in dieser Starre, seine Nerven vibrieren. Als er Boris hinter sich lachen hört, wird der Zustand so unerträglich, dass er aufsteht und zu ihnen geht.

Hans fährt auch ans Meer, sagt Boris und nickt dem Schärdinger zu, der neben ihm steht und Zeltstangen steckt. Engel schenkt dem Rivalen ein saures Lächeln und Boris einen bösen Blick; er fühlt sich verraten, glaubt ihr Ziel verkauft, ihr Geheimnis preisgegeben, obwohl er weiß, wie töricht dieser Gedanke ist, fahren sie doch alle, denkt er, die hier wie Neandertaler vor ihren Feuern hocken und Würstchen grillen, ans Meer, und glauben, wenn sie ankommen, etwas geschafft zu haben, was sie auszeichnet und zusammenschweißt, ein gemeinsamer Erfolg, den sie sich ihr Leben lang erzählen können.

In Orléans, erzählt der Schärdinger, während sie die Zeltplane aufschütteln, habe er köstlich gegessen, im Schloss Chambord das Bett von Louis XIV, in Chenonceaux das von der Medici gesehen, in Tours diesen Unfall gehabt, Tours, sagt er, sei ein Moloch, aber das hier – und er deutet in die Luft – ja dagegen das Paradies. Das verlorene, fügt Engel hinzu und bohrt den Hering so tief in die Erde, dass ihm der Metallkopf in die Handfläche sticht. Als das Zelt steht, legt der Schärdinger ihnen die großen, von Sonne, Kettenöl und Grind geschwärzten Hände auf die Schultern, sagt: Nett seid's! und bleckt unverschämt weiße Zähne.

Dann ist die Sonne unter-, der Mond auf- und der Schärdinger zum Essen ins Dorf gegangen, am Stauwehr lärmen jetzt nur noch die Frösche, das Radio hat jemand abgestellt, die Grillfeuer knistern, nebenan klampft ein bekiffter Holländer auf der Akustikgitarre *We shall overcome*, und sie sitzen vorm Zelt, rühren in ihren Spagetti und schweigen sich an. Er gefällt dir, sagt Engel irgendwann. Boris hebt den Kopf und blickt lange auf den Fluss, über dem die Dämmerung wie ein blauer Nebel steht. Er gefällt *dir*, sagt er, steht auf, schnappt die Teller und trottet zum Waschhaus.

In der Nacht schläft Engel nicht, schreibt nichts auf, liegt schweißgebadet da, lauscht dem Atem des Freundes und versucht, im Rhythmus seines Schlafs zur Ruhe zu kommen. Doch zu fiebrig wütet der Aufruhr der Nerven in ihm, lässt eine andere Empfindung als die der Eifersucht, einen anderen Gedanken als den an den Schärdinger Hans nicht zu. Er schnellt hoch, knipst die Taschenlampe an, kramt aus dem Rucksack die Medikamentenpackung hervor und zählt die Schlaftabletten, die ihm bis zum Ende der Reise noch bleiben, diese kleinen, ein wenig metallisch, wie oxidierte Silberlöffel schmeckenden nächtlichen Tode, die ihn endlich von dieser Qual erlösen würden, diesem Wahnsinn im Kopf, von der Vorstellung, Boris könnte – und er zählt dreizehn, vierzehn, fünfzehn – immer unverhohlener mit dem Schärdinger anbandeln, könnte ihn zum Frühstück einladen und fragen – neunzehn, zwanzig, einundzwanzig –, ob sie ihre Fahrt ans Meer nicht gemeinsam fortsetzen wollen, könnte sich dann, Seite an Seite mit dem Schärdinger und ihm, Engel, im Schlepptau radelnd, in den Schärdinger endgültig verknallen und abends statt vor meinem Zelt, denkt er und zählt fünfundzwanzig, sechsundzwanzig, siebenundzwanzig, vor dem des Schärdingers sitzen, statt meiner Spagetti – dreißig, einunddreißig, zweiunddreißig – die des Schärdingers essen, statt mit mir schweigend auf den Fluss zu glotzen – fünfunddreißig, sechsunddreißig, siebenunddreißig –, den lustigen Geschichten des Schärdingers lauschen, sich dabei an ihn heranschmusen und schließlich mit ihm ins Zelt und am nächsten Morgen, wenn ich mit einundvierzig, zweiundvierzig, *dreiundvierzig* Schlaftabletten im Blut tot im Zelt läge, ans Meer, ins Leben, hinaus in die Liebe verschwinden.

Er rollt zur Seite, zieht in Zeitlupentempo den Reißverschluss auf, steigt durch das Loch und stolpert in eine milde, mondhelle, von Sternschnuppen sprühende Nacht. Barfuß schleicht er zum Zelt des Schärdingers, steht eine Weile unschlüssig davor, schnuppert an dem Hemd mit dem stechenden Schweißgeruch, das zum Trocknen über einem der Seile hängt, pflückt vom Ast des Baumes die Radlerhose und drückt die Nase tief in das eingenähte Schaumstoffpolster. Dann wirft er das Ding ins Gebüsch, lauscht am Zelt, leuchtet im Mondlicht, fühlt in der Faust die Tabletten zerweichen und weiß nicht, wohin mit sich und diesen Gedanken an Ficken und Tod.

Drinnen hört er den Schärdinger schnarchen, hört das Knarzen seiner Luftmatratze, als er sich herumwirft, hört ein Husten, ein Schmatzen und zuletzt ein Geräusch, das sich anhört wie ein Furz. Da schnappt er sich die Schuhe des Schärdingers, schlüpft hinein, springt über den Zaun und schlurft auf die von den Flüssen umzüngelte, immer schmaler werdende Halbinsel bis zu der Stelle, wo zu drei Seiten nur noch Wasser ist. Dort setzt er sich in den Sand, der noch immer ein wenig die Hitze des Tages abstrahlt, titscht mit den Schuhen in die kleinen Wellen und schaut in die funkelnde, von tausend Tierstimmen durchflirrte Nacht.

Irgendwann öffnet er die Faust, kratzt eine aufgeweichte Pille von der Handfläche, legt sie sich auf die Zunge, wartet, bis sich der Silberlöffelgeschmack im Mund ausbreitet, und spuckt den Pulverklumpen in den Fluss. Die nächste Tablette schluckt er, die übernächste auch, die dritte spuckt er wieder in den Fluss. Ein Fisch taucht auf und schnappt danach, lässt aber sofort davon ab und sucht an der Wasseroberfläche nach Genießbarerem. Wenn du mir nicht hilfst, muss ich alle alleine nehmen, sagt Engel und würgt wieder eine Pille hinunter, und der Fisch schnappt nach einer toten Fliege und sagt: Blub. Wenn ich alle genommen habe, komme ich zu dir runter, sagt Engel und steckt sich die nächste in den Mund, und der Fisch knabbert an einem Blatt. Dann schwimmen eben *wir* beide gemeinsam zum Meer, sagt Engel und spuckt den Pulverbrei aus, und der Fisch blubbert Blasen ins Wasser und sagt: Mensch, du hast Beine zum Gehen und Lungen zum Atmen und Ohren zum Hören, was willst du hier unten im Fluss, und deine Pillen musst du schon selber schlucken.

Eine Wolke verdeckt den Mond, die Mündung ist jetzt schwarz und uferlos, die Nacht dicht und plötzlich ohne Laut; nur auf dem Wasser hört Engel noch das winzige Geräusch einer platzenden Blase. Er springt auf, wird vom Tablettenschwindel erfasst, kippt aus den Schuhen des Schärdingers und stolpert barfuß zum Zeltplatz zurück, wo er, bevor er zu Boris ins Zelt taumelt, am Rad des Schärdingers noch schnell die Ventile abschraubt.

Und, wie war er? fragt Boris, stützt sich auf den Ellbogen und blickt Engel aus schlaftrunkenen Augen an. Ich steck noch drin, sagt Engel, zieht den Reißverschluss zu, streckt sich auf seiner Matte aus und schmiert den Tablettenklumpatsch in seiner Hand an ein Kleidungsstück. Drin in was? fragt Boris. In meiner Hose, sagt Engel, schließt die Augen und tastet nach Boris' Hand. Da bleib auch schön drin stecken, sagt Boris, zieht seine Hand zurück und schaut Engel an, lange, langsam, ein langer langsamer Blick ohne Lob oder Tadel.

Engel schiebt sich die Hand in die Shorts. Denkst du an ihn? fragt Boris. Engel schweigt, sein Atem wird schwerer, kurz scheint es, als schliefe er schon. Daran, dass du es machst, nuschelt er, öffnet die Augen und blinzelt Boris schläfrig an. Mach's selbst, sagt Boris und tippt Engels Hand an, ich mach's ja, sagt Engel, und er macht's, macht es ohne Atem, ohne Bewegung außer jener der Hand, macht es mit leerem, tablettenblindem, zuletzt traumverlorenem Blick, bis er sich aufbäumt, zuletzt, und Boris ihm seine Hand auf die Brust legt und dort liegen lässt, bis der Atem verebbt und der Schlaf herangeflutet ist. Dann rollt auch er sich zur Seite, zieht die Beine an und starrt lange in die Dunkelheit zwischen den Gepäckstücken, schläft schließlich ein. Drüben im Zelt, doch das sehe nur ich, schlägt der Schärdinger die Augen auf und lauscht in die tausend Stimmen der Nacht.

Der nächste Tag ist wolkenlos und schon am Morgen viel zu heiß. Sie hocken im Schatten der Hecke, kauen Brotkanten, schlürfen Instantkaffee und schauen abwechselnd zum Platz des Schärdingers. Das Zelt brät in der Sonne, die Kleider sind von den Schnüren genommen, zwei frisch gefüllte Trinkflaschen stehen vorm Eingang, und drüben am Zaun lehnt das Rad. Hundert Kilometer, sagt Engel und beugt sich mit Tablettenkater über die Fahrradkarte, wir müssen heute hundert Kilometer, anderthalb Tagesetappen, wir müssen es bis nach Angers schaffen, müssen, denkt er und verfolgt mit dem Finger die rote Linie des Radwegs, die vertandelten Tage aufholen, den Plan einhalten, den Schärdinger abhängen. Lass uns aufbrechen, sagt er, faltet die Karte zusammen und sieht im Gras zwei schwarz behaarte Füße stehen.

Eine Frechheit sei das, sagt der Schärdinger und setzt sich zu ihnen auf die Decke, eine Saubande, die so was tut, die Reifen platt, die Ventile geklaut, die neuen Schuhe, Marke Nike, auch, und um Haaresbreite wäre er sogar ohne Hosen dagestanden, und Boris blickt zu Engel, dann zum Rad, dann auf die Radlerhosenbeule und sagt: Potz Blitz! Die Dorfkinder, fügt Engel hinzu und bemüht sich um einen betroffenen Tonfall, ob er schon bei der Polizei gewesen sei. Die sei in Tours, sagt der Schärdinger, in Tours auch das nächste Fahrradgeschäft, der Bus dorthin schon längst weg und zu allem Übel, sagt er und glotzt buhlerisch aus braunen Augen, Hundeaugen, denkt Engel, Hurenaugen, werde ich schreiben, zu allem Übel habe er in der ganzen Aufregung seinen Fahrradschlüssel verloren, irgendwo hier, sagt er und scharrt im Gras.

Das sei doch kein Beinbruch, meint Boris und bietet dem Schärdinger an, ihm sein Fahrrad zu leihen, sie wollten, sagt er und streift Engel mit einem Seitenblick, sowieso noch einen weiteren Tag bleiben, es sei hier einfach zu schön und zum Weiterfahren viel zu heiß. Da springt Engel auf, schnappt sich das Frühstücksgeschirr und läuft zum Waschhaus. Wäre ich nur tot, denkt er, tunkt die Hände ins Spülwasser und stellt sich vor, es wären Boris und der Schärdinger oder der Schärdinger und er oder er und Boris, die ertrinken, steht halbstundenlang am Spülbecken, ersäuft meine Liebesgeschichte in Palmolive und wünscht sich einen anderen Plot mit einer anderen und besseren Rolle.

Dann ist das Geschirr doch abgewaschen, der Schärdinger mit Boris' Rad zurück nach Tours gefahren, der Tag noch jung und schon eine Wüste, in der das Schweigen steht wie eine Wand aus Glas. Wir könnten schon längst am Meer sein, sagt Engel, während sie am Stauwehr im Wasser dümpeln, und Boris rollt mit den Augen und sagt: Engel, er hat einen Platten, und ich habe ihm mein Fahrrad geliehen, was ist schon dabei? Engel taucht unter und ab in die Stromschnellen des Cher.

Zu Mittag sind die Schatten weg, Luft und Himmel ein Glutofen, die Sonnenstrahlen wie Messerschnitte auf der Haut, selbst das Wasser erscheint ihm jetzt eine brühwarme Lauge, und von der Mündung herüber weht der Gestank von Abwasser. Als sie sich, draußen auf der Insel, endlich wieder zueinanderdrehen und zaghaft ihre Körper berühren, bleiben sie taub und schlaff. Denk doch an den Schärdinger, sagt Engel, hasst sich dafür und rennt in den Fluss; das Wasser ist viel zu ruhig, viel zu flach, viel zu warm, zum Ertrinken viel zu schön.

Er schwimmt zum Ufer zurück, streckt sich aufs Handtuch, wartet sehnsüchtig darauf, dass Boris zurückkommt, und legt sich, während die Kinder lärmen, die Mütter Melonen schneiden und der Cher über das Wehr hinwegrauscht, im Kopf schon Worte der Reue und Treue, Apologien der Liebe zurecht. Doch jeden Gedanken kreuzt der Schärdinger; wo er auch hinschaut, sieht er den Schärdinger, sieht ihn im Fluss baden, sich in der Sonne fläzen und beim Pinkeln im Busch; schwimmt ein Vater mit Kind vorbei, schwimmt da der Schärdinger; schäkert ein Dorflümmel mit einem Dorfgör am Wehr, schäkert der Schärdinger; schaut einer von den geilen Beachballern rüber, schaut der Schärdinger; selbst die Ordensschwestern drüben im Schlossgarten jetzt der Schärdinger; alles, was Engel noch denken und ich schreiben kann, beginnt mit Sch wie Schärdinger, und dann ist der Abend da und überall Schatten, Boris von der Insel zurückgeschwommen und der Schärdinger leibhaftig erschienen, schwarz gebrannt steht er vor einem rosa geschweiften Himmel, überreicht Geschenke aus Tours und lädt sie zum Grillen am Strand ein. Wir haben Spagetti, sagt Engel, Spagetti, sagt Boris, essen wir jeden Tag.

Mit Wein und Würstchen beladen trotten sie durch einen Wald voller Schwertlilien und Königskerzen auf die Landzunge, Boris und der Schärdinger palavernd voraus, Engel stumm hinterher, einmal dreht Boris sich um und zwinkert ihm zu, doch Engel schaut schnell zu Boden, tut, als hätte er einen Dorn im Fuß. Da sind ja meine Schuhe! ruft der Schärdinger an der Stelle, wo man zu allen Seiten nur noch Wasser sieht.

Bei Anbruch der Nacht ist das Grillfeuer entfacht, die Wurst auf Stöckchen gespießt, die erste Weinflasche leer, die zweite bald auch, die dritte schon offen, seid's ihr eigentlich ein Paar? fragt der Schärdinger und blinzelt in die Flammen. Boris nickt, Engel schüttelt den Kopf, er habe, sagt der Schärdinger, einmal was mit einem Kerl gehabt, doch sei das – und er holt die Wurst aus dem Feuer, beißt hinein und verbrennt sich die Zunge – schon lange her. Jetzt, in Schärding, habe er eine Freundin und sei sehr glücklich mit der, er sagt tatsächlich *der* und streckt dabei das Bein aus, so dass sein Fuß den Sand zum Haufen aufschiebt und unterm Sandhaufen, glaubt Engel, Boris' Hand berührt.

Aus dem Unterholz dringt der Schrei eines Tieres, einer Ratte, denkt er, dann ein Flügelschlagen; er glaubt, den Todesstoß des Greifvogels in seine Brust fahren zu spüren. *Die* hat's erwischt, sagt Boris, grinst zum Schärdinger und stochert mit dem Stock in der Glut, und Engel weiß nicht, meint er damit die Freundin oder die Ratte.

Und wo ist *die* jetzt? fragt Engel, nimmt einen großen Schluck Wein, reicht dem Schärdinger die Flasche und rückt dabei nah an ihn heran. Er habe übrigens den Fahrradschlüssel wiedergefunden, sagt Boris und wirft dem Schärdinger etwas zu; Engel weiß, dass Boris lügt, dass er den Schlüssel dem

Schärdinger irgendwie entwendet oder der Schärdinger ihm den Schlüssel sogar zugesteckt hat, um einen Vorwand zum Bleiben zu haben, weiß, dass Boris etwas im Schilde führt, mit dem Schärdinger schon vertrauter ist, als es scheint, weiß in Wirklichkeit nichts mehr, glaubt dabei alles und nimmt die Geschichte beim Wort.

Der Mond grinst, die Nacht keckert, im Feuerschein schneiden die Schatten Grimassen und legen über Boris' Gesicht ein teuflisches Flackern. Schweigen, zwei Sternschnuppen, die quälende Stille der Wünsche, als aus dem Wald wieder ein Todesschrei dringt, legt Engel dem Schärdinger den Arm um die Schulter. Er spürt in der Hand die Muskeln verkrampfen, dann wieder locker werden, spürt, wie dem andern der Schweiß ausbricht, spürt die Hitze auf seinem erschrocknen Gesicht und auf dem eigenen, dem Feuer zugewandten, jetzt Boris' Blick, einen langen, traurigen Blick, den Engel zuerst meidet und schließlich doch noch erwidert und hält, bis er eine Gewissheit, eine fraglose und uneingeschränkte Erwiderung spürt. Ich bin aber nicht vom andern Ufer, sagt der Schärdinger und wischt seinen Arm weg; da springt Engel auf und in die Büsche, taucht ab ins Gelächter der Nacht.

Am Zaun kotzt er in den Blumenkübel, am Platz des Holländers reißt er sich an einem Hering die Ferse auf, im Zelt bleibt er, nachdem er kopfüber hineingestürzt ist, reglos auf der Seite liegen. Einmal noch bäumt er sich auf, klaubt zwei Schlaftabletten vom Boden, schluckt sie, sackt zurück auf die Matte und liegt wie tot. Nach Stunden – oder waren es erst Minuten? – hört er den Reißverschluss, sieht durch die geschlossenen Augen den Schein der Taschenlampe – oder des Mondes? oder der Sonne? –, glaubt, dass Boris zurückkommt, doch kann das auch nur, werde ich schreiben, Anfang oder Ende eines Traumes gewesen sein.

Als er hochschreckt, ist es draußen hell und der Platz neben ihm leer. Eine Weile hockt er da und starrt auf Boris' zerwühlten Schlafsack, legt schließlich die Hand darauf und fühlt Daunenfedern, Sand und Kälte. Dann zieht er den Reißverschluss des Zeltes auf – hat er ihn überhaupt zugezogen? –, blinzelt ins Licht und kriecht auf allen vieren hinaus.

Der Morgen ist dunstig, die Sonne hinter Wolken, vom Fluss herauf weht ein kühler Wind, die späte Gnade des Himmels erscheint ihm wie ein Hohn. Der Schärdinger ist weg. Wo das Zelt stand, ist das Gras noch platt, eine Mülltüte liegt herum, am Baum hängt ein Socken, als Engel ziellos über den Platz geht, tritt er auf einen vergessenen Hering. Er zieht ihn aus der Erde, schleudert ihn ins Gebüsch und sieht, drüben am Zaun, sein Rad allein.

Er steht da, mit aufgerissenen Augen, blass wie der Himmel und ohne jeden Gedanken. Dann setzt er über den Zaun und rennt durch den taufeuchten Uferwald, durch Büsche, Brennnesseln und die mannshohen, ihm ins Gesicht peitschenden Königskerzen bis zur Landzunge an der Mündung. Er sieht das Feuer niedergebrannt, die Asche noch warm, zwei verkohlte Würstchen darin, drum herum vier leere Weinflaschen, im Sand die Abdrücke ihrer Füße, die aufgeschobenen Haufen mit den heimlichen Berührungen darunter und drüben am Stein eine breite Delle, dort haben sie, denkt er und setzt sich keuchend in den Sand, eng umschlungen gelegen. Minuten vergehen ohne Zeit, ohne Bewegung, ohne das Wagnis, diese Geschichte zu Ende zu denken.

Irgendwann steht er auf. Die Mündung liegt in Nebel gehüllt, der Fluss scheint an der breitesten Stelle uferlos und still wie ein See, vom Dorf herüber schallt Hundegebell, ein Auto hupt, Kirchenglocken setzen ein; es ist Sonntag, der Tag, an dem sie, wären sie nicht vom Weg abgebogen, abends das Meer erreicht hätten.

Das Wasser ist wie eine fraglose und uneingeschränkte Umarmung. In großen, langsamen Zügen schwimmt er hinaus auf den Cher, lässt die Tränen ins Wasser fließen, stellt sich vor, er würde sich in der Mündung mit den Flüssen vermischen, löste sich auf in der Loire, flutete, aufgegangen im Strom, durch das Land, gen Westen, zum Meer, überholte sogar Boris und den Schärdinger auf ihrem Weg in die Liebe und lächelte ihnen zu.

Zum Stauwehr hin wird die Strömung stärker, das Wasser flach, der Grund steinig und von Felsen durchsetzt; als er bei den Stromschnellen, in Höhe des Campingplatzes, aus dem Fluss steigt, sieht er Boris am Zelt stehen und winken. Kurz verspürt er den Drang, sich zu verstecken, zu fliehen, zurück in den Fluss zu stürzen, steht starr vor Schreck, Scham und Erleichterung und weiß nicht, wohin. Er gibt sich einen Ruck, geht zum Zeltplatz, springt über den Zaun, sieht die frischen Croissants, den Kuchen und den aufgebrühten Kaffee, schaut zu Boris, dann zu den Rädern, dann zum Platz des Schärdingers, dann wieder zu Boris, der jetzt grinst, mit den Achseln zuckt, auf ihn zukommt, die Hand auf seine Schulter legt und sagt: Kalt bist du.

Während des Frühstücks schweigen sie, grübeln sie, schweigen grübelnd aus ihrer Geschichte das Unsagbare weg oder zu ihrer Geschichte das Unsagbare hinzu; war was mit ihm? fragt Engel, als sie sich später auf die Räder schwingen. Boris' Augen sind wieder wasserhell und klar, das Dunkle und Fremde darin ist verschwunden, oder kann er es im grellen Licht des Morgens nur nicht sehen? Und wenn etwas gewesen wäre, sagt Boris, was würdest du tun? Das, erwidert Engel, greift in seine Hosentasche und hält Boris die Ventile des Schärdingers hin. Dann steigt er in die Pedale, kurvt über den Zeltplatz zum Ausgang, wartet, bis Boris aufgeholt hat, biegt mit dem Freund ab Richtung Meer.

Vom Weg aus ist die Spitze der Landzunge zwischen der Mündung der Flüsse nicht zu erkennen, es sieht aus, als wäre sie, werde ich später in dieser Geschichte schreiben, unter Wasser, und ich stehe auf und gehe mit Boris hinüber, um dem Radfahrer mit den verletzten Händen, der dort am Wegesrand steht, zu helfen, das Zelt aufzubauen.

6. Elsa

Engel, als du heimkommst, sind sie alle schon da. Sitzen sie alle schon um den Tisch, den runden Mahagonitisch mit der rot geflammten Maserung, in der du, das zweite Kind am Platz vorne rechts, wenn an Weihnachten, Geburtstagen und bei sonstigen Festen die cremeweiße Klöppelspitzendecke auflag, durch die Löcher und Schlitze des Stickwerks hindurch Teufelsfratzen zu sehen glaubtest, Tierklauen sich krallen, im Tischgrund ein Feuer glühen, und hobst du die Hand mit der Kuchengabel zum Mund, stoben in die Falten des Tischtuchs schwarzleibige Schlangen mit blutfeuchtem Maul. Die Jahre vergingen, Feste wurden gefeiert, Kinder wurden zu Erwachsenen und Erwachsene zu Alten, die Klöppelspitze bekam an dem Weihnachten, als in der neuen Modellbahnlandschaft ein Bruderkrieg tobte, im Handgemenge einen Rotweinfleck, und einmal hieb Hanna, die vorlaute Cousine aus Freiburg, die Kuchengabel ins Holz; vielleicht hatte auch sie eine Teufelsfratze gesehen oder eine der blutmäuligen Schlangen. Doch hast du sie nie danach gefragt, hast nie das Geheimnis des vielgesichtigen Tisches gelüftet, nie die Rätsel der Kindheit gelöst.

Nur einmal, es muss am Ende der Unschuld gewesen sein, lupftest du heimlich die Baumwolltischdecke, die alltags das Mahagoniholz vor den Kanten der Bestecke, Kinderspielzeuge und Schulranzen schützte, und mit angehaltenem

Atem und dem ziependen Gefühl im Bauch, etwas Verbotenes zu tun, streicheltest du über das glänzende Furnier, das dir mit einem Mal nicht mehr vom Feuer zerfressen und von Klauen zerkrallt, das dir glatt und kalt und makellos erschien wie die Haut eines betörend schönen, verstörend fremden Körpers.

Dann kam die Mutter herein, wischte deine Hand weg, strich das Tischtuch glatt und stellte das Tablett mit dem Abendbrot drauf, und dir war, als hättest du mit der Berührung des nackten Holzes ein gemeinsames Geheimnis verraten. Doch da stürzten schon die Geschwister ins Zimmer und stürmten mit gierigen Mäulern den Tisch, so dass dir das, was du der Mutter noch hättest sagen wollen, bis heute im Hals stecken blieb. Engel, ach, armer Engel, jetzt ist die Gelegenheit endgültig vorbei, jetzt ist die Mutter weg, jetzt ist es für deine Worte zu spät.

Sie ist tot, schießt es dir durch den Kopf, als du in die versteinerten Gesichter deiner Familie blickst, t-o-t, ein Wort wie eine Detonation, ein Terrorakt, ein Bombenkrater, TOT, das endgültige, vollkommene Wort, von vorne gelesen dasselbe wie von hinten, vom Anfang wie vom Ende her gedacht der gleiche Knoten im Kopf, hallo zusammen, sagst du in einem dem Tot-Wort angemessenen Ton und trittst in die Runde, hinein in den Alptraum dieser Familie, den großen Schock, von dem man sagt, er sei nie wirklich zu überwinden, tot bleibt tot, wie du es auch wendest und drehst, zerdenkst und zergrübelst in deinem zerfledderten Kopf, deinem von Pillen zerweichten Gehirn, im Engelshaupt ein Pfuhl aus Wortbrei, Satzschleim, Seelenscheiße, toter Sehnsucht, toter Hoffnung, totem Sein, das Totwort darin wie ein Stein, ein Grabmal, ein Monument, glatt, glänzend, makellos wie das Mahagoniholz, aus dem auch die Stühle rings um den Tisch gemacht sind, der in eine Ecke des Zimmers geduckte, stets mit Krimskrams beladene Sekretär und die Rahmen der zwölf kleinen Aquarelldrucke, die, in der Abfolge der Monate gereiht, englische Landschaften im Wechsel der Jahreszeiten darstellen und von denen dir das Januarbild, das Bild deines Geburtsmonats, stets das liebste war, eine graue, schneelose Hochebene mit einem sich durch den Vordergrund schlängelnden Fluss, an dessen Ufer Eiszacken fressen. Im abgestorbenen Schilf sitzt ein schwarzer Vogel.

Du nimmst den Platz am Tisch ein, der dir als Kind zugewiesen worden war und den du noch heute bei Festtagstumulten eifersüchtig als dein Eigentum verteidigst, als deinen unanfechtbaren Platz im Leben. Doch es ist kein Festtag, der dich heute zu Tisch ruft, kein Anlass für die Klöppelspitze; die Alltagstischdecke liegt auf, ein paar Kaffeetassen stehen darauf und, unberührt, ein Teller mit belegten Broten, Salami und Schwarzwälder Schinken, wie früher samstags nach der Badewanne und vor Wetten dass. An den Rändern ist die Wurst von der Wärme schon gekräuselt. Es ist Dienstag, ein ganz normaler Werktag Ende August, ein drückend schwüler mainfränkischer Spätsommertag, ein Sommerferientag, ein Tag für zirpende Schwemmwiesen, zerflockende Flugzeugkondensstreifen am Abendhimmel und lange, blaue Nächte am Ufer des Mains.

Es ist der zweite Tag nach der Nacht, in der deine Mutter, Elsa Engel, morgens gegen halb eins, nicht wie gewöhnlich das historische Sachbuch, in dem sie, wenn die Beschwerden es ihr erlaubten, noch blätterte, zur Seite legte, das Licht löschte und lange, manchmal sogar bis zum Morgengrauen in den dumpf im Hinterkopf bohrenden und sie helmartig dämmenden, sich an manchen Tagen aber wie ein Scherblatt von den Schulterblättern herauf in den Schädel fräsenden Kopfschmerz lauschte, der selbst von stärksten Mitteln kaum mehr unterdrückt werden konnte und erst wenn sie eine Schlaftablette nahm für wenige Stunden abriss.

Stattdessen – so jedenfalls stellst du dir das Verschwinden der Mutter im Nachhinein vor – stand sie wieder auf, kleidete sich an, steckte all die von ihrem Mann und Leibarzt verschriebenen oder aus den Werbesendungen der Pharmakonzerne an sie weitergereichten, fast immer wirkungslosen Medikamente in ihre Tasche, warf im Korridor noch einen letzten Blick in das Zimmer deines Vaters, auf sein schlafendes, schicksalsergebenes Gesicht, dessen Anblick vielleicht Traurigkeit und Sehnsucht nach vergangenen Tagen in ihr wachgerufen haben könnte, begleitet von einer alten, kalten Wut und lange angestauten, im Erschrecken vor der eigenen Kühnheit, dem eigenen Todeswunsch endlich hervorbrechenden Tränen, so dass sie, in deiner Vorstellung, nun wieder zurück in ihr Schlafzimmer geht, wo sie ein paar Kleidungsstücke sowie die in der Kommode aufbewahrten Bargeldreserven in eine ihrer zahllosen, über Jahrzehnte gesammelten Reisetaschen stopft, im Bad die Zahnbürste dazulegt, im Gang noch einmal den Katzen auf ihren Schlafplätzen die Köpfe krault, dann in der Diele in ihre Schuhe schlüpft, leise die Haustür öffnet, kurz die laue, vom Geruch der Komposthaufen, des frisch gemähten Rasens und der Rosenbeete schwere und vom Schwefelgestank der nahen Chemiefabrik verseuchte Luft einatmet, ein letztes Mal diesen ihr stets verhassten und doch längst zum lebensnotwendigen Atem gewordenen Geruch des Maintals in ihre Lungen saugt, dabei noch einmal zurückblickt in ihr enges, vom ewig gleichen

Mief der Scheuermittel, Kochdünste, Katzenklos und verlassenen Kinderzimmer erfülltes Zuhause, in ihre letzten, vielleicht vergeudeten, jedenfalls nicht, wie sie sich einst als junge Frau und promovierte Historikerin ihre Zukunft erträumt hatte, den Studien gewidmete, sondern stattdessen der Kindererziehung, der Arztkarriere deines Vaters und dem Kampf gegen die Schmerzen geopferten Jahrzehnte, noch einmal zurückblickt in ihr ungelebt verlebtes Leben, sich einen Ruck gibt, leise die Haustür hinter sich zuzieht, über den Hof schleicht, dabei zögert, zu zweifeln, in ihrem Entschluss einzuknicken scheint und sogar schon mit dem Oberkörper eine Umdrehung und Rückkehr beschreibt, sich dann aber jäh abfängt und eines Besseren besinnt, vielleicht, stellst du dir vor, an die ostpreußische Heimat ihrer Eltern denkt, eine Heimat, aus der sie, kaum geboren, zusammen mit ihrer Familie bei strengem Frost vor den heranrollenden Panzern der Roten Armee auf einem Pferdewagen fliehen musste und die gemeinsam mit ihr zu besuchen du ihr einmal versprochen hast, um mit eigenen Augen die goldenen Kornfeldmeere und dahinter die weiten Strände der Ostsee zu sehen, die verwunschenen Wälder, in denen angeblich noch heute Wölfe und Bären hausen, und die sich durch die weiten Ebenen verzweigenden Flüsse, von denen sie dann jedes Mal schwärmte, obwohl sie doch die Gegend nur aus den Schilderungen der Eltern kannte, wie du dir überhaupt das Land ihrer Herkunft, das sie heraufbeschwor, schon immer als eine Art Paradies, eine zauberische, Glück verheißende bessere Welt dachtest, und so schultert sie nun, in deiner Vorstellung noch immer im Hof vor dem Familienkombi mit den daran rostenden Erinnerungen an hitze-, kinderlärm- und magendarmgrippegeplagte Italienurlaube stehend, trotzig die Reisetasche und geht zügig weiter, an den Fenstern der im Erdgeschoss des Hauses gelegenen Praxis vorbei, in der sie jahrzehntelang mit einem unbeirrbaren Lächeln auf den Lippen die Patienten deines Vaters empfing, geht um den Betonsockel mit dem eingelassenen Briefkasten herum, quer über die Patientenparkplätze und auf die Straße, wo sie die Medikamentenschachteln aus ihrer Handtasche in die zur Abfuhr bereitgestellte Mülltonne wirft, geduckt an der Koniferenhecke vorübereilt und schließlich in der mondlos über den gestriegelten Grundstücken des Storchenauer Amselwegs liegenden Nacht verschwindet.

Schön, dass du so schnell gekommen bist, Leo, heißt Juli dich willkommen, als Einzige von den dreien; der Vater und der Bruder Robert schauen dich nur fassungslos an, so dass du erschrocken fragst: Ist sie tot? Tot, tot, tot, echot es in deinem Kopf, schwappt dir das Wort durch das Hirn, das hysterische, das Idioten-, Verrückten-, Geisteskrankengehirn, das jetzt, statt ein Gefühl der Anteilnahme oder der Trauer zu erzeugen, in endlosen Schleifen das Tot-Wort wälzt.

Voll Abscheu schaust du in die Runde, voll Neid und Wut auf diese Familie, wie sie da hockt und heult um die Mutter, die mutmaßliche Selbsttöterin, die Terrorattentäterin, die dieses Loch am Tisch gerissen hat, auf das du jetzt ungläubig starrst, nein, gierig glotzt, als sei dort noch etwas zu holen für dich, als könntest du selbst noch die Leere am Platz marodieren, denn kaum ist sie fort, glaubst du schon, dich nicht mehr an die Mutter erinnern zu können, an ihr stolzes, noch immer schönes, fast junges Gesicht, ihr kastanienbraunes, in schweren Locken fallendes Haar, ihren zierlichen, zuletzt ausgezehrten, zuletzt das Essen verweigernden, nur noch an Apfelschnitzen, Karottenspitzen und Brotkanten nagenden, wie zum Verschwinden zusammengeschrumpften Körper, an ihre schmalen, selten auf dem Tisch liegenden oder in einem Buch blätternden, meistens herumräumenden und hastig durchs Haus flatternden, nur an ihren Schmerztagen reglos und weiß auf der Bettdecke ruhenden Hände, Hände, an die du dich jetzt, als du sie dir vorzustellen versuchst, tatsächlich nicht mehr erinnern kannst, ist doch das Bild der Mutter auf dem Stuhl gegenüber plötzlich weggewischt, ausgelöscht, aus deinem Denken und Fühlen für immer getilgt.

Du schlägst die Tischdecke zurück und betrachtest das nackte, auf Hochglanz polierte Holz. Im glänzenden Lack erkennst du schemenhaft dein Spiegelbild, verzerrt wie eine Teufelsfratze, bleich wie ein Gespenst, und glaubst nun zu wissen, was das Geheimnis des vielgesichtigen Tisches ist, das du zeitlebens mit der Mutter geteilt hast.

Aber ist es nicht nur eine krude und ungerechte Phantasie, dass sie dir, wie an anderer Stelle behauptet, als Zeichen ihrer stillen Verbundenheit damals ihre Schlaftabletten gegeben hat, die du, Engel, gib's zu, in der Hoffnung, von ihr eine Antwort zu bekommen, in Wirklichkeit selbst aus der Kommode mit der Hausapotheke gestohlen hast und die später, bei der Niederschrift deiner Geschichte, das Glas heiße Milch ersetzten, das sie dir an jenem Abend in dein Zimmer brachte, um mit dir zu reden, eine Geste, die du in deiner jugendlich-trotzigen Verzweiflung aber schnaubend zurückwiesest?

Mutlos fährst du mit der Fingerkuppe die Konturen deines Gesichtes nach und quietschst dabei mit dem Finger über das Holz, so dass Juli Spinnst du? ruft und Robert dir diesen mitleidigen Blick zuwirft, mit dem er dir jegliche Mündig- und Mannhaftigkeit abspricht, seitdem er dich damals, vor sechs Jahren, nach deinem Rausschmiss in Grasse, aus einem

Marseiller Untersuchungsgefängnis geholt hat, wo du nach einer Razzia eingesessen hast, weil du dich, obdachlos, ohne Geld und Ziel und immer auf der Suche nach einer Berührung, in den Stricherbars des Hafenviertels in wildfremde Hände hast fallen lassen, vor allem in solche, die deinen Körper gegen ein paar Gläser Alkohol und ein paar Stunden Schlaf in einem der billigen Hafenhotels weit unter Marktpreis erwarben.

Robert ist Zahnarzt. Robert hat's richtig gemacht. Robert hat all das, was du nicht hast im Leben, nie haben wirst: Erfolg, Geld, eine Frau, ein Haus, zwei gesunde Kinder, eine Lebensversicherung, ein Konto für die Privatrente, ein anderes für die Aktienrendite, ein schnelles Auto und einen großen Schwanz, den du früher immer anstarrtest, anstarren hast müssen, wenn du, um in deine Dachkammer zu gelangen, die wegen der Stützbalken ohne eigenen Zugang hinter dem Zimmer des Bruders lag, an seinem Bett vorbeikriechen hast müssen, auf allen vieren, mit geschlossenen Augen und – dazu zwang er dich unter Androhung von Prügeln – mit zur Wand gedrehtem Gesicht durch das nach Käsfüßen und eklig süßem Frauenparfum stinkende Dunkel, wo er stets seine Freundinnen fickte, die er auf irgendwelchen Rockkonzerten aufriss, Heavy-Metal-Festivals auf dem Nürburgring oder der Loreley, deren Eintrittskarten er sich an die Wand über seinem Bett pinnte wie Jagdtrophäen.

Du krochst über den Boden wie ein Hund, stießest dir den Kopf am Kleiderschrank und der Stereoanlage, erwartetest, während die Weiber im Bett vor Lachen fiepten, sehnsüchtig den kratzigen Teppichvorleger am Schreibtisch, von dem aus es bis zur Tür nur noch ein Meter war, und bogst, weil Robert jedes Mal mit den Fingern schnippte, wenn du den

Kopf bewegtest, das Gesicht so weit zur Wand, dass in deinem Genick die Knochen knackten. Kurz vor deiner Tür aber, wenn der Teppichvorleger überwunden, der unverwechselbare Holzgeruch deines Zimmers schon zu riechen und das Paar hinter dir wieder in Wallung gekommen war, hast du zurückgeschaut und alles gesehen.

Doch bist du wirklich so unschuldig, Engel? Ein wehrloses Opfer von Brudergewalt? Oder damals nicht doch absichtlich und unter Vorwänden durch das Robertzimmer in deine Kammer und aus deiner Kammer durch das Robertzimmer wieder zurück in die Wohnung gelaufen, um das Paar beim Schmusen und Schnäbeln zu stören und begehrliche Blicke auf das zu werfen, was dich damals an deinem angeblich so brutalen Bruder am meisten interessierte, der, wie du weißt, Jahre später, nach deiner Eskapade in Marseille, mit einer Mappe voll psychiatrischer Krankenhausgutachten angereist kam, Papieren, die dich als Persönlichkeitsgestörten, also Verrückten oder, wie Robert zu argumentieren versuchte, zeitweise nicht zurechnungsfähigen und daher eingeschränkt schuldfähigen psychisch Kranken auswiesen, was den Untersuchungsrichter aber erst zu interessieren begann, als Robert sich zähneknirschend bereit erklärte, eine Kaution für dich zu bezahlen, die du ihm kleinlaut zurückzuerstatten versprachst.

Noch am gleichen Tag warst du wieder auf freiem Fuß. Trotz seiner eindringlichen Appelle, dein Leben und vor allem den Ruf deiner Familie nicht zu ruinieren, hatte Robert dich aber nicht überzeugen können, dass es an der Zeit sei, zur Vernunft zu kommen und mit dem Herumgetingel endlich Schluss zu machen. Als du ihn beim Abschied am Bahnhof fragtest, warum er das alles für dich tue, schaute er dich aus der Zugtür heraus enttäuscht an. Es regnete in Strömen, über die Gesichter der verspäteten Fahrgäste, die dir mit schlingernden Kofferkulis entgegenhasteten, rannen dicke Tropfen, der Regen sickerte in dein Haar, troff dir über die Brauen, niemand sah deine Tränen. Dann schrillte die Pfeife des Schaffners, die Türen schlugen zu, der Zug ruckte und rollte an, rollte an dir vorbei und aus deinem Blick, rollte ratternd und eisenschlagend und mit Roberts enttäuschtem Gesicht als lang noch im Regengrau der Gleislandschaften brennendes Schlusslicht aus deinem fehlgeleiteten Leben in der Fremde hinaus und zurück in die Heimat, zur Familie, nach Hause.

Mutter ist nicht tot, erwidert Robert auf deine Frage, die noch immer im Raum steht, sie ist wie du, sagt er und verzieht spöttisch den Mund, sie steckt bei Selbstmordplänen auch ihre Scheckkarte ein. Juli schlägt mit der Hand auf den Tisch. Sie würde uns das nie antun, ruft sie und blickt vorwurfsvoll in die Runde, also Schluss mit dem Gelaber von Selbstmord und Tod!

Tot, dröhnt es dir wieder durch den Kopf, totototot schallt es von den Wänden, tot, das schlanke, schnörkellose Wort, das du stets für dich selbst reklamiert hast, tot, das brennende Fanal deines läppisch-täppischen Seelenbefindens, Totsein, Taubsein, Leere, Dunkelheit, Kälte, Abgrund und Wüste, ach, Engel, sag's schon, was für ein Quatsch, denn du kommst doch in Wahrheit um vor Gefühlen, erstickst am prallen Leben jeden Tag, verreckst an den Himmeln, die du nie berühren, den Flüssen, die du nie durchschwimmen, den Landschaften, die du nie erkunden und den Römerköpfen, die du nie küssen wirst. Dein innerer Tod, den du hier zelebrierst, das Loch in deiner Brust, über das du dich exaltierst, all das ist doch in Wahrheit dieses kleine, alles entscheidende

Quäntchen Zuviel, zu viel Sehnsucht, zu viel Verlangen, zu viele Worte jeden Tag.

Betreten streichst du das Tischtuch glatt und betrachtest die im Kochwaschgang verblichenen Flecken. Minuten, so scheint dir, stehen still, stecken fest in der Leere über dem Platz, den daraus aufsteigenden Bildern, den entmutterten Blicken. M-m-m-ama! tönt es plötzlich radebrechend über den Tisch. Philippe, mit einem vernuckelten Teddy im Arm, steht an der Kante.

Philippe ist jetzt sechs Jahre alt, fahlhäutig und noch sommersprossiger, als du ihn in Erinnerung hast. Philippe heißt jetzt Phillip, mit pfeifendem F, schnellem, deutschem l und Betonung auf dem ersten i, wie Juli ihn jetzt ruft, und auch sonst hat sie ihm seit der Trennung von Cyril alles Südfranzösische erfolgreich ausgetrieben. Die vom Vater geerbten Segelohren sind operiert und angelegt, die roten Haare abrasiert, und der eigenwillige Tonfall, mehr eine Melodie als ein Akzent, wird, zusammen mit seinem Stottern, von der Logopädin behoben; nur in den großen, ängstlich dreinblickenden Kinderaugen leuchtet noch immer der hohe, meerbespiegelte Himmel der Côte d'Azur.

I-i-ich k-k-k-kann nicht sch-sch-sch-sch-sch- . . ., krampft er mit aufstampfenden Füßen hervor, und du empfindest eine beschämende Zuneigung für diesen Jungen, in dem du dich einst selbst wiederzuerkennen glaubtest und der nun an seinen Worten, seinem Bedürfnis, sich mitzuteilen, fast erstickt und dabei, trotz oder gerade wegen seiner Zungenqualen, eine anrührende Stärke und Eigenheit ausstrahlt. In seinem qualvollen Konsonantenchaos scheint er dir ein trotziger Widersacher der Worte und glatten, geschmeidigen Sätze zu sein, ein Rebell gegen Zeilen wie diese, als wäre seine Sprachverhunzung die zornige Reaktion auf deine Geschichte von seinem Tod.

... sch-sch-schlafen. Endlich platzt ihm das letzte Wort über die Lippen. Er verzieht weinerlich das Gesicht und presst sich den Teddy gegen den Mund. Du streckst deine Hand aus, um ihm über den Kopf zu streicheln, doch Juli ist schneller, springt auf, zieht ihn von dir weg und drückt ihn an sich; als sich nach langen Sekunden endlich eure Blicke treffen, glaubst du, in ihren Augen Bestürzung über ihre eigene Reaktion zu sehen und eine tiefe und alte Wut auf diese dumme, doch längst verjährte Geschichte, die noch immer die Macht hat, euch zu entzweien. Noch nie zuvor war dir so schmerzhaft bewusst, dass nicht nur das eigene Handeln, sondern auch das Denken, genauer gesagt, das Schreiben, Schuld mit sich bringt.

W-w-o- i-i-i-ist O-o-o-ma, stottert Phillip und deutet auf Mutters leeren Platz. Sie schläft schon, sagt Juli und streichelt ihm übers Haar. Und träumt, fügst du hinzu, von Teddybären, sagt Robert, und alle versuchen ein Lachen. Nur dein Vater schweigt. Dein Vater sitzt still da und schaut auf den unter den Tisch gerückten Stuhl, schaut, aus deiner Perspektive, eigentlich eher darüber hinweg und zur Küchentür, als würde dort gleich die Mutter mit dem Abendbrottablett erscheinen und sagen: War nur ein Scherz. Du betrachtest sein eingefallenes Gesicht, das spärliche, an den Schläfen schon weiße Haar, die hohe, schon immer von gewichtigen Gedanken zerfurchte Stirn, die fayencefarbenen, oft vor Übermüdung geröteten Augen, erschöpfte, stumpf gewordene Augen, die jedoch, sobald es ein Thema zu diskutieren oder mit Robert die Tagespolitik zu beschimpfen gibt, aus ihrer trüben Tiefe emportauchen und den strengen, leicht selbstgefälligen Blick eines Oberarztes annehmen.

Alt kommt er dir vor und abgezehrt, dein großer, starker, mächtiger Vater, der immer wusste, wo es langgeht, der für alles einen Plan hatte, Behandlungsplan, Bauplan, Fahrplan, Sparplan, selbst von deinen Therapieplänen machte er sich stets einen eigenen Entwurf, Ablaufplan, Langzeitplan, Lebensplan, nur der Fluchtplan deiner Mutter muss ihm irgendwie durch die Lappen gegangen sein, dein Vater, der im ganzen Landkreis gerühmte Doktor aus Storchenau, stets nach Plan auf dem Parkett von Pharmaempfängen, Vereinssitzungen, Festbanketten, dann kam ihm, pünktlich zur Pensionierung, sein eigenes Herz in die Quere, Operationsplan, Diätplan, Rehabilitationsplan mit unplanbarem Verlauf, all die geplatzten Pläne für einen von Leibesgenüssen erfüllten Ruhestand, jetzt taktet ein Herzschrittmacher seine restlichen Tage, dein Vater, Optimist, Frontkämpfer, Vorzeigearzt, zuletzt hat auch er, wegen der Mutter, nur noch an Apfelschnitzen und Brotkanten genagt, hat auch er sich, aus Schuldgefühl, Solidarität, Gerechtigkeit – oder noch immer Liebe? –, das Leben außerplanmäßig versagt.

Als hätte er deine Gedanken erraten, bewegt er den Kopf und schaut euch an. Geht jetzt schlafen, sagt er und hat nun wieder diesen zielstrebigen Blick, so dass du weißt, was jetzt kommt: Morgen ist auch noch ein Tag, wird er gleich sagen, den Satz, den Mutter stets gehasst und den er schon immer gesagt und dabei den Zeigefinger gehoben hat, wenn es scheinbar keinen Ausweg mehr gab, damals, bei deinem Autounfall am Schlittenhang und erst kürzlich, bei Julis Flucht vor ihrem Mann, morgen-ist-auch-noch-ein-Tag bei Mutters Schmerzattacken und jedem deiner durchs Telefon dröhnenden und mit Selbstmord drohenden Schreie, selbst bei seinem Herzinfarkt hat dein Vater mit erhobenem Zeigefinger auf die Gesetze des Kosmos verwiesen und sich achselzuckend unters Messer der Kollegen gelegt, und er hat, verdammt noch mal, bisher immer recht behalten damit.

Morgen kommt Mutter wieder heim, sagt er und blickt seine Kinder der Reihe nach an, sagt es feierlich, fast fröhlich in die Runde, als bekäme der Satz und das lebenslange Aussitzen der Sorgen nun endlich für ihn einen Sinn. Ihr springt auf und flieht vom Tisch. Das Geschirr lasst ihr darauf stehen, Mutter hat's bisher noch immer irgendwann weggeräumt.

Auf dem Weg in dein Kinderzimmer stolperst du über Felix, der maunzend deine Beine umschmiegt. Du bückst dich, streichelst ihn, betrachtest dabei fast eifersüchtig sein seidig gebürstetes und mit Vitaminpräparaten auf Hochglanz gebrachtes Fell und weißt nicht mehr, ob dieser Felix noch immer der alte ist oder schon wieder ein neuer, denn bei euch hießen alle Kater zeitlebens Felix und alle Katzen Mina, und du, Engel, warst lange schon nicht mehr daheim. Wer füttert dich denn jetzt, wenn dein Frauchen nicht wiederkommt? sagst du, spürst, wie dir dabei die Tränen in die Augen schießen, und vergräbst dein Gesicht in seinem Fell. Engel, red keinen Scheiß, faucht der Kater und ratscht dir mit der Kralle übers Kinn, ich habe sieben Leben, sagt er, und das ist schon mein fünftes, glaub mir, sie kommt wieder, ich weiß Bescheid.

Am nächsten Tag, im Morgengrau der Mahagonihöhle, scheint dir Mutters Platz am Tisch noch verlassener als zuvor. Die Familie harrt und starrt auf ihren Stühlen, als wäre die Wache am Krater, das Belauern und Belagern der Leere ihre letzte noch zu erfüllende Pflicht. Juli knickt aus dem verrutschten Tischtuch ein Gebirge, Phillip fährt mit dem Finger die Linien der Holzmaserung nach, Robert blättert fahrig in der Zeitung, und der Vater hat am Platz der Mutter ein Kuvert aufgedeckt, in der Tasse dampft, frisch eingegossen, wie du erschrocken feststellst, der ockerfarbene Kaffee, sie nahm ihn stets mit einem großen Schuss warmer Milch; geschlafen hat heute Nacht wohl niemand in dieser Runde.

Auch du, Engel, hast kein Auge zugetan, hast erst zu lesen, dann bis tausend zu zählen, dann in der wetterleuchtenden Nacht spazieren zu gehen und dir schließlich im Gartenhäuschen einen runterzuholen versucht, hast, als auch das dir nicht gelingen wollte, Mutters Kommode nach Schlaftabletten durchwühlt, alte Sonnenbrillen, eingetrocknete Tuben, ein verdächtiges, erst vor wenigen Tagen aufgelöstes Sparbuch, doch nirgends Tabletten gefunden und zuletzt, zurück in deinem Zimmer, mit tauber, dir vor Müdigkeit kaum mehr gehorchender Hand Boris' Nummer gewählt, in der Hoffnung, seine Stimme, sein ins Telefon strömender Atem, ein paar aufmunternde Worte könnten endlich den Knoten in deiner Brust lösen, und so lauschtest du, während draußen schon die Vögel zu singen begannen, erwartungsvoll dem Tuten in der Leitung, dem Knacken des auskühlenden Dachgebälks und diesem leise an- und abschwellenden Gewimmer, das du zuerst für von draußen hereindringendes Katergeheul hieltst und dann als die Stimme deiner Schwester Juli erkanntest, die in ihrem Zimmer hemmungslos weinte. Engel, es ist mitten in der Nacht, sagte Boris, als er irgendwann doch noch abhob, müde und gereizt, so dass sich der Knoten nur noch enger schnürte.

Als dir am letzten Tag der Loire-Radtour, wenige Kilometer entfernt vom Meer, Juli per Handy die Hiobsbotschaft überbrachte, sprangst du vom Fahrrad und stolpertest die Böschung zum Fluss hinunter, verhetzt, verwirrt, nicht wissend, ob dich die Nachricht von der Mutterkatastrophe in solche Aufregung versetzte oder die Ahnung, dass auch die so lange herbeigesehnte und mit so großen Hoffnungen verbundene Ankunft am Meer dieser Distanz, dem ewigen Drama eures Hintereinanderher und Aneinandervorbei kein Ende setzen würde.

Wie betäubt schautest du in die dunstverhüllte Ebene, über die endlosen Felder, Schilfgürtel, Auen und Marschen, den breiten, schon brackigen, schon nach Salz, Tang und Schlick riechenden Strom und wieder zu Boris, der dich besorgt beobachtete, während du dein Entsetzen ins Telefon stammeltest und dich dabei fragtest, ob *das* nun das Leben war, das du dir immer gewünscht, auf das du so lange gewartet, das du all den gemeinsamen Jahren abzuringen, dieser Radtour abzustrampeln, all deinen Worten abzuschwindeln versucht und währenddessen beständig verpasst hast.

Ihr fuhrt zurück nach Nantes, in die Stadt, in der ihr zuletzt Station gemacht hattet, wo du plötzlich stehen geblieben und Boris um den Hals gefallen warst, in der die Loire sich zum Meer hin öffnet; dort stiegt ihr in den Zug. Während der Fahrt schautet ihr schweigend aus dem Fenster in die vorüberfliegende Landschaft. Wenn die Gebüsche, Reihenhausketten und Lärmschutzwälle für kurze Zeit abrissen und den Blick auf den Fluss freigaben, sahst du manchmal den Fahrradweg auf dem Damm. Du erkanntest Dörfer wieder, in denen ihr genächtigt, Auen, in denen ihr gerastet und lange, baumlose Streckenabschnitte, auf denen ihr das Leben verflucht hattet. Einmal sahst du zwischen einem Dorf und einer dicht bewaldeten Halbinsel die Mündung eines Nebenflusses; vielleicht, dachtest du, ist es der Cher.

Den Schärdinger habt ihr, Ironie des Schicksals, noch einmal wieder getroffen. Er kauerte, kurz hinter Angers, am Wegesrand und reparierte einen Platten, doch dieses Mal – Engel, schwör's bei deinem Namen! – warst du nicht dran schuld. Ihr halft ihm beim Flicken, was zur Folge hatte, dass ihr den Weg zum Meer dann doch noch gemeinsam fortsetztet. Du warst beleidigt, fuhrst absichtlich langsam und lotstest die Gruppe an Kreuzungen auf Umwege oder in Sackgassen. Boris verstand deine Zeichen, begann ebenfalls zu bummeln, hielt sogar ab und zu an, um Käfer zu inspizieren oder einen orientierungslosen Frosch über die Straße zu tragen und zwinkerte dir dabei zu. Der Schärdinger radelte voraus, bremste ab, wartete, fuhr wieder voraus, bremste wieder ab und verabschiedete sich schließlich in einer kleinen Stadt unter dem Vorwand, ein paar Dinge besorgen zu müssen; ihr kichertet ihm hinterher.

Jetzt, da der Feind ausgetrickst war, hättest du Boris gerne nach der *wirklichen* bzw. nach *seiner* Version der Geschichte gefragt, ob also in besagter Nacht an der Mündung neben Würstchengrillen, verwirrten Blicken und Füßeln im Sand nicht doch noch etwas anderes passiert war, etwas, das dir tatsächlich Grund zur Eifersucht oder ein Gefühl tatsächlicher Eifersucht überhaupt erst hätte geben können. Obwohl dir die Frage bis zuletzt auf der Zunge brannte, trautest du dich nicht, sie Boris zu stellen; du hattest, gib's zu, nach all deinen Hirngespinsten Angst vor seinem schlichten und unumstößlichen Nein.

Und wenn ich mich von dir trennen muss? sagtest du stattdessen, nachdem ihr in Paris in den Schnellzug nach Köln umgestiegen wart. Boris schaute dich eine Zeitlang müde an, dann schweifte sein Blick ab und hinaus in eine öde, abwechslungslose Landschaft. Die Frage blieb bis zur Ankunft in Köln unbeantwortet, und unbeantwortet nahmst du sie wenige Stunden später mit auf die Fahrt in deine Heimat, wo dich ihr Echo mit einer solchen Wucht einholte, dass du den Wagen auf einen Parkplatz lenktest, den Motor abwürgtest, minutenlang auf den herumliegenden Müll und die niedergetrampelten Maschendrahtzäune starrtest und glaubtest, nie wieder weiterfahren, dich nie wieder bewegen, nie wieder leben zu können.

Auf einem Feldweg, halb verdeckt vom aufgeschossenen Mais, stand ein karmesinrotes Cabrio. Das Verdeck war geöffnet, durch die getönte Windschutzscheibe sahst du die Schatten zweier eng umschlungener Menschen, ein Spaziergänger ließ wenige Meter weiter einen Hund seinen Haufen machen, und du fühltest dich an etwas erinnert und wusstest nicht, ob diese Erinnerung aus deinem Leben stammte oder vielleicht nur so tat.

Scheißegal, sagtest du später in die knisternde Telefonstille, ob da etwas war zwischen dem Schärdinger und dir oder nicht, ob Mutter zurückkommt oder tot ist, ob ich dich verlasse oder bei dir bleibe, ob ich lebe, nur so tue oder darüber schreibe, am Ende bleibt immer nur dieses Gefühl: scheißegal, und du presstest eine Träne hervor, horchtest in die Telefonleitung und hofftest, Boris würde nun etwas erwidern, etwas dagegensetzen und dir Mut machen, doch du hörtest nur seinen gleichmäßigen Atem, manchmal ein Schlucken oder Schmatzen, das Vogelgezwitscher draußen im Garten, das Knacken des Dachgebälks, das Schnarchen deines Bruders Robert nebenan, darunter die leer geweinte Stille in Julis

Zimmer und in all dem das Rauschen der Telefonleitung, legtest den Hörer mit dem drin schlafenden Freund dicht neben dein Ohr, sagtest dreimal laut Scheißegal! ins morgenblaue Himmelsviereck des Fensters und schliefst endlich ein.

Scheißegal, dröhnt es jetzt noch immer aus der Nacht, den wirren, von greinenden Wiedergängerinnen der Mutter heimgesuchten Träumen, scheißegal! rufst du über den Tisch und die daran hockenden Triefgesichter, trittst den Stuhl weg und rennst in die Diele, denn SCHEISSEGAL ist die Wahrheit, und Wahrheit, denkst du, ist das würdeloseste aller Worte, und du wälzt es, das Wort, das menschenunwürdige, wälzt, während deine Familie dir Arschloch! Leo, bleib da! und Sohn, reiß dich zusammen! hinterherruft, deine Wahrheit vor dir her und hinaus in den tauglitzernden mainfränkischen Morgen.

Du setzt die altmodische Sonnenbrille auf, die du gestern aus der Kommode der Mutter geklaut hast, stürmst über den Hof und steigst ins Auto. Scheißegal! schreist du aus voller Kehle, während du mit 80 km/h durch die Tempo-30-Zone preschst, den von Gartenzwergen, Keramikgänsen und Bewegungsmeldern bewachten Amselweg entlang, die Dr.-Julius-Singer-Straße mit ihren unverputzten Doppelhaushälften und brachen Baugrundstücken hinunter und quer durch Storchenau, das Herz deiner ewig heraufbeschworenen, ewig schuldig gesprochenen Kindheit, einer Kindheit, die doch in *Wahrheit* so behütet und belanglos, eben so *scheißegal* war, dass du, um deiner Biographie doch noch ein wenig Kontur zu verleihen, ganze Romane daraus erdichtest, Menschheitsdramen, Engelsmythen, das Hohelied von Geburt, Tod und dem seltsamen Schwebezustand dazwischen, und so hältst du nach einer halsbrecherischen Fahrt durch

Otterberg, Großklettenbach und die Baggergrubenlandschaft an den Niederfelder Ufern des Mains mit quietschenden Reifen in Kleinwelderstadt, vorm Elternhaus von Marius Raab.

Du stellst den Motor ab, lässt das Fenster herunter und wartest, während irgendwo ein Rasenmäher dröhnt, ein Kind mit dem Dreirad über den Gehsteig rappelt und von den Raab'schen Spalieren betäubend der Rosenduft weht, auf einen Wendepunkt, einen Ruf des Lebens, eine Möglichkeit zur Abbitte für all die unterlassenen Gesten, die verweigerten Worte und unbeabsichtigten Verletzungen von damals, hoffst, hier, am fernsten und kältesten Punkt der Geschichte deiner ersten Liebe, auf eine zweite Chance. Minuten vergehen. Du denkst an Mutters Cabrio, die frühsommerlichen Spazierfahrten, das verdruckste Herumhocken auf mainfränkischen Caféterrassen, die Eisbecher und gekühlten Colas mit den drin erfrorenen Liebesgeständnissen und an den alle jugendliche Lebenslust vernichtenden Maiabend am Main und fragst dich dabei, ob deine Mutter, wenn sie noch lebt, auch irgendwann einmal mit dem Wunsch nach Wiedergutmachung vor ihrem Zuhause im Amselweg steht.

Du willst schon den Motor starten und weiterfahren, da geht die Haustür auf; Marius tritt heraus, in einem anthrazitfarbenen Anzug, mit einer Aktentasche in der Hand und einer braunroten Krawatte um den Hals, braunrot gerändert wie einst seine Lippen, braunrot gerändert und irgendwie trotzig wie damals sein Schwanz. Engel, worauf wartest du noch? Steig aus! Begrüße ihn, tue überrascht oder auch cool, lüge, du seiest zufällig hier vorbeigekommen, und überrede ihn, sich den Vormittag freizunehmen. Fahrt durch das sommerliche Frankenland, trinkt auf einer Caféterrasse mit Mainblick eine Cola oder vielleicht doch eher ein Bier und erzählt euch eure Geschichten.

Marius, würdest du dann erfahren, ist jetzt Angestellter bei der Kreissparkasse und wohnt in der Einliegerwohnung im Haus seiner Eltern, vorübergehend, und nein, einen Freund habe er nicht, fahre aber jedes Wochenende nach Frankfurt, die Sau nauslasse, sagt er auf Unterfränkisch und schürzt trotzig die Lippen, und eine Welle der Erregung durchflutet deinen Körper, so dass du die Beine übereinanderschlägst, einen großen Schluck Bier nimmst und grinsend Die armen Schweine! sagst. In das angespannte Schweigen, das auf einmal herrscht, tschilpen die Spatzen, aus der Gaststube tönt Geschirrgeklapper, über die Bahntrasse rauscht der Regionalzug nach Würzburg, das Bierglas ist jetzt leer und die Mittagssonne senkrecht über dem Tisch, sie treibt euch den Schweiß auf die Stirn, den Durst in den Gaumen, eure Blicke voreinander in die Flucht und den Schmerz zurück in längst verheilt geglaubte Wunden.

Du hast mich nie geliebt, sagt Marius und zerbröselt den Bierdeckel in der Hand; seine Lippen hängen wieder feige nach unten, an Stelle des braunroten Federstrichs rändert Bierschaum seinen Mund, und die Krawatte sitzt schief und wirkt jetzt eher spießig. Ich muss los, sagst du, legst einen Schein auf den Tisch, stehst auf, gehst zum Auto, wartest. Später lenkst du den Wagen auf einen Feldweg, würgst den Motor ab, schaust angestrengt über das Stoppelfeld, sagst schließlich: Doch.

Eine Weile gehen scheue Blicke hin und her, klopfen bang die Herzen, ist alles wie früher und doch viel zu spät, um jetzt noch die Hände nacheinander auszustrecken, sich gegenseitig in die Arme zu ziehen, befreit über euch zu lachen und vielleicht sogar noch einmal miteinander zu schlafen, nicht so unbeholfen, eckig und hitzig wie damals, sondern routiniert, geschmeidig und kühl, so, wie ein Paar es tut, das sich schon lange kennt, viel zu spät, um eurer Geschichte, sozusagen in letzter Minute, noch ein gelungenes Ende zu verleihen, und so tritt Marius an dieser Stelle zwar tatsächlich aus dem Haus seiner Eltern, geht über den Hof, kommt direkt auf dich zu und schaut dir sogar in die Augen, biegt dann aber, als du schon den Mund zum Gruß öffnen willst, unvermittelt ab, geht zu dem vor deinem Wagen parkenden Auto, schließt auf, steigt ein, startet den Motor und fährt – mit quietschenden Reifen – davon. Erst im Spessart, auf der kurvigen und irgendwie zu düsteren Fahrt durchs Eichbachtal, merkst du beim Blick in den Rückspiegel, dass du noch immer die Sonnenbrille der Mutter aufhast, wegen der dich Marius – zum Glück? – wohl nicht erkannt hat.

Die Wälder wogen, die Bäche glitzern, kleefett und hahnenfüßig liegt der Rohrbuchener Schlittenhang im Sommerschlaf, und im Waldstück, dort, wo du einst Mutters Cabrio und um ein Haar auch dein Leben um den Stamm eines Baumes gewickelt hast, ist dir, als gingen, während du noch einmal scheißegal! schreist und das Gaspedal durchdrückst, die Buchen auf Konfrontation; nur das Reh im Gebüsch hält beim Äsen inne, schaut auf, schüttelt den Kopf und überquert dieses Mal erst *hinter* dir die Straße.

Du fährst unter der Autobahn durch, nimmst die Abkürzung über den Forstweg und hältst vorm Gartentor des Getränkehändlers Kaiser. Nach einem kurzen Moment des Zögerns, in dem du dich fragst, wohin das alles noch führen soll, steigst du aus, setzt über den Zaun, schleichst wie ein Dieb durch die Rabatten, hebst im Gemüsegarten sogar schon ein paar Kiesel auf, um sie an Volkers Zimmerfenster zu schnicken, fürchtest aber dann, den Scherbenhaufen in diesem Haus noch zu vergrößern, und wirfst sie zurück auf den frisch geharkten Boden, dessen wurmige Erde du jetzt wieder auf der Zunge zu schmecken glaubst, wie damals, nach der Maulschelle des Getränkehändlers und deiner Bruchlandung im Gurkenbeet, ein widerlicher, Brechreiz erzeugender Geschmack, *der* Geschmack, der dir, Engel, bis in alle Ewigkeit aufstoßen wird, wenn auch du einmal ins Gras beißt, die Rüben auf dich zeigen siehst, den Tod, nach all den leeren Metaphern, doch noch beim Wort nimmst. Vom Kaiser'schen Haus zum Friedhof sind es, wie dir die Nachbarin weist, zu Fuß nur ein paar Schritte.

Volkers Grab ist über und über mit Blumen bedeckt: Lilien, Studentenblumen, Rittersporn, ein Gebinde aus Gerbera und Sonnenblumen, ein Teppich aus Stiefmütterchen und mittendrin, in einer Kupfervase, ein Strauß rote Rosen. Feline hätte es nicht besser schmücken können, denkst du, steckst die Wiesenblumen, die du vom Wegesrand gerupft hast, in die Vase und weißt auf einmal nicht mehr, wer hier wen und an was erinnert, das Grab an Feline, Feline an Volker oder Volker an das ominöse Säuglingsgrab auf dem Wiener Zentralfriedhof, das damals diesem hier – und du frierst bei dem Gedanken – schon viel zu ähnlich sah.

Als du Feline bei eurem letzten Wiedersehen nach dem Wahrheitsgehalt ihrer Mär vom verstorbenen und auf dem Zentralfriedhof verscharrten Halbbruder fragtest, schaute sie dich geringschätzig an, sagte: Wenn es damals nicht stimmte, dann stimmt es ja jetzt, versenkte ihre Hände so tief im Spülbecken, als müsse sie das an ihren Fingern klebende Bruderblut abwaschen, und richtete für den Rest des Abends kein

Wort mehr an dich. Dabei hatte alles so gut angefangen, an jenem Abend im letzten Sommer, als Boris und du während einer Reise nach Wien, auf der du dich mit dieser verhassten Stadt wieder aussöhnen wolltest, bei Feline zum Essen eingeladen wart.

Willkommen in der Peststadt! wienerte sie in der Tür, zog euch in die Wohnung, musterte dich von Kopf bis Fuß, bemerkte spöttisch, dass der Rhein wohl auch kein Jungbrunnen sei, und fiel dir alle paar Sekunden um den Hals. Sie trug ihr Haar nicht mehr schwarz gefärbt, sondern in ihrer Naturfarbe, einem seidigen Nussbraun, und statt ihrer ewigen schwarzen Sweater und Röcke ein eng anliegendes rotes Kleid, das ihr hervorragend stand; in den letzten Jahren hatte sie auch noch die letzten überflüssigen Pfunde verloren. Sie war wunderschön, gut gelaunt und spitzzüngig wie immer. Aufgeregt um dich herumtänzelnd zeigte sie dir ihre neue Wohnung, in der sie zusammen mit ihrem Mann lebte, einem liebenswürdigen, aber, wie du fandest, etwas einfältigen Krankenpfleger, den sie in einer ihrer Hungerkliniken kennengelernt, überstürzt geheiratet und zum Vater ihrer mittlerweile einjährigen Tochter Frida gemacht hatte, wie Frida Kahlo, meine Lieblingsmalerin, plapperte sie und drückte dir ihr Kind an die Brust, während sie dich durch die Zimmer schubste, die zweckmäßig und sogar bieder, ganz ohne die phantasievollen Kunstobjekte aus ihrer Werkstatt eingerichtet waren, die früher ihre leere Wohnung und ihr ebenso leeres Leben beseelt hatten. Du musstest mit einem Gefühl des Unbehagens an eure eigene, neu eingerichtete und größtenteils von Boris bezahlte Wohnung in Köln denken, in der du nun, nachdem du jahrelang in Wohnheimen, Gästezimmern und Rumpelkammern gehaust hattest, ein schwarzes Ledersofa, weiße Wandregale, einen Fernseher, eine Einbauküche und sogar eine Salatschleuder besaßest.

Als hätte Feline deine Gedanken lesen können, packte sie dich am Arm, stieß dich ins Kinderzimmer, schaute dich durchdringend, fast drohend an, sagte: Glaub mir, es ist besser so für uns, und deutete mit dem Kinn zu Boris, der in der Diele stand und sich mit Rolf unterhielt; aus ihren Augen sprühten im Halbdunkel grüne Funken, die stachen dir gehässig in die Haut. Du rissest dich los, schlossest dich im Bad ein, hocktest dich auf die Badewanne und glotztest für Minuten angewidert auf den Klopapierhalter, einen die Klorolle als Zunge aus dem Mundloch streckenden Holzclown, das scheinbar einzige Relikt aus Felines früherem und, dachtest du, trotz allem doch irgendwie besserem Leben.

Zum Abendessen gab es Ziegenkäse mit Honig, gebratene Goldbrasse und als Nachtisch eine große Schüssel Karamellpudding, von dem Feline nichts aß. Irgendwann lenktest du das Gespräch auf den Schadensersatzprozess, den sie schon seit Jahren gegen das Revolverblatt führte, das sie damals in seinem reißerischen Artikel als »das Fressmonster von Wien« bezeichnet hatte. Sie schwieg und verabschiedete sich aus der geselligen Runde, indem sie mit hartem Gesichtsausdruck in eine Ecke der Küche starrte. Begierig, ihre bürgerliche Fassade einzureißen und dahinter die Wahrheit mit all ihren Widersprüchen und Lügen hervorzukehren, fragtest du nach Tiago. Welcher Tiago? sagte sie und wickelte sich eine Haarsträhne um den Finger, die sie sich plötzlich, mit einer heftigen Ruckbewegung und indem sie dich dabei feindselig anblickte, ausriss, und dir war, als hätte dabei ihr Fett geraschelt oder das, was von ihrem früheren Leben übrig geblieben war.

Boris räusperte sich und goss Wein nach, Rolf begann, den Tisch abzuräumen, und du griffst nach einem Stück Brot, rolltest es zwischen den Fingern und warst dir mit einem Mal selbst nicht mehr sicher, ob es einen Tiago in eurem Leben jemals gegeben hatte. Dann erlöste Frida in ihrem Kindersitz die angespannte Stille und begann zu weinen, doch Feline reagierte nicht, saß nur da und schaute ihr Kind ausdruckslos an, bis Rolf es schließlich auf den Arm nahm und aus der Küche ins Kinderzimmer trug, wo du es noch lange schreien hörtest, während Feline mit dem Abwasch begann.

Wir sollten uns nicht mehr sehen, sagte sie später in der Tür, als du ihr ein spitzes Bussi auf die Wange drücktest. Ist wohl besser so, erwidertest du und suchtest hinterm Rücken schaudernd nach Boris' Hand. Dann ging mit einem metallischen Klacken die Treppenhausbeleuchtung aus.

Unheimliche Frau, sagte Boris, als ihr auf die U-Bahn wartetet. Was weißt du schon? fuhrst du ihn an. Noch während du dich wegdrehtest, tat dir deine Reaktion leid, und du wolltest Boris zur Seite nehmen und ihm erklären, warum du Feline im Grunde gut verstehen könntest, wüsstest du doch, wie schwer es sei, sich in einem neuen, so genannten besseren, größtenteils aber antherapierten, von Ärzten und Psychologen aufgezwungenen Leben zurechtzufinden, einem Leben, das man nur allzu oft für die anderen oder zur Beruhigung und Schonung der anderen führe, denn in Wirklichkeit wüte unter der gebändigten Oberfläche noch immer das Chaos, brenne noch immer der Furor in einem, wie überhaupt, hättest du hinzugefügt, das eine wie das andere Leben für solche wie uns, für Verrückte, Außenseiter, für *Borderliner, Fressmonster* und *Geisteskranke* wie Feline und mich, doch vergeblich, für die Grube, den Dreck ist, und du erinnerst dich, hier, am Grab von Volker, den du damals deutlich hattest spüren lassen, dass er keine Ahnung hatte und nicht dazugehörte, wie in dem Moment, da du den Mund öffnetest, um Boris all das zu sagen, die U-Bahn heranbrauste und dir von den Lippen das Wort wegriss, so dass du die Wahrheit auf einen späteren Zeitpunkt verschobst, in den Zug stiegst und am nächsten Tag mit Boris vorzeitig zurück nach Köln fuhrst.

Benommen von diesen Erinnerungen beobachtest du die Bienen, die sich an den Blüten der Grabgebinde laben. Wie sehr du auch in dich hineinhorchst, um ein Gefühl der Trauer in dir aufzustöbern, der Reue, vielleicht auch der Wut, dass du dich nie wirklich für Volkers Leben und den Grund interessiert hast, warum er dieses Leben, im Gegensatz zu dir, der immer nur von Selbstmord sprach, tatsächlich nicht mehr ertrug, du empfindest nichts oder nichts Bestimmtes, nichts, was diesem Grab seine grausame Geschichte, Volkers Tod seine Endgültigkeit nehmen könnte. Irgendwann fällt dir auf, dass das Geburtsdatum auf dem Gedenkstein bis auf die Jahreszahl mit dem heutigen Datum übereinstimmt.

Er wäre heute dreißig geworden, sagt eine Männerstimme hinter dir; du drehst dich erschrocken um und empfindest beim Anblick des Kerls, der dort steht, doch noch einen leichten, aber gar nicht friedhofsgemäßen Schauder. Er ist schlaksig, groß und hellhäutig, mit keck unter der Baseballkappe hervorkringelnden Locken um die Schläfen, dichtem Bartwuchs, lässig in den Jeans vergrabenen Händen, einem Strauß gelber Tankstellenrosen unterm Arm und Augen, tiefer und blauer als dieser Sommertag. Er sagt: Darf ich, schiebt dich zur Seite, verströmt dabei den Geruch von Kaugummi,

Kaffee und Autoduftbäumchen, bückt sich und steckt seine Rosen samt Schutzfolie in die Kupfervase, zu den roten und deinen struppigen Margeriten.

Volker hat wohl einen neuen Verehrer, sagt er und grinst. Ich bin nur das Unkraut da, erwiderst du schnell und zeigst auf das Wiesengeblüm. Moritz, sagt er und streckt dir die Hand hin, ich bin … ich war Volkers Freund, damals, als es passiert ist. Lars, lügst du, schüttelst seine Hand und spürst, wie du dabei errötest, Lars Baumann, aus Eichbach, hier übern Berg. Du machst eine Geste Richtung Himmel und wünschst dir eine Wolke vor die Sonne, für gnädigeres, weniger entlarvendes Licht. Ich war mit Volker früher in der Schule, sagst du, jetzt wieder wahrheitsgemäß, und einen Lars Baumann aus Eichbach gab es tatsächlich in deiner Klasse, einen großen, ungeschlachten Bauernsohn mit bärenstarken Händen und Lenden, aber das nur am Rande.

Moritz mustert dich aufmerksam; sein Blick ist so klar und durchdringend, deine Lüge so fadenscheinig und die Augustsonne so hell, dass du fürchtest, in deinen Augen würden all die verwirrenden Gefühle sichtbar, die nun doch noch, gleichzeitig und viel zu spät, in dir aufsteigen. Moritz, scheint dir, registriert alles. Er wohne eigentlich in München, sagt er und lässt erst jetzt deine Hand los, jobbe aber als Kurierfahrer, und er deutet mit dem Kinn zum Waldrand, wo du auf einmal das Dröhnen der Autobahn hörst. So komme er oft hier am Friedhof vorbei, und danach gehe er in der Raststätte etwas essen, dort habe nämlich alles angefangen, bei Linseneintopf mit Bockwurst; Volker, sagt er und hat jetzt Tränen in den Augen, die er nicht zu verbergen versucht, hat dort als Pommesbrater gejobbt.

Du ahnst, dass da wohl große Liebe im Spiel gewesen war

oder noch immer ist, räusperst dich und scharrst mit dem Fuß im Kies. Eine Weile herrscht viel zu bedeutsames Schweigen. Dann musst du ihn ja gut gekannt haben, sagt er. Das Rauschen der Autobahn wird lauter, du schaust zum Wald, schielst wieder zu Moritz, sagst: Er hat nie viel über sich gesprochen. Moritz nickt. Aber von einem Typen, sagt er, habe Volker manchmal erzählt, Engel mit Namen, ebenfalls aus seiner Klasse, den müsstest du – und er blickt dich wieder so unverblümt an – eigentlich kennen. Wieder dieses Schweigen, noch bedeutsamer, bedrohlich und dröhnend; dann merkst du, dass es nicht die Autobahn ist, die dir in den Ohren braust, sondern dein Blut. Ja, sagst du, nein, sagst du, holst Atem und stockst. Jetzt scharrt Moritz mit dem Fuß im Kies. Volker muss ihn geliebt haben, sagt er, mehr als mich. Tödlich geliebt. Die Autobahn führt mitten durch die verräterische Stille, mitten hinein in dein Herz. Ich muss los, sagst du, also mach's gut, drehst dich um und gehst.

Der Kies knirscht wie harscher Schnee, das Friedhofstor kommt nicht näher, der Horizont scheint in die Vertikale gekippt, der Himmel unter die Gräber gekehrt, der Gehweg jetzt eine Gerade in die Unendlichkeit, auf der du läufst, schließlich rennst und denkst: Engel, nur weg von den Toten! Du hörst den Kies hinter dir aufspritzen, hörst Moritz aufholen, glaubst schon, seinen Atem zu riechen, rennst weiter, drehst dich nicht um. Lars, ruft er, noch einmal Lars! und dann, schon fast am Friedhofstor, das irgendwann doch noch mitten in der Unendlichkeit steht: Leo!

Dein Vorname, den kaum jemand kennt, bei dem nur deine Familie dich nennt, und Boris, wenn er sauer ist, Boris, wenn er die Schnauze voll hat von dir und Leo! sagt, im Sinne von

Engel, es reicht!, L-E-O, diese nur für Familienbelange und Borisbefehle bemühte Kurzform deines Namens, sie schlägt dir zwischen die Schultern wie ein Geschoss.

Du wünschst, du könntest stehen bleiben, dich umdrehen, einsehen, dass es keinen Zweck hat zu fliehen, wünschst, während du durch das Tor auf die Straße rennst, Moritz wäre schon viel zu nah, um noch irgendetwas zu verhindern. Er würde dich an der Schulter packen, dich herumwirbeln, dir seinen verhetzten Atem ins Gesicht schnaufen, dich am Arm fassen, dann an der Hand, zuletzt am Kinn, ich muss, sagt er, ich kann nicht, ich will doch nur, bricht ab, schaut dich an, schüttelt den Kopf. Dann liegst du in seinen Armen, schreckstarr, überwältigt, erkannt, spürst seine Hände am Hals, im Haar, auf der Hüfte, am Hintern, siehst die Baseballkappe zu Boden fallen, den Kopf in deine Hände kippen, riechst Shampoo, Automuff, Zigaretten und seine Angst. Entsetzen flutet heran und im Entsetzen die Erregung, schwemmt den Boden weg, die Blumen, den Friedhof, den Gedanken an Boris, an den Mahagoniholztisch und an die Mutter, zerrt deine Hände um Moritz' Hüften und deinen Mund auf seine Lippen, reißt euch einfach mit und ineinander hinein, an der Friedhofsmauer, am Urnenhain, im Schatten plötzlich barmherziger Wolken und mit dem beschämenden Gefühl, dass Volker alles sieht, alles hört, alles weiß und darüber lacht.

Später holt ihr Atem und schweigt. Die Sonne ist hinter den Wolken wieder zum Vorschein gekommen, stichig jetzt und schwül, mit Gewitterdunst zwischen den Strahlen und dem ersten Abendglitzern auf der grünen Wasseroberfläche des Gießwasserbeckens. Wind kommt auf, rauscht in der Eiche am Tor, fährt in den Laubhaufen an der Rückwand der

Aufbahrungshalle und in den angrenzenden Wald. Irgendwo scheppert ein Blech, aus dem Dorf schallt Hundegebell, von der Autobahn ist nichts mehr zu hören. Ein altes, krummes Mütterlein schlurft vorbei, schleppt eine Gießkanne, schaut euch nicht an, dreht sogar den Kopf weg, sie hat's gesehen, denkst du und erschauderst. Neben dir lehnt Moritz an der Wand. Sein Körper ist in sich zusammengesunken, die Haltung abwehrend, das Gesicht erschrocken, zur Seite geneigt, der Schatten der Urnenmauer, der sich langsam über ihn neigt, mischt ins Blau seiner Augen ein stumpfes, haltloses Schwarz.

Es tut mir leid, sagt er, kalt und ohne Blick, aber ich muss wissen, wer du bist, warum Volker es getan hat. Das Mütterchen schwenkt die Gießkanne über ein Grab, schaut her, schüttelt den Kopf. Und, weißt du's jetzt? erwiderst du schnippisch. Ein Windstoß fährt in die Eiche am Tor, ein paar unreife Eicheln prasseln zu Boden, dann ist es wieder still, totenstill, nun doch. Nur ganz fern, wie ein Hintergrundrauschen, ein Ohrgeräusch, hörst du den Sommertag, das Leben, die Autobahn.

Hilf mir, es herauszufinden, sagt er und wendet sich zu dir, doch das hörst du schon nicht mehr, siehst du schon nicht mehr, all das bleibt nur deine stumme Anklage gegen den Tod, denn da rennst du schon quer durch Rohrbuch, bist schon längst auf der Flucht vor Volkers allwissendem Schweigen.

Engel, nur weg! Weg von Moritz, weg von seiner Trauer und Besessenheit von einem Toten! Unter deinen Schritten dröhnt der Asphalt, federt der Rasen. Weg von diesem Friedhof! Weg von Felines Lügen und Volkers Grab, weg von der Vergangenheit, deiner Lebenskatastrophe, dieser unrettbar verunglückten Geschichte! In Bildfetzen fliegen die Häuser vorbei, die Gärten, Laternen, Jägerzäune. Du hörst Kinder lachen, Hunde bellen, eine Säge kreischen, siehst am Ende der Straße endlich den Wagen stehen. Weg vom Mahagoniholztisch! von diesem Moloch! dem lebenslangen Massaker namens Familie! Weg von diesem Erinnerungskampf, dem Kindheitskrampf und der wie ein Bumerang aus den Wirren des Tages zurückschnellenden Angst um die Mutter! Du reißt die Autotür auf, springst in den Wagen, fährst los. Weg von Boris! Weg vom Alltagskrimskrams, Beziehungskleinklein, Gefühlstamtam und den allsommerlichen Radtouren an einem gottverdammten Fluss einem gottverdammten Meer entgegen, wo auch nichts anders, nichts besser, immer nur der gottverdammte Zug zurückgenommen wird zum schwarzen Ledersofa, zu den weißen Wandregalen und der Salatschleuder, die auch dir irgendwann die letzten Flausen aus dem Hirnbrei wringt! Nur weg! Endlich weg von all diesem Wahnsinn! All diesen Worten! Und so stehst du, nach einer ziellosen Fahrt durch den Spessart, in dem kein Wald dunkel, kein Unterholz dicht, kein Berg hoch und kein Tal einsam genug waren, als dass du dich hättest verstecken können vor deiner Geschichte, bei Anbruch der Dämmerung am Ufer des Mains, im Modder der Sandbank, wo an jenem Abend im Mai alles begann.

Gib mir mein Leben wieder! sagst du in die von Mücken überschwärmte Gewitterstille auf dem Fluss. Ich weiß, dass du es hast, sagst du, lauter und nachdrücklicher jetzt, als wolltest du den Fluss zum Duell herausfordern. Ein Windstoß zischelt in den Binsen, riffelt die Wasseroberfläche und wirft an den Befestigungssteinen strudelnde Wellen auf, so dass du nun näher ans Wasser herangehst, denn dir ist, als hörtest du, inmitten dieses letzten Aufbäumens des Tages vorm endgültigen Versinken in der Nacht, von der Mitte des Flusses herüberflüsternd, wo das Wasser in einem schmalen Silberstreif noch das letzte Licht des Himmels spiegelt, eine Stimme:

Auf meinem Grund schlummern viele Leben. Wer bist du überhaupt?

Du weißt genau, wer ich bin, sagst du und wunderst dich, wie wenig überrascht du bist, tatsächlich eine Antwort zu erhalten. Du machst einen Schritt ins Wasser, glitschst über Steine und durch Schlamm, stehst nun bis zu den Knöcheln im Fluss, aus dessen Mitte die Stimme klingt:

Hast du die Philosophen nicht gelesen? Heraklit sagt: Man steigt nie zweimal in denselben Fluss. Und schon gar nicht in den Main.

Aus der Tiefe herauf tönt ein Gluckern und Gurgeln, es klingt, als kicherte der Fluss. Du hast mich zu dem gemacht, der ich bin, sagst du und setzt einen weiteren Schritt ins Wasser, jetzt gib mir, was mir zusteht. Du spürst die Fluten schon deine Knie umspülen, den Schlamm in Schuh und Socken quatschen, bekommst eine Gänsehaut und kalte Füße, jetzt doch.

Was dir zusteht? Fehlt dir denn überhaupt etwas?

Du deutest auf das Wasser, zum gegenüberliegenden Ufer, rutschst dabei auf einem Stein aus, taumelst, findest keinen Halt mehr, tauchst ein in den Fluss. Deine nassen Kleider ziehen dich nach unten. Du strampelst mit den Beinen, ruderst mit den Armen, wirst dann ruhiger, bewegst dich gleichmäßiger, schwimmst. Das Wasser trägt dich, wie es dich immer getragen hat, manchmal weiter und länger, als dir lieb war.

Etwas von mir, sagst du, ist damals auseinandergebrochen, abgestorben, dort hinübergegangen, und du willst zur anderen Seite deuten, doch der Fluss schiebt dir eine Welle in den Mund, du verschluckst dich, hustest. Dann erfasst dich, jäh und unvorbereitet, die Strömung. Kraftvoll legt sie sich um deinen Körper, kommt über dich wie eine leidenschaftliche Liebkosung; der Fluss, der dir, vom Ufer aus gesehen, immer so gestaut, fast stehend erschienen war wie ein Kanal, der Main, dieser träge, müde, mittelmäßige Fluss deiner Heimat, er reißt dich kühn mit sich fort:

Auseinandergebrochen! Abgestorben! Weggegangen über den Fluss, den Styx, den Rubikon, den Fluss ohne Ufer und Wiederkehr! Was du nicht sagst! Schau, hier ist das eine Ufer, dort das andere (kichert), hier der Spessart, dort der Odenwald, hier Storchenau, dort Finkenbach, hier die Bundesstraße, dort die Bahntrasse. Dazwischen bin ich. Was du suchst, es ist hier und dort, ist hüben wie drüben und auch dazwischen, also rede nicht so viel, nimm es dir –

und da nimmst du es dir, nimmst es in großen, langen Zügen, mit weit ausgreifenden Beinen und tief ins Wasser hebelnden Händen, nimmst es tauchend und spritzend, kraulend und kämpfend, nimmst es mit brennenden Augen, stechenden Lungen und einem im Wasser vergurgelnden Schrei der Enttäuschung, während unter dir die Tiefe lauert, tödlich, untrüglich und still, solange du nicht an sie rührst.

Der undeutlich umrissene Punkt am Ufer, auf den du nun erbittert zusteuerst, erweist sich auf den letzten Metern als Strömungswehr, scharfkantig ragen die Betonklötze aus dem Wasser, brechen die Flut, die Angst, die Kraft deines mit dem Fluss kämpfenden Körpers. Du krallst dich an die schleimigen Felsen, ziehst dich hoch, schlägst dir das Knie auf, krachst in eine Spalte, spuckst aus und denkst: Und das war alles?

Dann liegst du da, blutest am Knie, blickst in den Himmel, spürst die Wunde pochen, die Kälte in deinen Körper kriechen, riechst die Fäulnis aus den Ritzen steigen, hörst das Pfeifen deines Atems, den wilden Schlag deines Herzens, das Dröhnen des Bluts in deinen Ohren und in all dem das gleichgültige Schweigen über der schwarzen, längst schon wieder geschlossenen Mitte des Flusses.

Irgendwann richtest du dich auf, greifst nach einem Stein, betrachtest ihn, erinnerst dich, schleuderst ihn aufs Wasser. Er versinkt mit einem endgültigen Geräusch. Du klaubst einen weiteren Stein auf, einen flachen, länglichen, legst ihn zwischen Zeigefinger und Daumen, lässt ihn aus dem Handgelenk schnellen; er setzt einmal auf der Wasseroberfläche auf, springt, versinkt. Der dritte Stein setzt zweimal auf, der vierte plumpst schwer ins Wasser, als der fünfte Stein, ein schöner, bunt gescheckter, einer, den du früher stolz deiner Mutter überreicht hättest und den sie sicherlich mit leichter Hand in drei, wenn nicht vier Sprüngen über das Wasser hätte schlittern lassen, wissend, dass nicht Steine, wohl aber Menschen in ihren Leben ertrinken können, als also der letzte und schönste Stein in einem Bogen tatsächlich drei und vielleicht sogar ein viertes, in der Dunkelheit schon nicht mehr zu erkennendes Mal über das Wasser springt, stehst du auf und sagst: Und Mutters Leben? Wo ist das? Liegt das dort auf deinem Grund?

Der Wind zischelt wieder in den Baumkronen, kräuselt das Wasser, fispelt im Schilf. Die Kirchturmuhr im Dorf schlägt zehn. Hinter dir, an den Hängen des Odenwalds, grollt ein Donner, und drüben rauscht die Umgehungsstraße. Über dem Fluss bleibt es still. Doch wenn du genau hinhörst, Engel, dann ist da, in all dem, diese Stimme, die dir sagt, warum die Mutter aus deiner Geschichte verschwinden musste und wie du sie finden kannst.

Auf dem Rückweg nimmst du den Fußgängersteg an der Eisenbahnbrücke, auf dem du früher, wenn Robert dich, um deinen Mut zu testen, über die Brücke nach Finkenbach schickte, durch die Ritzen zwischen den morschen und, wie Robert dir eingebläut hatte, bruchgefährdeten Holzplanken den Fluss um die Brückenpfeiler schäumen sahst, unfähig, den Blick von deinen sich Zentimeter für Zentimeter vorwärts tastenden Füßen zu heben oder die ums Geländer geklammerte, sich von Strebe zu Strebe vorarbeitende Hand zu lockern, bis du endlich, nach einer viertel Stunde unerträglicher, dir die Tränen übers Gesicht und den Urin in die Hose treibender Todesangst, mit einem Gefühl grenzenloser Erleichterung von der letzten Holzplanke auf den Betonboden des Brückenkopfes sprangst, dich aber sogleich erschrocken zur anderen Seite umdrehtest, wo Robert schadenfroh lachte, denn du musstest nun, um nach Hause zu kommen, den ganzen Weg auch wieder zurück.

Doch als du jetzt auf den Brückensteg trittst, stellst du fest, dass man die morschen Holzplanken durch solide Betonplatten ersetzt hat; über den Fluss gehen, denkst du und marschierst mit einem Gefühl der Genugtuung los, muss ja nicht immer lebensgefährlich sein. Drüben angekommen, beginnt es doch noch zu regnen, ein unentschlossener, ein unterfränkischer Regen, freundlich und lau. Wenigstens, Engel, brauchst du für deine nasse Hose zu Hause diesmal keine Ausrede.

Als du heimkommst, sind sie alle noch da. Sitzen sie alle noch um den Tisch mit den ungelösten Rätseln, verratenen Geheimnissen und deiner untilgbar ins Holz gemaserten Geschichte. Die cremefarbene Klöppelspitze liegt auf, dazu das Festtagsservice, und statt des Tellers mit den Salamibroten steht in der Mitte ein Topf voll dampfender Pellkartoffeln, daneben ein Schüsselchen Quark, Mutters Leibgericht.

Sie ist zurückgekommen, denkst du und willst schon freudig in die Küche stürzen, wo sie wie immer am Buffet stehen, noch schnell den Salat anrichten und deinem um sie herumflatternden Vater scharfe Befehle erteilen würde, als Juli dich enttäuscht anblickt und sagt: Papa hat gekocht. Er denkt, du bringst sie mit. Dann nimmt sie Phillip, der neben ihr sitzt und malt, den Stift aus der Hand und streicht unter seinem Protest das verschobene Tischtuch glatt. Die Polizei hat angerufen, sagt Robert und grinst abschätzig, nach dir suchen sie jetzt auch.

Jemand will Dienstagnacht eine Frau am Bahnhof gesehen haben, fügt Juli hinzu, ich hab's ja gleich gesagt, Mutter ist nicht tot. Tooot, echot Phillip, ganz ohne zu stottern, klettert vom Stuhl, rennt auf dich zu und reicht dir ein bekritzeltes Butterbrotpapier. Du nimmst es, rollst es auseinander, betrachtest es eine Weile und erkennst, dass das phantasievolle Bild mit den Schlangen, Fratzen und Fabeltieren eine Bleistiftpause der Holzmaserung ist. Lächelnd streichelst du dem Jungen über den flaumigen Kopf, siehst Juli am Tisch zusammenzucken, spürst den Stich in der Brust und fragst schnell nach eurem Vater. O-o-opa spielt V-v-verei-rei-reisen! stampft Phillip hervor und deutet zum Korridor.

Die Tür zum Schlafzimmer der Mutter steht offen. Der Vater sitzt auf dem Bett, zusammengesunken, abgekämpft, ein geschlagener Krieger inmitten eines unüberblickbaren Schlachtfelds aus aufgerissenen Reisetaschen, Trolleys und auseinandergenommenen Koffern, den Sammelobjekten der Mutter, die sie jahrzehntelang in Geschäften, aus Katalogen und auf Märkten zusammengekauft und in Schränken, Bettkästen, Kommoden und Staufächern, in jeder freien Nische dieses Hauses gehortet hat, wo sie sich im Laufe der Jahre und mit Hilfe ihrer schenkfreudigen Kinder zu einem wahren Reisetaschenimperium von unschätzbarem Wert und, im Nachhinein, zynischer Symbolik angehäuft haben, denn sie reiste ja mit ihren Taschen doch immer nur von zu Hause in die Kuren und Kliniken, in denen es ihr stets schnell besser ging, und von den Kuren und Kliniken wieder nach Hause, wo sie, kaum dass sie über die Schwelle war, der Kopfschmerz wieder packte.

Du bahnst dir einen Weg zum Bett, setzt dich neben deinen Vater, legst, wie er, die Hände in den Schoß und betrachtest, als wäre das die einzige dir mögliche Geste des Trosts, resigniert das Durcheinander. Ganz schwach steigt dir der vertraute Geruch dieses Zimmers in die Nase, ein Geruch, kaum mehr wahrnehmbar und vielleicht nur eine Erinnerung an den Duft dieses Zimmers, der jetzt von den Ausdünstungen der Taschen und Koffer, vom Geruch nach Leder, Imprägniermittel und Staub überdeckt oder längst schon verflogen ist, weil das Bett seit Tagen leer, der Schmerz nach Hause gegangen ist, weil die Mutter hier nicht mehr wacht und harrt, wartet und weint.

Die kleine rote fehlt, sagt dein Vater und deutet auf die zerpflückten Taschen, die mit den ausklappbaren Rollen und dem doppelten Boden, sagt er, so hilflos und verzagt, dass du schnell weg- und zur Tür schaust, wo du für den Bruchteil einer Sekunde dich selbst stehen siehst, als kleiner Junge im Schlafanzug, der mit ängstlichem Gesicht ins Schlafzimmer blickt, direkt zu dir her, so dass du nun aufspringst, deinem Vater die Hand auf die Schulter legst, ihm mit dem Daumen ein paar Schuppen vom Kragen streichst und sagst: Ich werde sie finden. Ganz bestimmt. Morgen breche ich auf.

Er schaut dich an, als hätte er dich gar nicht gehört. Sie hat die kleine rote mitgenommen, ich bin mir ganz sicher, erwidert er, wischt deine Hand weg und deutet wieder auf das Taschenchaos, wo du in einem aufgeklappten Koffer den schlafenden Kater Felix entdeckst, der nun den Kopf hebt, gähnt und dich anblinkert, wie um zu sagen: Stimmt nicht, sie hat die schwarze, samtgefütterte, aus der ich gerade noch rechtzeitig rausgesprungen bin.

Später liegst du in deinem Kinderbett unter der Dachschräge und lauschst in das dunkle Haus, in dem es nun, weit nach Mitternacht, doch noch still geworden ist. In der Hitze der Diskussion um deinen Entschluss, die Mutter zu suchen, wurden die Pellkartoffeln schnell kalt. Und wenn sie gar nicht gefunden werden will, unkte Robert und erntete böse Blicke, Phillip, der schnell verstanden hatte, worum es ging, kippelte auf seinem Stuhl und klöterte ununterbrochen: Ich k-k-komm mit!, und Juli sagte: Wenigstens einer, den man in dieser Familie beim Wort nehmen kann, und knuffte dir, verborgen vom Tischtuch, in die Seite. Dann kam der Vater ins Zimmer, legte die kleine rote Reisetasche auf den Tisch, schaute müde in die Runde und sagte: Geht jetzt schlafen, morgen ist auch noch ein Tag. Ihr standet auf und floht vom Tisch. Die Pellkartoffeln ließt ihr darauf stehen, Mutter ist ja bald wieder da.

Kurz vorm Wegdämmern, als die Wogen des Schlafs noch

nicht herangeflutet sind, die Sinne aber schon weggerissen werden in die weiten und offenen Räume der Träume, in diesem Zwischenraum zwischen Wachsein und Schlaf, in dem doch allein die Wahrheit zu finden ist, ist dir, als hörtest du, herüberschallend aus einer anderen Welt, schwirrend in einer Sphäre ohne Resonanz und Hall, irrend durch einen endlos leeren, endlos weißen, endlos spiegelnden Raum, eine Stimme, die zu dir spricht, eine einsame und haltlose Stimme, seltsam sprachlos, seltsam kindlich, seltsam kalt.

7. Engel

Der Tag meines Aufbruchs ist der erste September, ein sonniger, aber nicht mehr heißer, winddurchkämmter und bereits von ersten welken Blättern durchwirbelter Tag mit müden Farben und gläserner, vom nächtlichen Regen rein gewaschener Luft, der Anfang der fünften Jahreszeit. Es ist früher Morgen, im Haus schlafen noch alle. Ich verstaue die letzten Dinge in meiner Tasche, brühe einen Kaffee auf, setze mich noch einmal auf meinen Platz am Mahagonitisch und betrachte die Maserung des Holzes. Gesichter sehe ich keine mehr, eher Felder, Ströme, Straßen und Meere einer abstrakten, noch unverwirklichten Landschaft; hinter mir, auf dem Januarbild an der Wand, harrt der schwarze Vogel im ewigen Eis.

Ich höre ein Geräusch, drehe mich um und sehe den Kater über die Fliesen tapsen. Wer da? tönt es aus der Vaterkammer. Ich bin's, flüstere ich. Dann ein Schmatzen, kurz darauf wieder gleichmäßiges Atmen und zuletzt das Schnurren des Katers, der sich an meine Beine schmiegt, und froh, dass auf die Familie und die Erinnerungen, die sie zusammenhält, letztendlich doch Verlass ist, schultere ich mein Gepäck und gehe aus dem Haus.

Als ich die Autotür öffne, sehe ich auf dem Beifahrersitz ein Geschenk liegen, kunstvoll eingeschlagen in rotes Krepppapier und mit einer blauen Schleife geschmückt. Hastig reiße ich es auf; es ist eine Schreibkladde mit dunkelrotem Einband und fein geschöpftem Papier. Auf der ersten Seite steht, in krakeliger, weit ausholender Kinderhandschrift: Mein Reisetagebuch, darunter: von Phillip und Juli.

Eine Weile stehe ich reglos da, lausche dem Schlagen einer Amsel und weiß nicht, ob ich nun weinen oder lachen, zurück ins Haus laufen oder losfahren, Phillip die Sache mit dem Schreiben und der unweigerlich damit verbundenen Schuld erklären, Juli einfach in die Seite knuffen oder mich lieber still und erwachsen verhalten soll, weiß nicht, wie all das geht, zu lieben, etwas dazuzulernen, weiterzuleben, Bruder, Onkel, Sohn, Freund, Geliebter, der zu sein, der man ist. Dann denke ich an die Mutter, steige ein, starte den Motor und fahre los. Storchenau liegt friedlich, blumenfroh und trostlos wie immer, die Straßen sind sauber, die Rasen gemäht, die Verbrechen verdeckt von dänischen Gardinen, und weder Storch noch Au weit und breit; hinter dem Ortsschild, endlich, gebe ich Gas.

Die Landschaft verändert sich, wird flach, dann bergig, dann wieder flach; an einer Raststätte mache ich halt, esse Linseneintopf mit Bockwurst und schaue ab und zu zur Eingangstür; vielleicht, denke ich, taucht Moritz ja zufällig auf. Übermüdete Trucker kommen herein, Geschäftsmänner im Anzug, aus den Ferien zurückkehrende Familien mit Kindern, die sich kreischend auf die Bonbonregale stürzen, und zuletzt ein Römerkopf, neben den ich mich an den Pissoirs beim Pinkeln stelle; im Roman, denke ich, stünde dort jetzt tatsächlich Moritz.

Ich sage: So ein Zufall, die Welt ist so klein, begegne seinem erstaunten Blick mit einem herausfordernden Grinsen und lade ihn zu einer Portion Linseneintopf ein. Am Tisch beginne ich, ihm die wahre Geschichte von Volker und mir zu erzählen, von Anfang an und mit all ihren Missverständnissen, Fehlern und Ausflüchten, und im Erzählen hole ich all das nach, was ich damals versäumt habe zu fühlen, zu sagen und zu tun, so dass Moritz, während ich atemlos und ohne Pause rede, erst zustimmend nickt, dann den Kopf schüttelt, lächelt, dann die Stirn in Falten legt, einmal sogar Tränen in den Augen hat, schließlich den längst kalt gewordenen Eintopf beiseiteschiebt und sagt: Es ist, trotz allem, nicht deine Schuld.

Wir sitzen noch eine Weile schweigend da und blicken auf die Überreste der Serviette, die ich in Hunderte von Schnipseln zerrissen habe, räumen schließlich unser Geschirr weg und gehen zu unseren Autos zurück, wo ich Moritz unvermittelt und etwas zu lange umarme und ihm dabei fast schon gesagt hätte, dass ich damals am Grab einfach wortlos weggerannt bin, weil ich mir, als eine Art stummen Protest gegen Volkers Tod, plötzlich vorgestellt habe, mit ihm, Moritz, zu schlafen. Stattdessen aber lasse ich ihn ebenso unvermittelt wieder los und schlage vor, dass wir uns an Volkers nächstem Geburtstag auf dem Friedhof wieder treffen, mit gelben Tankstellenrosen und einem Strauß wilder Margeriten, vielleicht.

Zurück auf der Autobahn lese ich, befreit von einer großen Last und mit von Kilometer zu Kilometer wachsender Vorfreude, die Namen der Orte auf den Abfahrtsschildern: Montabaur, lese ich, St. Augustin, später Porz, Poll, Kalk, Deutz, Namen, die sich, zugegeben, nicht sehr ostpreußisch, geschweige denn paradiesisch, vielmehr rheinisch, schleimig, bräsig, kölsch anhören, und so stehe ich, nachdem ich von der Autobahn auf den Zubringer und vom Zubringer auf den

Stadtring abgebogen bin, in der Heidestraße, vor dem Haus, in dem ich wohne. Ein paar Sekunden länger als gewöhnlich, für die Dauer eines kurzen Zögerns, eines sich zwischen Kopf und Hand oder Hand und Zündschlüssel schleichenden Zweifels, lasse ich noch den Motor laufen, dann würge ich ihn ab, steige aus und gehe hinauf.

Boris sitzt in seinem Zimmer am Schreibtisch, über Hefte und Papiere gebeugt, so vertieft in seinen Lehrerkram, dass er mich nicht bemerkt. Ich stehe still in der Tür und schaue ihn an: seine kräftige, hochgewachsene Gestalt, den kantigen Kopf, die großen, ständig von Tafelkreide und Korrekturstiften verfärbten Hände, die fließenden Züge um den Mund, den struppigen Blondbart, die von Versetzungsfragen und Elternklagen zerfurchte Stirn mit dem Mal zwischen den Brauen; die Blätter des Benjamini in der Zimmerecke, sehe ich, hängen welk zu Boden, und ich lächle in mich hinein.

Irgendwann räuspere ich mich. Boris schreckt auf und fährt herum. Ich denke, du bist ..., sagt er, bricht ab, steht auf, kommt auf mich zu, bleibt stehen, schüttelt den Kopf, grinst und sagt: Mensch, Engel! Ich lege ihm die Hand auf die Schulter, auf die Brust, zuletzt um den Hinterkopf, ziehe ihn in meine Arme und halte ihn eine Weile einfach nur fest, so fest, dass ich nun hier, in diesem nach Chlor und Urin stinkenden Raststättenklo, mitten im Nirgendwo einer deutschen Ackerlandschaft, wieder diesen unentrinnbaren und unbenennbaren Schmerz in der Brust spüre, der ja vielleicht doch so etwas wie Liebe ist oder das, was sie in mir bewirkt.

Der Typ am Pissoir mustert mich geringschätzig, schüttelt sich ab und verschwindet. Ich gehe zurück ins Restaurant, setze mich an einen der Tische, hole das dunkelrote Reisetagebuch aus meinem Rucksack, betrachte an den Kaffeeautomaten die Trucker, die mit dem Kleingeld klimpern, an den Regalen die Kinder, die in den Bonbons wühlen und an der Klotür die Römerköpfe, die kommen und gehen, höre das Radioplärren aus den Boxen, rieche die Fettdünste aus der Küche, spüre Boris' Nähe irgendwo dazwischen und sehe über all dem den hohen, blauen, unberührbaren Himmel im Fenster, hebe die Hände, senke den Blick, hole tief Luft, und Engel schreibt:

Der Autor dankt

der Autorenwerkstatt Prosa des Literarischen Colloquiums Berlin, der Stadt Köln sowie Claudia Knött, Reinhard Knoppka und insbesondere Walter Foelske für die Unterstützung der Arbeit an diesem Buch.